HAMMARBYSERIEN

哈玛比警局侦探系列

血色姜饼屋

The Gingerbread House

Carin Gerhardsen

[瑞典] 凯琳·季哈森 著

贾文渊 李彭恩 译

世界知识出版社

图字：01-2015-0241 号

图书在版编目（CIP）数据

血色姜饼屋 /（瑞典）季哈森著；贾文渊，李彭恩译. -- 北京 ：世界知识出版社，2015.8（哈玛比警局侦探系列）
书名原文：The Gingerbread House
ISBN 978-7-5012-4855-1
Ⅰ. ①血… Ⅱ. ①季… ②贾… Ⅲ. ①侦探小说－瑞典－现代
Ⅳ. ① I532.45

中国版本图书馆 CIP 数据核字 (2015) 第 018724 号

责任编辑	王瑞晴　蔡金娣
策　　划	董保军　张天罡
特约编辑	于建梅
责任出版	赵　玥
版式设计	任国荣

书　　名	血色姜饼屋 XueSe JiangBingWu
作　　者	[瑞典] 凯琳·季哈森
译　　者	贾文渊　李彭恩
出版发行	世界知识出版社
地　　址	北京市东城区干面胡同 51 号（100010）
网　　址	www.wap1934.com
电　　话	010-65265923（发行）010-85119023（邮购） 010-85112689（编辑部）
印　　刷	北京温林源印刷有限公司
经　　销	新华书店
开本印张	960×640 毫米　1/16　16½ 印张
字　　数	200 千字
版次印次	2015 年 8 月第一版　2015 年 8 月第一次印刷
标准书号	ISBN 978-7-5012-4855-1 ISBN 978-91-87173-23-3
定　　价	29.80 元

卡特琳娜霍尔姆城
1968年10月

在一座青草茵茵的山丘顶上，坐落着一幢安妮王朝式样的楼宇，褐色墙壁外环绕着高大的苍松。建筑周围有白色角楼，窗框还都是圆角的，让人体会到一抹童话般的诱人色彩。在夏季，孩子们在房子周围的松树荫凉下玩耍嬉戏。可这时已经是深秋，黑魆魆的松林有点让人提心吊胆，活像一群无言的警卫，既保护学龄前的孩子们免受冬季的严寒之苦，也防御不速之客的侵扰。一场初雪还没有融尽，像条湿漉漉的毯子覆盖着大地。四野寂静无声，只能远远听到一条狗在吠叫。

忽然楼门推开了，喧闹的孩子们蜂拥而出。孩子们有的身穿整洁的新衣服，有的衣裳陈旧褴褛；有的个头高大，有的身材矮小；有的干瘦，有的圆胖；有的一头金发，有的头发乌黑；有的梳着发辫，有的脸上有雀斑；有的戴着眼镜，有的戴着帽子；有的孩子步行，有的蹦蹦跳跳；有的在说笑，有的在聆听；有的跑在前面，有的落在后面。

楼门砰然关上，接着再次打开，只见一个小姑娘走了出来。小姑娘头戴白色毛皮帽，身穿红色厚棉衣，身后跟着个男孩。男孩身穿深蓝色棉上衣，脖子上围着围巾，头戴红白黑三色相间印有卡特琳纳霍尔姆SC冰球队的帽子，但是在卡特琳纳霍尔姆城的这片区域，男孩子们必须为KSC冰球队呐喊加油。这女孩名叫卡塔莉娜，男孩名叫托马斯，两个孩子一路并不交谈。女孩脚步匆匆，走下山丘直奔那扇黑色的大铁门，奋力把门推开自己刚能走出去的一道缝，出门后把门关上。男孩紧随其后，但推开铁门前停下脚步，深吸了一口气。

来到大门外的人行道上，他终于发现，原先的担忧并非多余。只见孩子们聚集在马路对面的街角，卡塔莉娜显然并不踌躇，径直朝兽群般的小恶霸们走去。托马斯没有穿过马路，他匆匆改变路线，向左转弯，绕道回家，没走几步，孩子们便扑向卡塔莉娜。一个名叫安—克莉丝汀的女孩从来脸上挂着讥笑，眼睛里闪出恶意的凶光，这时一把夺下卡塔莉娜的帽子，丢给绰号叫“国王”的小霸王汉斯。其他幸灾乐祸的孩子顿时齐声嚷叫，放声大笑。

托马斯停下脚步，打算出手帮助卡塔莉娜，可他还没打定主意，那帮孩子就瞅见他了。小霸王汉斯做个手势，几个孩子冲过马路，一齐扑向托马斯。其他孩子如野蛮残忍的恶狗般跟着扑来。卡塔莉娜待在原地没动，惊魂甫定又稍感莫名的安慰，毕竟这次遭难的不是她自己。她俯身捡起不再洁白的皮帽，无奈戴在头上，然后穿过马路，凑近看热闹。

二十三个孩子中为什么会有二十一个或二十二个孩子结盟？领头的几个孩子忽然变得狂热，行动像一个人似的，虽然并不明说，却显然表现出不容置疑的权威。半数孩子一齐动手，用跳绳和围巾把这个吓傻的小男孩绑在一根灯柱上，另外一半孩子到处拣石块，准备投打他。他们的默契是打哪儿来的？

托马斯无力抵抗，也不嚷叫，只能坐在又湿又冷的沥青路面上，一声不吭，一动不动，冷眼观望着同班学友。有几个孩子用石块投打他，石块打在他脑袋上、脸上、身上。有个孩子抓着他的脑袋撞向灯柱，撞了一下又一下，另一个孩子用跳绳抽打他。几个孩子站在一旁放声大笑，有几个孩子低声交谈，一张张小面孔上露出会意的神色，一副优越神色，还有几个孩子只是站在一旁被动观望。其中一个就是卡塔莉娜。她此时已经不由自主融入同学们的圈子了。

施虐过程中，老师走到人行道上。她朝捆在灯柱上的男孩和周围的孩子匆匆扫视一眼，竟然举手跟离她最近的女孩挥手说了声再见。

施虐过程结束得像开始一样突然。没出半分钟，孩子们便作鸟兽散，变成放学后欢天喜地的正常孩子。大家有的踽踽独行，有的三两结伴，朝不同方向走开。马路边只留下那个六岁的小男孩，他浑身疼痛，心中有说不出的悲愤。

斯德哥尔摩

2006 年 11 月，一个星期一的傍晚

时间不过是下午四点钟，可天色已经黑了。大片大片的雪落个不停，一接触地面，立刻融化了。对面来的汽车大灯晃得他睁不开眼睛，他在人行道上小心避让，避免让车轮碾起的水溅湿。这些司机！干吗开这么快，把脏水往人身上溅？司机不该溅湿行人，这是驾校教过的。也许司机们没看见他，也许他走的地方太黑，再说，他身材矮小，身上的衣服又是深色的，不显眼。他走路的姿势也许不够体面，可能看上去有点笨拙，因为他走起来两脚往外撇，像马戏团的小丑。但他并不是个小丑。

他是个性格平静的人，从不与人争执，这也许因为他从不与任何人发生矛盾。不过这一点其实不值一提，因为他难得见到什么人。当然与工作相关的人还是要见的。他在耶尔费拉市一家大电子公司的收发室工作，为所有工程师、秘书、经理人员和公司的其他人收发内部和外部的邮件。他干的工作不过如此，因为人家不让他拣选邮件。拣选邮件的人比他更有资格，那些人还要看看邮件上的地址写得对不对，那可算得上做重要决定了。

他非常不善于做决定，回想起来，自己难得有机会做什么决定。在一些随意的场合中，他跟其他孩子一道玩耍，孩子们意外问他有什么想法，他只好说没什么想法。他扪心自问，对这个问题自己心里是怎么想的，也确实想不出个让自己满意的答案。他只是想跟孩子们一道玩耍，听他们指挥行事，此外别无他求。他唯一的愿望就是得到大家认可。如今，他已经 44 岁了，人们从来不愿理睬他。

人们不禁要问：假如他这个小小的愿望在某个时刻得到过满足，会不会在需求的阶梯上向上挪动一步，忽然开始在其他事情上也提出自己的主张？受到重视的人会不会自觉地这样做？

他抬起头，望着弗莱明戈坦街对面的楼房窗户。深秋的暮色中，窗户里灯光明亮悦目，窗台上摆着盆栽花卉，窗户上挂着窗帘，屋里的灯有漂亮的灯罩，还能看到色彩漂亮的风扇和其他饰物。有些窗台上已经摆出圣诞节的烛台，把窗户装点得更加富有诗情画意。每扇明亮的窗户里面都是一个幸福的家庭，或者有一对幸福的夫妇，至少也是一个幸福的单身汉。从柔和的灯光和舒适的摆设，自然能看出这种气氛。

他自己的房间窗户却像个张开的黑洞，窗户上只挂着稀疏的薄片百叶窗帘，旁边垂着一根窗帘拉绳。厨房窗户也是一个样，窗台上一无所有，只孤零零摆着一台旧半导体收音机。他倒是偶然看看有关居室装饰的杂志，还颇感兴趣。他倒不是想从中找到装饰自己家的灵感，毕竟这是个没有别人光顾的公寓房间，只有他住在这里，而且他是个身材矮小，地位卑微的人，也许他跟地位根本无缘。深秋的暮色中，往人行道上溅水的汽车司机根本就看不见他，他还是个沉默寡言的人，即使独处，也难得自言自语。他阅读居室装饰杂志，理由跟他抬头望别人窗户一样。在他想象中，他搬迁到另一个生活圈子中，那里的人都和蔼可亲，脸上挂着热情的微笑，家里的长沙发上都摆着柔软好看的大靠枕。

今天，有人几乎像是要请他吃一块蛋糕。这种事并不常见，因为在收发室，从来没什么值得庆贺的事。再说了，他在人家办公室每次从来不会超过寥寥几分钟，不过是收走分好类的信件，送到该送的部门。

不过嘛，他这天把信件送到十一处，见那里的工作人员围坐在一起吃蛋糕，他猜不出他们聚会的缘故。他每次去十一处送邮件，就感觉浑身有点不自在。那儿的工作人员好像总是挑这么个时间吃茶点，结果，他身穿滑稽的收发室工作服抵达时，大家都能看见他。或许“工作服”这个字眼太大了，其实不过是一条蓝裤子和一件蓝上衣而已。不管怎么说，他是唯一身穿这种服装的人，穿着太惹眼从来不是桩好事。

话说回来，他到的时候他们看见了，说得准确点，其实只有一个人看见他来了。那是个专好逗乐的人，他能把任何事或任何人当成笑柄，而且对任何事都有说不尽的看法。其他人听了他的笑话都会哈哈大笑，好像也赞同他的大多数看法，毕竟谁也不反对他的意见。今天，这位仁兄双臂交叉在胸前，两腿长长伸出去，插在茶桌下面，对他说："嘿，邮差先生！请你来块蛋糕吧？"没等他回答，那人便接着说下去，"要是想吃，最好推着你的小推车快步去发件台取那块电路板，昨天我就这么跟你说过，前天也说过同样的话。收发室的人还有比你动作更慢的，还是只有你磨磨蹭蹭？"桌子周围立刻爆发出一阵笑声，也许是嘲笑他这邮差，没准只是出于习惯。显然根本就没有给他吃的蛋糕，因为他根本就没有替别人专门跑腿送信的地位，他的任务不过是受命收发少量邮件而已。

他的头脑并不迟钝。说实话，他没受过什么值得一提的教育，可他的阅历很广。他的智力也许并不高于平均水平，不过他头脑并不迟钝。小学最初几年，他的成绩相当出类拔萃，可这种情况不得不终止。在卡特琳纳霍尔姆城，学生在学校的成绩好是绝对不行的。说实在的，一个学生在任何方面都不能出众，当然，在打冰球或踢足球之类场合出人头地还是可以的。在这里，一切都有不成文的明确规则：人们可以在体育方面表现优秀，在音乐、语言、技能、行为方面不能有好表现，在学校学习的其他科目应该成绩平平，穿着应该是商店购买的某些品牌的服装，不能戴帽子、眼镜或手工制作的任何穿戴，住的地方应该是公寓房，政治观点应该倾向社会民主党，但绝对不能是共产党，看冰球赛必须为 KSC 球队加油，不能给韦姆博球队叫好。总之，人不能出众，也不能在任何方面与别人不同。

在斯德哥尔摩，一个成人则要遵循不同的规则行事。在这里，个人创意受到赞赏，人们常常接受不入俗套的装束打扮。受过的教育和自信尤其成为必需。

他早年生活很苦。母亲在他很小时就去世了。父亲是个印刷公司轮班干活的工人，没有多少时间在家里陪儿子，虽然是个富有爱心的父亲，但缺乏管家养孩子的知识。父亲烟瘾很大，抽烟几十年后，早早离世。家里便失去了顶梁柱。

他在幼年就与众不同，却根本不明白自己跟别人到底有什么不同。其实呢，首先他讲的方言与大家不一样，因为他出生后最初几年是在胡斯克瓦纳度过的。另外，家人逼他戴帽子，不过嘛，这也许并不是主要的不同点。毫无疑问，他自幼个性就跟大家不合。幼年时，他性格欢快外向，喜欢别人，可他很小就意识到，别人并不回报他的喜爱。没过多久，他的性情和好心情就变了。他如今的性格很可能是在学前班就开始形成了。当时，同学们不断地对他施暴，排斥他，辱骂他，不但让他变得不合群，还彻底剥夺了他的自信心。

尽管如此，他七岁那年开始上小学后，仍然怀着热情和好奇心，兴致盎然。不过，起初他不敢举手回答问题，毕竟他得小心谨慎，不能表现得比别人优秀。要是老师问了个问题他能回答，别的孩子会咯咯发笑，还会相互交换个眼色。假如他回答错了，同学们就哄堂大笑。在学前班欺负他的几个孩子跟他在同一个班上小学，别的同学很快就懂得该怎么对待他了。课间休息时，同学们会揍他，编造下流顺口溜污蔑他，反正别的同学做游戏，他只能孤零零站在一旁观看。有时候，他干脆不上学，躺在床上不起，要么是头疼肚子疼真病了，要么是装病。结果成绩不断下滑，到了九年级，他辍学了。后来工作找上门来，他在一家杂货店得到个所谓延长见习期的活计，听人家指挥干杂活。

对他来说，上学等于浪费了十年光阴。也许如今正在成长的孩子面临的情况有所好转。有一天，电视新闻主持人称，所谓“卡特琳纳霍尔姆计划”执行得十分成功。在那次电视采访中，浮夸的县议员戈兰·梅耶说，“林地山丘计划”就是在小学校最先成功引进的反欺凌计划。他看了电视新闻，见那些新方法都是些夸夸其谈，什么“尊重个人”、“肢体接触”、“成人监管”、“教师指导”等等，不知道如今是不是允许学生讲胡斯克瓦纳方言，戴韦姆博球队的帽子。

在那家杂货店见习期满后，他迁往斯德哥尔摩，跟他奶奶的兄弟贡纳老舅住在一起。老人在国王岛区拥有一套单间小公寓。他在这里念完了夜校。虽然他没什么资历，竟然在困境中设法得到份工作，于是一直干到如今。他那位老舅早已离世，这套小公寓如今便归他所有。

忽然，他的思绪中断了，在自己公寓楼外面的人行横道上停下脚步，站在马路中间。刚才有个人跟他擦身而过，那人勾起他非常熟悉的记忆，他不由自主转了个身，尾随那人而去。那人眼睛清澈湛蓝，头发金黄卷曲，神色有点急切，透露出果敢，左边眉毛有个伤疤，还有那步态——这一切都让他想到一个人。但是，过了这么多年，难道他真能认出六七岁时的一个熟人？难道不是那个卡特琳纳霍尔姆计划此时萦绕心头，让他神情恍惚，像是见到了鬼魂？

这种疑惑的根据是常识，但他的情感不会出错。他心中几乎天天都能看到这个人。毫无疑问，是他。

那人走下通往地铁的台阶，迅速走向验票回转闸口，熟练地在读卡器上刷了交通卡，推开旋转挡杆，走进去，在长长的自动扶梯上并不停步，一直步行着快速走进地铁站。到了站台上，他从上衣口袋里抽出一份报纸，边等车边翻看。

在整个跟踪过程中，他跟那人保持着十到十二码的距离，这时他坐在那人身后的候车条凳上，那人手持报纸站在他身前。他脑子里飞快地闪过很多念头，完全无法解释自己这么行动的理由。在过去二十年中，他从来没做过任何非同寻常的事情，天天上班、回家、购物、吃饭、睡觉、看电影，偶尔散散步、读书、看电视。此时却异乎寻常地跟踪一个几乎四十年没见过的人，来到地铁站，要去一个未知的地方。出乎他意料，他心中充满了幸福的感觉。他的生活正要发生某种变故，他在冒险，心里觉得很享受。

下班回家在地铁车厢里稳稳当当坐下，展开报纸阅读，这从来让他觉得惬意。每天早上七点开始，他就要在那家房地产公司开始上班，所以没等天黑，就能回到家，陪孩子们一直玩到他们上床睡觉。他每天早上五点半就得起床，可晚上难得在十一点半以前上床睡觉，所以从来缺乏睡眠。可他已经习惯了，再过几年，孩子们就能渐渐学会照顾自己。到那时，他和派娅就能在周末睡个懒觉了。

他们有三个孩子，虽然孩子们都不听话，精力旺盛，吵闹得要命，可都是极好的孩子，让他感觉好极了。派娅的感觉跟他一样。他俩是在大学相识的，八年后在一个聚会上再次相遇。她在他们居住的郊区做牙科保健师，每天上半天班。结婚十五年了，两人的关系仍然异常亲热，像挚友一样，可以无话不谈。

他做的工作基本上让他感到愉快，只是周末并不喜欢带顾客看房。公司的业务进展不错，这是最重要的。做房地产经纪人就意味着行动自由多样，他和他的合伙人月收入可观，只要金钱源源而来，就没什么好抱怨的。

他幼年时家庭条件不佳，并不能肯定成年后会过上幸福生活。他在一个单亲家庭长大，养育他的母亲酗酒，靠美发师的职业维生，好在她还有份工作，可她的唯一兴趣似乎是各式各样的男人。母子俩经常搬家，根本没有真正在任何地方定居。他幼年非常任性，到处胡作非为，值得回忆的事情就是无数次打架和受拘禁。他准是个真正让人头疼的孩子。当然啦，这影响了他在学校的成绩，但是，不知什么缘故，上高中的时候，他开始认真学习了。

从此，一切都发生了改变。在上高中没过多久，妈妈再次搬家，他决定不再跟妈妈一道生活，便独自住进一个单间小公寓房，自己照顾自己。每逢周末，他就在一个加油站打工，每天夜晚勤奋苦读，有空踢踢足球，干干家务活。在这一时期，他成熟起来，高中毕业时成绩优异，考入大学读经济专业。

如今他坐在地铁车厢里，从收入丰厚的公司下班回家，这个公司可是他和他的合伙人白手起家建立起来的。他正要回到自家舒适的连排别墅，回到他亲爱的妻子和可爱的孩子们身边。一想到这些，满足的感觉不由涌上心头。与坐在周围神情单调沉闷的乘客相比，他心头的满足感愈发强烈了。乘客们有的埋头阅读免费赠送的报纸，有的将无神的目光投向结了霜雪的车窗。他望着车窗，看到玻璃上反射出一个可怜虫的模样，那人眼睛直勾勾盯着他看。难道是自己的幸福感明显挂在脸上了？这有什么问题吗？无论是什么，他都能忍受。

在车厢里，托马斯坐在那人前面不远的位置上，那人不是别人，正是原来那个小霸王“国王汉斯”。托马斯背朝列车前进方向，所以能观察他，不过并不是正面观察，他选座位颇有策略，在他和观察对象之间有其他乘客。但从他面前车窗玻璃的反射中，能从一个角度看得很清楚。

那人身材高大，看上去悠闲而自信，折叠起来的报纸搁在腿上，沉浸在自己的思绪中。他望了一眼窗外，显得有点心烦意乱，嘴角不时露出一丝微笑。托马斯入神地死死盯着他，冷冰冰的心中感到纳闷，不知道是什么让他感到愉快。是不是有个人在等着他？他回家后有个人会感到愉快？也许他家窗户上挂着窗帘，长沙发上放着靠枕？

那个人扫视一下车厢里的人，两人的目光一时在车窗玻璃的反射中相遇了。汉斯的蓝眼睛里露出的是蔑视吗？如果是这样，倒也并不奇怪，毕竟托马斯背有点驼，头发蓬乱，目光中露出惊恐。他是个卑微的人，见了人就算敢看人家一眼，目光也是鬼鬼祟祟的。

忽然，车厢里灯光闪烁了一下，有几秒钟完全黑了。等到灯光再次亮起，只见那人在观察车窗玻璃上的水滴。托马斯可以继续专心琢磨他童年时的这个鬼魂。

他想起了放学回家路上自己失去的所有帽子，那些帽子都让野蛮的同学们夺走，要么丢到屋顶上，要么丢进路过的卡车车厢里。他想起了自己放假前准备带回家给父母看的图画，可那些画都让其他孩子夺去，一张张丢进下水道的浊流，以此取乐。他想起自己被撕破的裤子、被烂泥弄脏的上衣、划破的膝盖，还想起了卡丽娜·阿霍宁，那个小姑娘总是坐在老师的腿上领唱，其他孩子会跟着合唱。要是她决定应该画马，其他孩子都得画马，画得到处是马——那就成了唯一允许画的东西。他画得马太糟糕，结果被抢去展览，让其他孩子嘲弄。

他想到了那辆绿色的大玩具汽车，里面至少能坐六个孩子。汽车必须由两个孩子推才能动，每天都是他和卡塔莉娜推车，两个孩子心里真希望自己也能在车上坐一坐。老师特别规定，每个孩子都要轮流坐车，可不知什么缘故，她总是忘记托马斯和卡塔莉娜。有几次，托马斯头一个坐在车上，但其他孩子会把他推下车，结果他只好推车，这显然是个成规，因为老师脸上仅仅露出学前班老师那种习惯的甜蜜微笑。

他记得，有一次汉斯和安—克莉丝汀夺走他的帽子，越过他头顶丢给其他孩子。托马斯抓不到，他一阵冲动，顿时勇气倍增，一把夺下汉斯的帽子跑走。当然，他们还是抓住他了，把他打得鼻青脸肿，把那顶帽子夺回去。等到他照例没戴帽子回家时，汉斯的母亲已经给托马斯的父亲打电话告状，说托马斯撕破了小汉斯的帽子，父亲听了这话，打发托马斯去见汉斯和他妈，赔了十克朗请人家原谅。但交谈过程中却绝口没提他自己丢失的帽子。

车停了，托马斯盯梢的那个人起身下车，他的思绪打断了，也起身鬼鬼祟祟尾随这个昔日的鬼魂。

从安斯基德码头地铁站到那座连排别墅不过几分钟路程。他慢跑几步穿过马路，在一所学校左转，走向特兰斯克兰区的一片住房。不一会儿，他抵达一片长满不寻常树木和树丛的公园。20 世纪 80 年代后期，这里开发成一片新住宅区，他只记得这里原来有个托儿所。他转上一条步道，经过一片灌木丛，到了连排别墅小区的一片游戏场地。只见沙箱里坐着两个身穿雨裤浑身泥沙的孩子，第三个孩子只有一岁半，这孩子站在一个滑梯的最高一级台阶上。

他冲向滑梯，嘴里喊着：“穆娃，抓紧，别摔下来。”

小女孩咧开嘴，露出开心的微笑，立刻从台阶上爬下来。两个大些的孩子朝父亲跑来。他尽量跟他们亲热，同时尽量跟他们隔开一段距离。

“哎呀呀，好啦，好啦！”他说。“当心，我穿着上班的服装呢。亲亲脸蛋就行了。来，咱们去找妈妈！”

这时，穆娃下了滑梯台阶朝他冲来，他只好牺牲干净的外套，脸上得到大大的一吻。他竭力避免把外套弄脏，抱孩子时两只胳膊伸得远远的，两个大孩子跟在他身后，一起走到自家正门，他把女儿放下。

“我回来啦！”他伸手拉开正门，嘴里高声喊道。“跟我回来的还有三头肮脏的小猪。你们得帮帮我！把靴子脱掉再进屋。”他对两个大孩子说着，蹲下身子给最小的孩子脱衣服。

派娅面露微笑来到门口，她穿着牛仔裤，上身穿一件白色女衬衫，腰间系一条腰带，一头浓密的黑发扎成马尾辫甩在脑后。

“回来啦，亲爱的！”她弯腰亲吻他的脖子。“今儿怎么样？”

“很好，不过我待会儿得出去看一所房子。就在附近，得出去一个来钟头。现在就给孩子们吃饭吧？等他们上床了，咱们就能吃了。”

“行。你什么时候走？”

“半个钟头以后。我先帮你照料孩子们。”

他连拉带扯总算把小女孩的雨裤脱下来，小女孩冲进屋门，发出一连串欢笑声。另外两个孩子已经自己脱下衣服，把衣服丢在门廊地板上，跑进屋子。他站起身，再次设法擦掉上衣的污秽，却没什么明显效果。派娅把门外的靴子和衣服收罗起来，进屋去了。汉斯进门后砰然一声把门关上，把敲门槌震得跳起来敲了一下门。

他们谁也没留意到，游戏场地另一侧光秃秃的丁香树丛后面，有个人在窥视着他们。

托马斯不知道自己在那边的黑暗中窥视了多久。在他的想象中，他走进了那所温暖的房子，到了舒适的厨房里，闻到褐色黄油和炸肉的香味。起初，这家人在不同房间里走来走去，做各种事情，过了一会儿，活动平静下来，大家一个个坐在餐桌旁。

托马斯想不起自己最后一次与别人一道吃饭是什么时候的事了。上班时，他当然是在大餐厅里跟大家一道吃饭的，可他总是独自默默吃完。他父母都已去世，没有兄弟姐妹，从没见过其他亲戚，一个朋友都没有。回家时家里有人在等待，那种感觉一定不错！哪怕只是个朋友也好，只要有个人能跟自己聊天，谈论大事琐事，偶然在一起吃饭，那该多好。要是能为别人做做饭，而不仅仅是自己凑合着吃，那该多有趣啊。

晚饭吃完了，充满生气和活力的厨房忽然变得冷冷清清。正门打开，大家热爱的父亲走出房子，最后一次关上自家的房门。

他双手插在上衣口袋里，衣领翻起来抵御秋天的冷风，脚步匆匆穿过这片居民区。路灯光亮下，干枯的落叶在风中打转，他每走一步，鞋子离开人行道路面时就发出一个嘎吱声。一只鞋上有个小洞，他的袜子已经湿透了。他本该换双冬天穿的鞋才对，可他现在没时间返回去了。走到他要看的那所房子，应该用不了十五分钟。天气这么糟糕，也许回来的时候，该坐辆出租车，让自己轻松一下。

他斜跨过一条比较宽的马路，走上那所房子所在的街道。这一街区坐落着许多独门独户的房子，房子都比较老，大多数是在19世纪20年代和30年代建造的，房子周围有成熟的花园，园子里有果树和凉亭。准是这所房子：一座粉红色的木结构房子，有几扇漂亮的凸窗。房子的地块比这个街区的其他房子大得多，地势倾斜向下与街道相连，周围的树篱修建得很整齐，不过特别高大，整体上与小房子和不大的庭院搭配得不够协调。与树篱相连的铁大门就显得更加不协调了。大门里有一条卵石步道，通往房子。他扫了一眼门外的邮箱，地址是对的：阿克巴斯瓦根街31号。大门很重，他推开一道刚能进去的缝，走进去。大门在他身后哐当一声关上。

路旁风吹落的成熟果子散发出芳香，他并不留意，脚步匆匆，沿步道走去。他也没注意到，一个悄无声息的黑影尾随着他，翻越大门，跳下来落在卵石步道旁边湿漉漉的草坪上。他登上门廊，按响了门铃。房子里面传来叮咚的门铃声，可他没听到别的声音。等了一两分钟，他再次按铃。他看一下手表，自己不过晚到了几分钟而已，他绕到房子后面。除了外面的灯光，这所老房子只有一间屋子亮着灯，是朝向屋子后面的厨房。后面是标出地块尽头的树篱。他无法走到厨房窗户下面，只好弯腰捡了根小棍子，丢向窗玻璃。但房子里面还是没人做出反应。他决定返回房子正面，试着推一下房门，看看是不是没上锁。结果真的没上锁。也许住在房子里的是个老人，耳朵背了。

“喂，家里有人吗？”他大声喊，却没人回答。“喂！”他提高声音又喊了一声。

他打定了主意，走进房门，仔细在门厅擦脚垫子上蹭干鞋子，然后把门关上。

星期二晚上

她住院几个星期后，终于能回家了。她说“终于”是因为她渴望睡在自己的床上，闻着自己煮的咖啡在茶几上散发出芳香，独自坐在自己的电视机前，自己决定看什么节目。她还怀念家里的气息，怀念自家香皂和洗衣粉的气味，还有挂在墙上的腌肉的气味。

不过，还不能算是“终于”，因为她摔伤髋骨后，走路仍然困难，很难独自活动。多年来，她对食物的兴趣日益减退，感觉没胃口。可她非得吃点东西不可，在医院比较踏实，什么都有人送过来，用不着操心购物、做饭、洗碗碟之类的麻烦。

负责送她回家的人把她的小箱子放在门外，耐心等她从手提包里掏出钥匙串。她仔细把钥匙插进门锁，咔嗒一声，门锁开了。

“要我扶你进去吗？”那人好心问道。

“不用了。我能行。非常感谢你。”她说着挥手做了个道别的手势。

“请保重。祝你早日康复！”那司机也对她挥挥手，走下台阶，仔细注意她能不能自己走回自己家。

英格丽打开天花板的灯，在门口擦脚垫子上蹭了蹭鞋，把拐杖靠在门后面的角落，朝衣架走近一步，用那条好腿着地保持着平衡，扭动身子脱下外套。她伸手取下一个红色天鹅绒包金边的衣架，把脱下的外套挂起来。然后走向一个小凳，坐下来，脱下皮靴摆放在衣架下面，又伸手拿皮箱，把拉锁整个拉开，从皮箱里取出一双在家穿的舒适便鞋，两只脚蹬进去，扶着墙慢慢站起身。

她用拐杖支撑着身体，一瘸一拐穿过门厅，朝门厅镜子扫视一眼，对自己的模样感到不快，她没有停下脚步，朝厨房走去。在厨房门口，她停下脚步，伸手摸索厨房门里面墙上的灯开关。

开灯过程中，她忽然闻到一股奇怪的气味。虽然仍然有以前那种熟悉的气味，但是在她熟悉的环境中，一股生疏的气味刺进她的鼻孔。好像是皮革的气味。皮革和……粪便？她打开了灯。

起初，她几乎喘不上气来，站在那里呆若木鸡，没弄明白自己眼前看到的是什么。过了几秒钟，她的大脑才终于分析出，地板上躺着一个死人。她马上开始拼命呼吸，挣扎着走到餐桌旁，拉出一把椅子，跌坐在上面。她简直无法把目光从那张血肉模糊的脸上挪开。她坐了很长时间，脑子里什么都没法考虑，只是不停地吸气，呼气，吸气，呼气……过了好几分钟，她终于能平静下来，这才注意到，周围一切都井然有序，橱柜上的一切都没人动过，圆餐桌周围的椅子排列得很匀称，没有一点儿打斗或剧烈活动的痕迹。只有遭到打击躺在地板上这个人。是个死人。天哪，这是怎么回事？这人怎么会在这儿？怎么会在她的厨房地板上？

她用了好大的力气才再次站起身，走向挂在门厅墙上的电话。她摘下听筒，思索片刻，这才拨了叫出租车的号码。出租车调度员说，车要在10到12分钟后到她家。她把刚才做过的事倒过来重新做了一遍，脱下鞋装进衣箱，拉上拉链，穿上靴子，起身穿好外套，关灯出门，把门锁上，把手提包挎在肩膀上，一手提起衣箱，另一手拄着拐杖，努力走到外面的人行道旁，等出租车。

“英格丽！”护士玛吉特一见她，不由惊得叫起来。“你不是早就盼望回家吗？”

玛吉特·奥洛夫松是位身材高大的中年妇女，留着一头浓密的深棕色卷发。她是那种浑身散发出慈母心和人文关怀的人。

“玛吉特护士，有件可怕的事……”

“好了，好了，英格丽，先坐下，你这模样好像累垮了！难道是发生什么事了？你觉得不舒服吗？”

玛吉特·奥洛夫松伸手搀在这位老妇人的腋下，扶她坐在医院接待区的一张扶手椅上。英格丽看到，她的白大褂下露出里面穿着磨洗过的蓝色牛仔裤。

“我不知道该怎么办！”英格丽的声音里充满了哀求。“我知道自己有点糊涂，可我实在想不出，除了找你还能找谁……这……你别笑话我，可是……我家厨房躺着个死人。”

“老天！是谁？”

“我不认识。我从来没见过那人。不是窃贼之类的人，因为我的东西他什么都没碰，也没拿走。他只是躺在那儿，死了。”

“这说不通嘛。你能肯定他死了？”

“绝对肯定。这能看得出。那人……根本一动不动。”

“你准是吓坏了。”

“这倒是真的，所以我才回到这儿来。”

“当然该来，亲爱的。”玛吉特护士搂着她肩膀，安慰她。“你给警察打过电话了吧？”

“我……没有。”英格丽承认说。“这事显得太不真实了。我不能……”

玛吉特护士的第一个念头是给警察和社会服务部门打电话，可她忽然产生了怀疑，觉得英格丽·奥尔森可能是头脑不是很清楚。护士端详了她片刻，然后看了看手表。

“那咱们这么办吧。我两个半钟头后下班，然后咱们一起去你家，看看该怎么办。好吗？”

“那很好。”

“你不介意等这么久吧？”

“没事的，毫无问题。”

“我去为你安排晚饭。再为你拿几本杂志来。”

她匆匆离去，木底鞋在石地板上敲出咯噔咯噔的脚步声。她很快就回来了，手里端着咖啡、丹麦甜糕饼、几块饼干，还有一摞《妇女家庭杂志》。

“你觉得这样行吗？”

“很好。太感谢你啦，玛吉特护士！”

“那就待会儿见。我先去忙了！”

她独自待着，但并不感到孤独，因为她知道，玛吉特护士会把一切都处理好的。

玛吉特护士终于再次回来时，已经换掉了白大褂，穿上黑色的棉布外衣，外面穿了件还没系上扣子的羽绒服，匆匆来到英格丽身旁。白色木底鞋也换成一双黑色的冰壶运动靴，没听到咯噔咯噔的脚步声，这时她走起路来几乎悄无声息。

“我的汽车在停车场。”玛吉特脸上露出热情的微笑，对英格丽说。英格丽欠身从扶手椅上站起身，玛吉特伸出胳膊搀扶她。“等得厌烦了吧？”

“哦，不，一点儿也不厌烦。我一直在阅读这些杂志。”

两人肩并肩走出医院正门，以蜗牛般的速度缓缓走下石板铺的下坡步道，穿过几片伏牛花丛，踏上一个开阔的停车场。穿过几排汽车后，停在一辆白色福特蒙迪欧汽车前。玛吉特护士用遥控开了车门，扶英格丽坐在前排乘客座上。

“英格丽，现在你得稍做点锻炼。步行对你有益的。可以把这当成物理疗法。”

英格丽对这位友善的护士报以微笑。护士坐在她旁边的驾驶座上。她心中难以相信英格丽家厨房真的有一具尸体。那一切难道不是她想象出来的？也许她服用的止疼药让她产生了幻觉？要说有什么人在她家遭到谋杀，这听上去完全是个幻想。

在医院接待区的那几个钟头，她翻看《妇女家庭杂志》得到一种安全居家的感觉，但是离家越近，那种感觉的基础就越受到动摇。她家厨房有一具尸体。这是确信无疑的。这会对她日后的生活产生什么影响呢？也许警察和犯罪现场调查人员会彻底搜查她家，寻找指纹和线索。他们走后，该由谁来清理呢？警察会在房子周围拉起隔离带，邻居都会瞪着看她家，也许记者们会蜂拥而来。警察还会反复盘问。

没错，要是能恢复正常生活，也准得过很长时间才行。一个潜伏的谋杀犯在她家杀死一个她不认识的人，难道她自己以后住在这儿会感到安全吗？也许这种事以后不会再次发生了。她迟早会把这事整个抛在脑后，就像什么事也没发生过一样继续生活。反正她根本没有卷入其中，只不过不走运赶了件倒霉事而已。在瑞典每天都有人遭谋杀，其他地方的谋杀案更多。人不能为这种事操心，但这桩死亡案件却异乎寻常，因为是发生在她自己家里。要咬紧牙关，忘记这事，继续自己的生活。

在十一月份的沉沉暮色中，两人手挽手沿步道走向那所房子时，感觉阴森恐怖。脚下的卵石发出嘎吱声，周围只有步道旁的灯柱和门廊的壁灯投出黯淡的黄光。这时的气温接近冰点，秋天的北风阵阵刮来，把光秃秃的果树吹弯了腰。两个女人都在颤抖。

房门打开后，玛吉特护士伸进脑袋，立刻闻到那股让人恶心的气味。英格丽这次也立刻注意到这股气味了。奇怪她上次竟然没意识到。英格丽打开天花板上的灯，站在门厅里没动。玛吉特护士敏捷地脱掉没系上扣子的冰壶靴，果敢地走向厨房。她站在厨房门口，伸手摸索着打开灯开关。灯亮了，她环视片刻，眼睛找到了目标。她毫不迟疑，快步走到地板上那具尸体前，老练地把手指伸进尸体的衬衫领子，摸颈动脉，很快证实了自己其实已经知道的事实：那人已经死了。她站起身走向电话机。

警察局警探长科尼·西奥伯格正躺在沙发上看电视播出的儿童

节目。他一岁的儿子在他身上乱蹦乱跳，不顾爸爸厉声责备，想要抓他的眼镜，把眼镜弄得黏糊糊的，几乎让他看不清东西了。另一个一岁的小捣蛋站在杂志架旁，把所有杂志都拽下来抛在地板上。西奥伯格多次注意到，家里真的需要更多杂志架才行，心里暗暗记住，明天要买几个回来。四岁的小女儿面对电视坐在他腿上，全神贯注看着电视上的斑马、长颈鹿、猴子和两只泰迪熊，见这些动物正在清理一个孩子的房间。她好像根本没注意到自己周围正发生的事情，一心一意看着专为自己准备的电视节目，完全没留意自己的两个孪生弟弟。

科尼·西奥伯格的妻子阿莎在厨房清洗晚饭后的餐具，六岁的女儿在帮助妈妈干活，这孩子喜欢饶舌，也喜欢洗盘子。在电视节目的声音间隙里，西奥伯格听到她欢快的话语声，也听到两个捣蛋儿子激动的吵闹声。他们的大儿子是八岁的西蒙，放学回家后，去一位住在临近楼房的朋友家玩，此时不在家。

西奥伯格家虽然儿女众多，但他家公寓房里整理得井然有序，这对家长的心理健康是必要的，他小心维护着自己的心理健康。到了下午，孩子们都回家玩耍，他们要给孩子们洗澡，准备饭菜。假如有个不知情的来客偶然来访，也许会得到个不好的印象，觉得这个家一片混乱。但是，到了晚上九点，孩子们都上床睡觉后，家里便收拾得井井有条，没有任何活动过的迹象了。

每天早上也是一样，虽然七个大人小孩像没头苍蝇一样在家里折腾几个小时，但等到正门关上，一切便再次恢复井然有序的状态。西奥伯格确信，孩子们制造混乱之前，最好从井然有序开始。不过嘛，这个想法其实是因为家里乱，他自己无法整理自己的思路。他是反暴力犯罪处的警长，出于工作的原因，将自己的逻辑思维整理得井井有条是非常重要的，否则他就不能工作。

他家的公寓房在紧靠尼图盖特广场的斯堪尼加坦路上，房子挺大，有五间卧室和宽敞的厨房，但对他众多的家人来说仍然显小。孪生儿子睡一间卧室，两个女儿住一间卧室，西蒙有自己单独的小屋，但用不了多久，两个女儿在家里就需要自己的隐私空间了。再说，他们也急需第二个卫生间。每天早上，大家不得不排队等待使用卫生间。为了避免这种情况，也为了能随后在餐桌旁平静地吃早饭看报纸，西奥伯格总是头一个起床。他早上五点半就起床，刮脸冲澡，把咖啡壶放在火上，做两块奶酪三明治，取回报纸。接下来他往往能享受二十分钟的平静，然后全家人才陆续起床，没过多久，全家会有很多事等着父母去做。要加热稀粥，得给小孩子换尿布，得做三明治，得给孩子脱下睡衣穿上衣服，给女儿们梳头编辫子，得照料孩子刷牙。最糟糕的是，这些活动都要在孩子们的喧嚣声中进行。小脚丫在不停地蹦跳奔跑，家具被推得到处移动，还有那辆玩具脚踏汽车的声音，楼下的邻居准会觉得楼上发出雷鸣般的吵闹。这可不是个令人羡慕的情景，不过西奥伯格真心热爱自己的生活，热爱自己的孩子。他和阿莎从来没有为自己吵闹的子女感到过后悔。

尽管如此，他们的确该搬迁到一个更加宽敞的住房才好。但是，在城区里难以找到较大较好的公寓房，而且价格肯定贵得多。郊区独门独户的房子或连排别墅感觉不是特别诱人。他们在这儿定居下来，住得很开心，对学校和日托幼儿园感到满意，孩子们有自己的朋友，阿莎和他上班近便，而且离商店、餐馆、很多朋友都很近。不错，很难找到个更好的住处了。

他听到，大女儿萨拉在厨房唱歌谣：“鱼肉布丁，鱼肉布丁，鱼肉布丁，别让我吃鱼肉布丁，鱼肉布丁，鱼肉布丁……”他心里纳闷，不知道她为什么会唱这种词，她本来爱吃鲑鱼布丁的。这时，电话铃响了，只听嗵的一声，是萨拉从橱柜旁的一把椅子上跳在地板上，抢先抓起听筒。

“喂，我是萨拉！”她尖声答道。

“……”

“很好，你好吗？”

“……”

“他在看儿童节目。”

“……”

“好的，我叫他。请稍等！”

“是谁？”阿莎问。

“是山登！”萨拉嘴里喊着，人已经奔跑着快到起居室了。“爸爸，山登叔叔来电话啦，要找你说话呢。”

“萨拉，来帮着照料两个弟弟，”西奥伯格说着把克里斯多夫从肚子上抱下来，放在地板上，然后不情愿地坐起身。

听完电话后，他呻吟一声：“唉，可恶。”

他已经看到妻子皱起眉头露出不快神色。他完全理解妻子的心情。睡觉前独自应付五个孩子，可不是个理想的情景。

“怎么了？”她问。

“一个老妇人出院回家，发现家里厨房地板上躺着一具尸体。倒霉的是，我得去一趟。”

“那是个什么人？”

尽管阿莎不喜欢这种情况，可她不禁对丈夫的工作感到着迷。她任凭丈夫在家里谈论自己的工作，竭力为他常常办的案子找到合理的解释。西奥伯格往往把她当成知音，有时候，在复杂的调查中，她能给他提供指引和启发。

“真奇怪，”西奥伯格回答道。“那老妇人根本不知道死者是个什么人。那人倒在她家地板上，可她从来没见过那人。”

“真可怕。”

阿莎想象着厨房地板上躺着个死人，头一个念头是联想到自己家的厨房，不由浑身颤抖了一下。

“但是，他们很可能见过面的，难道没有这种可能？”她沉思着说。

“我们得查清楚。”他说着匆匆亲吻一下她的嘴唇。“这事很可能得折腾整整一夜，我说不准。保重吧。”

“你也保重，交个好运！”她说着匆匆抚摸一下他的脸颊。他疲惫地叹息一声离去。

那老妇人比西奥伯格原先预料的年纪小一些，或许有七十多岁，坐在一张20世纪70年代的深棕色老式双人沙发上。沙发旁靠一条腿放着一根拐杖。她平静地坐在那里，两眼盯着前方，根本看不出脑子里在想什么事。她看上去既不害怕，也不悲哀，对周围发生的事似乎并不感到好奇。起居室外面的门厅里，山登正跟一位中年妇女交谈。但那位老妇人显然并没有听他们交谈。她的眼睛是灰色的，戴着一副金边眼镜，留一头花白的短发，两条腿很细，穿一条浅蓝色筒裤，裤缝的缝线外露，脚上穿一双黑色的鞋子，上身穿一件灰色羔羊毛高翻领毛衣。

西奥伯格走向她打招呼，她扭过脸望着他，态度不无礼貌，但显得没什么兴趣。他伸出手做自我介绍，她颤巍巍伸出手点了点头算是作答。

“请您在这儿稍等，待会儿我回来与您交谈几句。”西奥伯格的口吻很客气。

“我就坐在这儿。”她的声音不带感情，然后继续用无神的目光望着周围。

西奥伯格返回门厅，山登见了他，朝厨房努了努嘴，然后继续与那位中年女人交谈。西奥伯格穿过门厅时，朝那个丰满的女人扫了一眼，看出她年纪大约 45 岁到 50 岁。尽管她表现出忧心神色，口吻也庄重，但西奥伯格觉得从她绿色的眼睛里看出一抹欢快的闪烁。她扭过头与他对视的时候，一头浓密的红棕色头发颤动了一下。西奥伯格不由感到一种莫名的羞愧，立刻把脸扭向一旁。突如其来的渴望涌上心头，一阵战栗顺着脊梁传下去。

他走到门厅与厨房之间的门口，并没有走进厨房，远远观察那具尸体，接着举目扫视厨房一圈。在犯罪现场调查人员、摄影人员和警察进去前，这是他得到现场印象的机会。对犯罪现场的第一印象可能非常重要，他不急着跨越门槛。

厨房里没有猛烈搏斗的迹象。看上去一切都井然有序，没有打翻一件家具。橱柜的台面干净，圆桌中间铺着一张带花边的白色台布，上面放着一只空果盘和一个铜制蜡烛台。尸体靠电冰箱躺在地板上。只见他身穿深蓝色航海上衣，拉链拉上一半，腿上穿着卡其布裤子，脚上穿一双皮鞋。他的脸遭受过重创，鼻子里流出的一点儿血流到地板上。除此之外，他看上去还比较平静，以酣睡般的姿势仰面躺在松木地板上。

西奥伯格离开厨房门口，从站在门厅的山登和那女人中间挤过去。一股淡淡的香水芬芳飘来，让他感觉愉快。他走到门外，招呼等在坡道上的人们。摄影师和技术人员对自己该做的事非常在行，他向警察们发出指示，要他们拉上警戒带。他环视着院子，打算询问这所房子的主人，然后再打发她离去。

“你名叫英格丽·奥尔森，对吗？”西奥伯格问。

“对。”英格丽的回答很简单。

“很遗憾，我必须请求你暂时离开这所房子。我们做犯罪现场调查时，你不能留在这儿。”

她木然地望着他，没有回答。

“你今晚有别的地方住吗？”

“我跟玛吉特护士说说。”

“玛吉特护士？”西奥伯格问。

“对。我刚出院回家，就发现了这具尸体。我不知道该怎么办，就请玛吉特护士来帮我。”

“我明白了。能请你从头把这事对我说一遍吗？”

英格丽·奥尔森用单调的口吻说了一遍，西奥伯格听得很仔细，不时在笔记本上记下几行字，还问几个问题。她讲述整个事情的过程中态度平静，这让西奥伯格感到吃惊，不过，她没有太激动也许倒是桩好事。毕竟她还得继续住在这所房子里，要是别人遇到这种情况，很可能会马上决定搬走。可他心想，对发生在自己家的谋杀案耸耸肩不屑一顾，这是个什么人哪？恐怕只有听到战争和苦难的新闻关掉电视机的人，或者遇到街头音乐家和拯救儿童募捐箱把脸扭开的人才会这样。西奥伯格当然清楚，在自己的职业中，直觉是个重要的工具，但他不愿匆忙下结论，心想，这位英格丽·奥尔森大概是装出这副模样，其实心情很激动。

“这么说，你不认识这个死去的人？”他继续问道。“这一点你确信无疑？”

“以前从来没见过。”她的回答口吻坚定。

“你有孩子或亲戚能进这所房子吗？”

“谁也没进过这所房子。我没有孩子。”

“你在这里住多久了？”

“十六年。我丈夫去世后，我搬到这儿，为的是离我姐姐近一些。”

“以前你住在哪里？”

“我在厄斯特罗克市长大，搬到这儿来之前一直住在那儿。”

“这么说，你姐姐住在这附近？”

“她已经去世了。”

“对不起。有谁知道你生病住院的事？换句话说，有什么人知道你不在家吗？”

“这个嘛，说不准。也许邻居们知道。还有送信的邮差。我怎么知道呢？”

“你跟邻居们关系密切吗？”

“我们见了面都打个招呼的。”

“以前从来没有人闯进你家？”

“从来没有。这儿没什么东西可偷。”

他默默表示认同。迄今他在这所房子里看到的东西，都没什么值钱的，也许只有那台电视机是个例外，但其实它也很旧了。屋里的东西不过是些廉价的仿制品，还有墙上挂的画，房子里的家具极少，还都是 20 世纪 60 年代和 70 年代的产品。

“我们暂时谈到这儿吧，”西奥伯格合上笔记本说。“我肯定还有机会再次与你交谈。我们完成在这里的调查后，我保证会把一切都恢复原状的，这一点你不用担心。非常感谢你。”他说着伸出手与她道别。

两人握手时，她嘴角瞬间流露出一丝微笑，她的神色顿时显得相当甜美。

西奥伯格在门厅遇到山登，他也正打算去厨房。

“她讲出什么情况没有？”西奥伯格问。

“玛吉特·奥洛夫松？没有。只是讲述了她陪这位老太太从医院返回这里，证实她的话是对的，然后就给警察打了电话。”山登回答道。

西奥伯格用食指挡在嘴唇上，让山登压低声音，朝起居室那边努了努嘴。接着压低声音问：“她们两人并没有什么关系？”

“没有，老妇人住院时，她只不过是病房的护士。老妇人孤身一人，比较喜欢她。玛吉特·奥洛夫松与这个案子没有任何关系。”

山登平静地说。

名叫加布里埃拉的一位技术人员从厨房来到门厅，戴着手套的手朝他们挥动一个钱包。

“那人的身份看来能确定，”她说着拽出一张驾驶证，“汉斯·范纳伯格，1962 年出生。”

“有没有其他值得关注的东西？”西奥伯格边问边从衣袋掏出笔记本，记下驾驶证上的信息。

“有几张信用卡，一张名片……看来他是个房地产经纪人，有几张儿童的照片，同意捐赠器官，但是恐怕已经太晚了。有不少钞票，所以杀人也许不是为了抢劫。明天把钱包送交给你。”

“好的，谢谢。”西奥伯格说。

照片的信息让他感到沮丧。向家人通报死亡的消息已经够糟了，而且死者家属还有几个孩子，这让他很难控制住自己的泪水。英格丽·奥尔森在护士搀扶下走出起居室。

“我看我们该离开了，”玛吉特·奥洛夫松对两位警官说。“我得保证让英格丽有个地方住才行。”

“你真体贴。对这事我们感到抱歉，但实属无奈。”西奥伯格说。“我们会与你们二位保持联系的。”

他设法掩饰自己的轻微战栗，但他感觉嘴巴比刚才更干涩了。

“最后提一个问题，”他面对英格丽·奥尔森说。“四十多岁的汉斯·范纳伯格，这个名字听着熟悉吗？”

“根本不熟悉。”她回答道。

“平静下来后，仔细想想。”西奥伯格说。“再见。”

“她看上去怎么样？”两个女人出门后，山登问。

“她表现得有点冷漠，漠不关心的态度让人惊奇。但她内心中当然感到震动。”

“她看上去不是那种传统的好心老太太，模样有点尖刻。可怜的护士，背了这么个包袱。你觉得她会不会带她回自己家？”

“也许会吧。”西奥伯格回答。“她看来属于喜欢照顾别人的类型。咱们去外面吧，看看他们在园子里发现什么有价值的情况没有。”

他们走出房门来到外面的坡道上，一位名叫彼特拉·韦斯特曼的年轻警察助理朝他们走来。

“我们发现很多脚印。”没等他们提问，她便开口说。“这种天气对侦查脚印极为有利，我们得到一些特别清晰的脚印。”

“男人的还是女人的？”山登问。

“我认为有两个人的不同鞋印，”韦斯特曼回答。“几乎可以肯定，两种都是男人的。”

“没别的情况？”

“暂时没有。”

她再次走进阴影中，西奥伯格看了山登一眼，露出悲哀神色。

“你守在这儿，我回局里查查这个范纳伯格。应该有失踪报告。然后我就能跟他家人取得联系。”他叹了口气。“明天 11 点召集人员分析案情。”

他俯身摘下蓝色的鞋底保护套，装在上衣口袋里。然后弯下腰顶着风匆匆朝停在街上的车走去。

开车返回警察局途中，他在录音机里放了首英国恐怖海峡乐队唱的《兄弟手拉手》，趁这个机会跟阿莎通电话。这时已经 11 点钟了，可他想，妻子还没上床，像往常风雨交加的夜晚一样，趁孩子们睡觉后享受片刻平静的时光。

“嘿，事情怎么样？”

“挺好。孩子们都睡了，我正坐着看书。你的事怎么样了？”

“看了具尸体，现在开车回局里，查查这是个什么人。然后我得跟他家人取得联系。看来他有孩子。”

“唉，你真可怜。大家也都可怜。那老妇人呢？”

“神情有点恍惚。应该是受了惊吓。她从来没见过那个人，听了他的名字不知道是谁。”

“这就奇怪了。但是她可能跟那人还是有点关系的，也许她自己都没意识到。”

“这我拿不准。”

“应该有关系，要不然，他们本来可以在外面的树林里杀害那人的！”

“那老妇人在医院住了几个礼拜，房子里没人。准是他们得知这个情况，把那人引诱到那儿杀害他的。那人是个房地产经纪人。”

“但是，换了你，难道会在一个陌生人的房子里杀害一个人，就因为那房子是空的？”

阿莎的看法从来值得认真考虑，但在这个案件中，西奥伯格感到怀疑。尽管有各种情况，眼前是活生生的现实：绝大多数杀人犯只是采取暴力行动，并没有多少复杂的心理，没有什么高超的策划，也没有什么潜在的意义。

“上床睡觉吧。”他亲切地说。“没准今晚整夜都回不了家呢。再见。”

“再见，亲爱的，我挂念你。”阿莎挂上电话。他感谢上苍赐给他如此美好积极的生活伴侣。

接着，他的思路回到那个汉斯·范纳伯格，心里暗自希望他没有妻子，盼望他钱包里的照片不过是几个侄女或外甥。

警察局在厄斯格加坦路的尽头，毗邻哈玛比运河，这是一幢现代化的办公楼，正面是玻璃墙。夜里这个时间，这里寂静无人，透明的玻璃墙里亮灯的房间不多。他在正门门禁系统上刷了自己的通行卡，输入自己的密码：POOP。他设这个滑稽密码，是因为四岁的女儿玛佳眼下特别开心的事就是说：“屎巴巴”，每次输入这个密码，他心里就荡漾起一股暖意，不过他希望没人从后面偷窥这个滑稽密码。

在接待区大理石地板上，他的脚步激起孤寂的回声。接待员卢腾几个小时前就下班回家，返回同样喜爱养狗的同伴身边，去跟他们的阿富汗梗犬亲热去了。想到卢腾的狗和看门人米奇的狗竟然相互赠送圣诞贺卡和生日卡片，西奥伯格不禁露出会心的微笑。他拿不准他们庆祝的是狗的新年还是人类的新年，便打定主意，要找机会问个明白。

他一步三级跳上二楼，打开自己办公室的门。六个小时前，他还以为锁了门今晚用不着开呢。他把外套丢在一把椅子上，坐在自己的桌子后面，给国家调查局的值班台打电话。没等电话接通，他忽然改变了主意，动手在电话簿上查找范纳伯格的号码，结果毫不费事就找到了。他看了一眼电话号码旁的地址，竟然离犯罪现场不远。他决定打电话给山登。山登立刻回了话。

“我说，金斯，事情进展如何？”

“到现在还没有新发现。技术人员正在连续苦干。汉森认为，他是被厨房的椅子砸死的。另外，跟咱们原来想的一样，尸体发现地就是犯罪现场。”

“听我说，首先抵达的当地警察还在那儿吧？”

“已经不在了，你跟英格丽·奥尔森谈话的时候就走了。”

“也许他们认识受害者。稳妥起见，我得跟他们核对一下。也许他们得到了他失踪的报告。”

他得到他们的名字后，给当地警察署打电话，立刻与他们取得了联系，其中一位正在填写报告。西奥伯格说出他的职业。

“没错，他妻子今天下午来过这里，报告说他自从昨晚就失踪了，不过我们还没有对这事采取过行动。她来的时候已经下午五点了。”

“既然你们已经有个失踪报告，描述的人跟死者相似，刚才为什么不告诉我们这一点？”

“没想到这事。关于这个人，似乎没有任何不好的名声。”

“你是说关于什么人？”西奥伯格恼火地问。

“当然是关于失踪的这个人。他似乎完全是个正常人，在任何方面没有不好的名声。他妻子也一样。”

“难道你怀疑，那具尸体名声不佳？”西奥伯格的声音是从牙缝里发出的。

“这个嘛，我猜让人谋杀准不是什么光彩的事，还是在那个老妇人的房子里……”

西奥伯格没再追问，要他这位同事立刻把失踪报告传真过来。他振作起来，谢了那位警官的协助，挂上电话，走向文印室，站在传真机前等待。那份该死的传真终于传过来了，他马上抽出来阅读。出生日期符合，他家里有妻子和三个孩子，职业是房地产经纪人，按他妻子叙述，是前一天下午六点出门去拜访那个街区一位出售房子的人，出门时他说，要步行去那地方，一个小时后就回来，但再也没回来。

西奥伯格看了看时钟，见已经是午夜过后。他在考虑此时去拜访那家人是不是合适。如果这家人在睡觉，该不该打扰他们？那位妻子肯定担心得要命。可他决定等到一大早再去。他自己也急需睡上几个钟头，然后再搞这件棘手的工作。

他站在挂满露水的草坪上，低头望着自己赤裸的双脚。他本该抬头观望才对，但他感觉脑袋沉重得抬不起来。他鼓起全部勇气和拿出浑身的力气，才把头仰起，但仍然不敢睁开眼睛，任凭后脑勺在柔软的脖子上靠了一会儿。最后，他终于睁开了眼睛。

那位漂亮女人再次站在窗前，一头红发像太阳的光环般洒在脑袋周围。她迈动脚步，舞蹈般向前走了几步，两眼露出惊讶的神色，与他的目光相对。他朝她举起双臂，不料身体失去了平衡，一个趔趄向后倒去。

科尼·西奥伯格猛地一惊，在床上坐起，两个手掌使劲按住眼睛，感觉汗水顺着后背淌下。他浑身在颤抖，可他没喊出声。他闭着嘴巴，呼吸急促，不过没有出声。他嘴巴干涩得几乎张不开，浑身在发抖。他捂着脸前后摇晃几下身子，最后振作起来走向卫生间。

他又做梦了，总是重复做同一个梦。他一口气喝了两杯水，这才敢看一眼自己在镜子里的模样。他的身子仍然在颤抖，不过呼吸总算开始平静下来了。同一个毫无意义的梦，总是一再出现。他并不明白为什么这个梦让他深感不安。

不过，这次做的梦有个新情况，他认识那个女人的脸。

杀人凶手的日记 1
2006 年 11 月，星期二

我头一回杀死一个人，从来没有这么振奋过，感觉浑身都充满了力量，求生的欲望从来没有像今天这么强烈。这话我自己说出来也觉得荒诞，就像喜剧中的台词，可这事没什么好笑的，整个是一场悲剧。我自己的可怜生活也是一场悲剧，只有孤独和屈辱的感觉，我的悲惨童年也是一场悲剧，其中充斥着暴力，被别的孩子排斥，还有恐惧。那帮孩子夺走了我的一切：我的自我意识、我的生活乐趣、我的未来梦想、我的自尊心。他们还从我这儿夺走了其他孩子生活中拥有的东西：一整套幸福童年的回忆。那是人回顾往事本该感到幸福的经历，也是与其他人交流的谈资。一个人到了六岁，六年的时间跨度就是他过去的人生，一个人到了四十岁，四十年的时间跨度也是他过去的人生。如今我像以往一样，没有交谈的伴侣，也没有任何感到幸福的童年回忆。在我黯淡的漫长生活中，没有一束光亮。

我可以用言语表达往事，我可以明确表达自己的想法：是那些野蛮孩子夺走了我的一切。对此我毫无办法，只能任其发生，任由那后果给我的余生投下阴影，让我成为人们残酷行为的受害者。我把自己看作受害者，自己过的也是受害者的生活。沉默寡言、战战兢兢、孤独寡性。但是，现在一切都结束了。我丝毫没有感觉到自己比以前更加幸福，其实恰恰相反。但我体会到一种强烈的享受感，我在享受自己的不幸，所以我才感到欢欣，感到振奋。

当时我走进那间厨房的光亮里，还没有打定主意该做什么。我并没有打算伤害他，我想要的只是理解，是某种承认，还有一个道歉。他站在那里，看上去长相英俊，生活富足，受人热爱，虽然露出点吃惊模样，不过嘴角挂着友善的微笑。

“哦，请原谅。”他道歉说。“我按过好几次门铃，还丢过几根树枝敲打窗玻璃。我觉得你也许没听到，不过我们说好这个时间……”

“没关系。”我打断他。他是个房地产经纪人，如今又闯进别人家，我决定利用自己此时自己拥有的心理优势，便摆出傲慢姿态，说话带着以恩人自居的口吻。

虽然眼下的形势让他态度中带着歉意和尴尬，但他扬起脑袋站在那里，显然自尊心并未受到干扰。他脸上挂着微笑，两眼闪烁出狡诈神色，有一种居高临下的神态。这种人不可能让人产生恶感，不过却可以让人讨厌他。

这张面孔足能让他回溯到三十七年前，回想起那个小孩子脸贴沥青路面，趴在一摊肮脏的水里，刮伤的脸火辣辣的刺痛，胳膊腿儿让其他小孩使劲按住，就像钉在十字架上一样。那些孩子又是笑又是闹，露出狰狞面目，顺从地执行你交给他们的任务，你则像个恶霸一样发号施令。你呢，你骑坐在那个小孩子背上，两条腿像骑马一样跨在那个不停抽噎的孩子脖子两旁，用一把儿童用的钝剪刀一把又一把剪下那个孩子的头发。不论是鲜血还是眼泪，什么都不能妨碍你享受毫不掩饰的喜悦。

一个人在悲惨的一年中毁掉了另一个人的生活：那是我的生活。要想痛恨这个人并不难。要想憎恨你很容易，因为你站在那里，自以为这是我的房子，你要把我赶出去，然后返回你的漂亮妻子和孩子们身边。上帝不允许你让他们体验到恐惧，但你却每天都强加给我恐惧。命运如此不公，汉斯这个邪恶的化身长大后享受幸福生活，家庭和美，受人热爱，也拥有爱别人的能力；而我这个悲惨的受害者却变成个小爬虫，在污秽中挣扎，不受任何人注意，只能生活在暗无天日的毁灭中，心里只能怀着憎恨。

他向我伸出手，我握住他的手，神态中并没有露出对他的厌恶。

“那么，是不是先带我看看房子？”他态度礼貌，但仍然是一副权威口吻。

“不，我看咱们先坐下来谈谈。”我回答道，指了指餐桌旁的一把椅子。

我自己没打算坐，可他顺从地坐在椅子边上，两脚交叉，双手握在一起，搭在餐桌上。我斜倚在橱柜上，双臂交叉，眼睛鄙视着他，可他仰起面孔时，露出友善的表情，显出兴致。他和我都不知道下一步会发生什么事，但随着事情的进展，我开始体会到一种满足感。我不再能控制自己的行为，好像一种高尚而强烈的力量控制了我。我的恐惧和柔顺消失了，变成了钢铁般的力量。

“好吧。”沉默片刻后他说。

“好吧。”我像回声一样说。

“你想谈什么？”

“我们谈谈你和我，还有我们的关系和后果。”我自己都分辨不出这是我的声音了。

“关系？”他迷惑道。

他这时显出迟疑，双手的指头尖相互敲打着。

“你认出我没有？”

他当然没认出。要认出多年没见面的儿时熟人并不容易，除非这个人给人心灵深处留下深深的创伤，让人夜里做梦都梦到他，让人白天大部分时间都在咒骂他，咒骂他的恶行。他摇了摇脑袋。

“我们认识吗？”

“我们是儿时的玩伴。”我口吻干巴巴地说。他马上表现出高兴的情绪，松了口气，感叹道：“真是巧合！都过了……”可我打断了他。

“没错，我能肯定你认为是个巧合。你拿我寻够了开心。你还记得你们都是印第安人，而我是哪个牛仔？”

“不记得了……”

我再次打断他。

“记得在那个垃圾场发生的事吗？你们朝我射箭，我坐在另一端双手抱着脑袋，免得让你们把我眼睛射瞎。一支箭射中我的腿，你肯定记得那回事，是你把箭从我腿上拽出去，看到你的箭上沾着真正的鲜血，你显得那么开心。”

“我不知道……”他吃惊了。

“你当然记得。我们每天在一起玩。我们玩得那么可怕，我想离开学前班回家，可你不让我走。你和安—克莉丝汀、丽丝洛特和其他孩子先动手殴打我，砸烂我的东西，抢走我的衣服。有一次你们夺走我的裤子，我只好大冬天光着双腿回家。你肯定记得那回事，你们都觉得那事好笑。”

我用厌恶的腔调冲着眼前这个人吐出厌恨的话，可他显得根本没听懂。难道他根本不记得了？难道真有这种可能性？对我至关重要的事件难道对他真的毫无意义？他甚至没有保留下那段儿时的记忆？也许事过第二天，他就把幼儿班放学回家路上那段寻常插曲忘了个干净。他的迷惑神色对我整个失败的人生是多大的嘲弄啊！我竭力掩盖心中翻腾的怒火，仍然双手交叉站在那里，表现出平静，继续我的说教。

“不过，你还记得那场吐唾沫比赛吧？当时你们都待在大门外，等着朝我吐口水。所有孩子听到你一声令下：‘各就位，预备，吐！’你朝我吐唾沫，所有二十个孩子同时朝我吐。吐到我脸上的就算赢，我肯定赢家是你，你对此非常在行。”

“你准是……”

“想起来啦！你终于想起来了！你还记得在雨水桶里搞的溺水游戏吧？‘我数到三，就把你按进去。’我的脑袋被按到水桶里。‘一，二、三，’然后拉起来。‘一，二、三，’再按进去，‘一，二、三，’再拉起来。你知道水刑对人的影响吗？”

“可那不过是闹着玩。”他结结巴巴道。“不过是孩子们的……”

“孩子们的什么？”我这时咆哮起来，发现自己变得声嘶力竭了。

尽管我的意图不过是让他承认自己的过错，充其量不过想逼他道个歉，尽管我的性格中从来没有暴力成分，可我当时怒不可遏了。这个小恶霸对自己的暴行表现出冷漠，我不由气昏了头，刹那间一反常态表现出自己的弱点，照准他漂亮的面孔狠踹一脚。我的脚踢中他的下巴，只听他上下牙发出个沉闷恶心的碰撞声，他脑袋朝后仰，身子连同椅子一起倒下。我想都没想，抓住手边一把椅子的椅背高高扬起，狠狠砸下。椅子的一条腿擦过他的额头，无情向他划去，掠过眼睛砸在颧骨上，发出一个难听的破碎声。椅子再次举起，这一次砸得更准，一条椅子腿砸在他胸腔，另一条正砸在他鼻梁上，随着一个轻微的碎裂声，他的鼻梁断了。最后，我照准他的鼻子狠狠踢去。汉斯，我这可是跟你学的。这一脚没受到任何阻碍，狠狠踢中他的鼻子。

这个人倒在地板上，两个鼻孔里淌出一点儿血。寂静中，我能听到自己耳朵里怦怦的脉搏声。我的盛怒消退了，这时我脑子里转着念头，主要是在回顾刚才这一切为何发生得这么快。我头一次变得这么疯狂，心里并不后悔杀了人，只后悔没能让他的痛苦维持得长久些。我本该对他讲出他强加给我的所有不公，本该让他承认自己的所有罪行，逼他光着膝盖跪下乞求宽恕。总之，我本该让他长时间受难，在痛苦中死去。

这时，我这个杀人犯正坐在这里端详一幅照片，这是那个黑暗年代的黑白旧照片。照片上，孩子们望着我，脸上露出狞笑。老师站在右后方，卡丽娜·阿霍宁陪在她身旁。老师身穿印花女便服，头发在头顶上盘成一很大的发髻，两眼望着照相机镜头，神色显得庄重，似乎想表现自己对待学前班这份工作极为严肃。在我正前方的中间，汉斯单腿跪在地上，咧开嘴巴微笑。哼！谁笑到最后，谁才笑得最好。

我祝愿县议员戈兰·梅耶好运，希望他采取的行动能解救卡特琳纳霍尔姆忍受苦难的孩子们，这是我的真心话。不过我认为，要启动他那个计划，需要有人推波助澜。

我的感觉已经好多了。

星期三早上

科尼·西奥伯格在床上睡了几个小时，辗转难眠，这时正在翻看晨报，可他什么也看不进去。他在心里盘算着，该如何跟那位刚成为寡妇的女人谈。他觉得喉咙哽噎，怎么也缓解不了。在他想象中，如果阿莎死了，他再也不会感到幸福了。为了孩子，他会继续活着，但生活会变得空虚，会变得毫无意义。泪水涌到了他的眼眶。他不知道站在范纳伯格太太面前，会不会一句话也说不出来。别想了，他告诫自己，别瞎想了，集中精力想想该说什么吧。

忽然，阿莎站在门口。为了避免弄醒两个孪生儿子，她悄悄走来，站在门口望着他。他们俩看同样的影片都会感动，看到书中辛酸处，也都会落泪。此时，她知道他的情感，深谙他的想法。她朝他走来，久久拥抱着他。泪水涌出他的眼眶，顺着脸颊淌下，打湿了她的浴衣袖子。

他吃过奶酪三明治，刷了牙，穿好衣服，出门走向汽车。虽然这时已经是六点半，但外面夜色依然浓重。一位跑步锻炼者穿过尼图盖特的活动场，朝索菲亚加腾跑去。西奥伯格开出狭窄的停车场后，打电话叫醒山登，了解到夜里没有发生不曾预见到的事情。

“我正开车去通知那位寡妇。”他的口吻中带着歉意。“我只是想再次确认，那人确实是范纳伯格吧？”

“啊，是他，没问题。”山登大声说。

“他妻子昨天下午去警察局报告丈夫失踪，但他显然在周一晚上就失踪了。”

“这话没错，因为房子周围的脚印是踩在湿泥地上的，星期一下过雨，昨天是个晴天。”

“好，我们可以从这一点开始接着调查。”

“尸体要做解剖，四点以后可以去看尸体，技术人员们应该能准备好他衣袋里的东西，供11点开会用。汉森要来开会。”

“好。到时候见。原谅我把你吵醒。祝我好运吧。”

“祝你好运。”

二十分钟后，西奥伯格来到范纳伯格家住的安斯基德连排别墅小区外面，这时天依然一片漆黑。他把车停在来客车位上，朝那个房门走去。厨房窗户里亮着灯，他看到，除了孩子们，里面还有几个成人，这让他稍感宽慰。他深吸一口气，努力做出亲切而严肃的表情，用敲门槌敲了两下。一个老人开了门。

“我是哈玛比警察局的警长科尼·西奥伯格，我想跟派娅·范纳伯格谈谈。”

“我是她父亲。请进来吧。”那人倒退几步说。

西奥伯格进了走廊，脱掉鞋子。厨房里的一个老妇人礼貌地朝他点了点头，她正在照料三个孩子吃饭，但他看到她眼睛里露出担忧的神色。他跟随那个男人走进起居室。一张长沙发的一头，坐着派娅·范纳伯格。只见她身体僵硬得像块木板，浑身像着了凉一样颤抖着，望着他的眼神里露出恐惧。他拘谨地坐在靠近她的一把扶手椅上，那位父亲靠着女儿坐下，搂住女儿的肩膀。谁也没开口。接着，西奥伯格开始讲话。

“来跟你说这事我感到极为难过。我们找到了你丈夫，不幸的是，他死了。”

他双手紧紧握在一起，把手都握得发白了。

那女人的表情没有变化，但是她爸爸的脸颊上滚下一滴泪珠。

“我就知道是这样。”她用异常清晰的声音说。“我早知道是这样。他绝对不会无缘无故消失的。”

“不幸的是，我还必须告诉你，所有迹象显示，他是被人杀害的。”

她对这话的反应让他吃了一惊，接着，他又对她说的话感到震动，她的话明显表现出对丈夫的爱。

“你认为他死前遭受过痛苦吗？”

“我说不上。”他平静地说，“因为我不是医生。但是，根据我看到的情况，看来事情发生得非常快，他看上去是平静的。”

“那么他是怎么死的？”派娅·范纳伯格接着用就事论事的口吻问道。

“他死在离这儿不远的一所房子里。他去那儿做什么事，你知道吗？”

“他去那儿看一处要出售的房产。就在附近，我不知道具体地方。他是步行去的。”

西奥伯格感到一阵良心不安。这个女人正处在极度痛苦中，他却逼她回答问题。但迅速澄清一些情况是重要的，以便调查能继续进行。

“他什么时间离开家的？”

“他离开时是差一刻六点，他说大约一个钟头后回来。我们本来要一道吃晚饭的……”

她的两眼头一次不再看他，低下头望着自己的两只手。她摊在腿上的双手在发抖。

“我马上就走，不再打扰你们了。可我还得提几个问题。”西奥伯格的口吻带着歉意，没等回答便接着提问。“你什么时候向警察报告这事的？”

“那天晚上大约10点钟我给警察打电话，但他们不知道发生过犯罪案件，建议我等到第二天再报告。昨天下午我父母来这儿后，我去过警察局。”

“你丈夫曾经感到过自己受威胁吗？他有什么仇人吗？”

“没有那种情况。他是个受人尊敬的人。人人都喜欢他……”

“最后一个问题。我能不能跟他工作机构的人谈谈？我该了解他是去跟什么人见面的。”

“他跟他的合伙人约玛·莫林共同经营公司。”

她伸手接过西奥伯格的笔记本，迅速写下那位合伙人的名字和电话号码。

“我们还要请你们尽快协助我们正式确认受害人的身份。就是请一位家庭成员来看死者。你们哪位能来帮我们这个忙吗？最好是今天或明天。”

派娅·范纳伯格点了点头，双手捂着脸，投入父亲的怀抱。西奥伯格离开椅子站起身，再次表达了自己的同情，问是否可在几天内再次来提几个问题。那位父亲礼貌地点了点头，尽管这时他已经止不住自己的泪水。

西奥伯格返回汽车里的时候，天已经慢慢亮了，他收听斯德哥尔摩电台的广播，排遣一下难受的心情。

他把车停在警察局楼下的车库，乘电梯升上接待区。

“早上好，警长！”电梯门还没关上，卢腾跟他打招呼。

“早上好，接待主任！”西奥伯格做答。

卢腾的欢快表情能让所有人都暂时忘记心中的忧虑。

“今天有我的信息吗？”

“有。几位记者打电话找你，请你谈谈昨晚发生的谋杀案。我不知道该怎么对他们说。”

“可以告诉他们下午四点后再来电话。”

他上了楼梯，走向自己办公室途中，为自己斟了杯咖啡，坐下来给范纳伯格的合伙人打电话。

“这里是范—莫房地产公司，我是莫林。”

声音听着既礼貌又热情。西奥伯格做了自我介绍。

“我打电话是为了询问你的合伙人汉斯·范纳伯格。”

“你知道他在哪儿吗？”

“非常不幸，我有个坏消息。说来伤心，他死了。”

“但是这到底是怎么……”他的声音忽然中断，电话里没声音了。

“我非常抱歉，可我需要见你。我可以马上去你的办公室吗？”

“可以。弗莱明戈坦街68号。”

“我这就来。”西奥伯格说完挂上电话。

莫林受到的震动看来是真诚的，在短短的电话交谈中他的声音从恭敬变成焦急，然后变成了惊慌。西奥伯格放下听筒前，觉得听到一阵压抑的抽泣声。这又是一颗破碎的心，自己又得面对一个亲近而亲爱的人，想到这里，他感到沮丧。

这时已经是九点钟，他决定乘地铁去那家房地产公司，免得在市中心遭遇堵车。他再次穿上外套，一口喝光剩下的咖啡。

“我去受害者的公司，询问他的合伙人。”他经过接待台时对卢腾说。“山登来了告他一声。”

他做了个道别手势，走出办公楼，来到外面的街道上。

在地铁中，他出于职业习惯抓紧时间在心里梳理情况：范纳伯格周一晚上差一刻六点离开家，去安斯基德广场阿克巴斯瓦根街31号去见一位售房人，从他家步行去那里需要十五分钟。那所房子里住着一位名叫英格丽·奥尔森的女人，这女人当时已经在医院住了三个星期。是他们约定了那天见面，还是另有人知道那是所空房子，引诱他去的？他走进那所房子，被人用厨房里的椅子打死，还没有留下可见的搏斗痕迹。是有人开门让他进去的吗？如果是这样，是谁把他让进屋的？要么就是门没有上锁？难道是有人尾随他去那儿的？园子里有两个男人的足迹，一个应该是范纳伯格的。他没有回家，于是妻子开始担心，给警察打了电话，但是星期二下午前没有留下正式记录。大约在星期二同一时间，英格丽·奥尔森回到家，发现了尸体，返回医院找来玛吉特·奥洛夫松。那位护士陪他回到家，然后给警察打了电话。

他从衣服里面的口袋掏出笔记本，写下要提的问题，然后增加了一个问题：汉斯·范纳伯格与英格丽·奥尔森是什么关系?

这是一座20世纪20年代的旧楼房，这家房地产公司的办公室在一层。在展示橱窗中，陈列着公函纸尺寸的图表和描述，内容是公寓房和独门独户的房子，房址主要在国王岛区和南郊区，那里是范纳伯格家周围地区，另外有城南几处夏季别墅的介绍。一个手写的“关门”标志贴在玻璃门里面。但西奥伯格还是敲了门。莫林立刻拉开门，西奥伯格走进去，这间办公室虽然小，却安排得井井有条，室内有两张办公桌和一个小厨房。他向这位四十多岁的男人伸出手，见他皮肤上有伤疤，深棕色的头发剪得很短。那人跟他握手时柔弱无力。

“请坐。”他请西奥伯格坐在一张来客椅子上。

那人坐在自己的办公桌后面，双手交叉搭在前面。

“告诉我发生什么事了。”他的声音显得疲惫，两只棕色的大眼睛露出悲哀，望着警长。

西奥伯格扼要讲述了自己了解的情况，莫林聆听着事情经过，并没有插嘴，凝视的目光显得不安，一会儿看看西奥伯格，一会儿转向窗户和办公桌。

“你知道他去阿克巴斯瓦根31号跟人见面的事吗?”西奥伯格问。

“他说周一晚上要见一个客户，不过他要先回家。我只知道这一点。”

“也许他有个日程表，上面写着预定的会见?”西奥伯格问。

“当然，他会记下来的。”莫林说着站起身。

西奥伯格随他走到范纳伯格的办公桌前，桌上摆着一个大大的日历日程簿，他竭力避免看到桌子上一个相框中孩子们的眼睛。

“咱们查查，前天……”

莫林用食指顺着周一预定的活动记录往下滑，停在最后一行文字上。

“阿克巴斯瓦根街 31 号。”他说。“只有这一条记录。”

“你们两人关系密切吗？”西奥伯格问。

“是的。我们是在大学认识的，是同班同学，毕业后保持来往，后来我们开设了这家公司，并肩工作十五年了。我们一道出去参加社交活动不像以前那么频繁，反正我们每天都见面，各自都有家室，不过我们有时候一道出去喝啤酒，谈事情。”

“按你的了解，他有仇人吗？”

“我不知道。我无法想象出他有仇人。他对任何人都非常和善。女士们尤其喜欢他。”

“你是指哪些女士？”

“所有来往的女士。顾客、在酒吧见到的女人、女招待等等。还有我妻子。”他补充说，脸上头一次露出微笑。

“你认为他有外遇吗？”西奥伯格问。

“不可能。他有派娅。根本不需要其他人。他对家庭特别忠诚。”莫林说着朝那幅照片看了一眼，脸上露出难过神色。

“过去是不是有过什么旧怨？”西奥伯格提示道。

莫林坐在那里静静思索了片刻，接着摇了摇头。

“我们二十多岁就相互了解，他从来没惹过麻烦。他的……他的母亲有点可怕，有时候惹事，但他能应付母亲的。”

“她惹的是什么类型的事，能不能举个例子？”

“她偶尔会来这间办公室，喝得醉醺醺，嘴里咒骂着闹腾，可他总能设法让她平静下来。可以说，她有酗酒问题，有经济问题，有情绪问题，看来还有各种能想象出的问题。他尽力帮助母亲，给她钱帮她忙。他的成长环境也许不是最幸福的。”

“你认为那可能是什么环境？”

“好像他没有父亲。反正汉斯不知道自己父亲是谁。他妈酗酒，还会带很多男人回家。有些男人会住些日子，充当继父的角色，但汉斯不喜欢他们，他们大概也不喜欢他，反正不在乎他。照我猜想，那些男人也喝酒。他们经常搬家，汉斯小时候也许很不守规矩。常常逃学，打架，有一次还打断一个同学的胳膊。最后他决定待在诺克平上高中，可他母亲却搬到马尔摩去住。他只好自己照顾自己，也因此独立了。我认为他的生活从那时起走上不同的方向。”

“我想检查一下他的桌子。”西奥伯格说。“你是不是愿意思索一下，看能不能想起与这桩调查有关的线索？”

“当然，没问题。”莫林答应着，返回自己的座位，露出消沉的表情，望着自己杂乱的桌子。

西奥伯格分门别类研究范纳伯格桌子抽屉中的东西，不过只发现各种办公用品。他随意翻动几个活页夹，内容多是推销记录，没有找到与谋杀或与个性有关联的东西。最后他整个浏览一遍那个日程表，努力辨认死者的潦草笔迹。他看出，这个日程表仅仅记录着与工作相关的事务，至少是在工作时间要办的事务。有的写着“带人看房”，旁边是地址，有的只写着地址和姓名。有几处是与牙医、理发师或汽车检修工的约定见面时间。他的目光最后集中在一个条目上，时间是三个月前：“带人看房，阿克巴斯瓦根街13号。”

“我说，”西奥伯格说，“这是什么？8月15日带人去阿克巴斯瓦根街13号看房？”

莫林显出迷惑神色，把椅子转了半圈，从身后的书架上取下一个活页夹。

“咱们看看这儿……”他喃喃说着，翻看那个活页夹。“在这儿。”

他站起身，拿着打开的活页夹走到西奥伯格面前，放在他面前的桌子上。

“这是我卖掉的一处房产。”他迟疑着说。“我不知道那次带人看房为什么会写在汉斯的日程上。”

他的目光从推销记录转向那个日程表。

“啊，我知道了！”他舒了口气，指着下面那行文字。“汉斯那天下午晚些时候要去看尼奈斯港的一所夏日别墅，同行的有一位巡查员和买方，他当时认为，要是带人看这儿的房子，就赶不上下午那一趟了。一般情况下，这片区域的房产都由他处理，因为离他的住处很近，不过这一趟是我替他带人去看的。”

“这是不是有点奇怪……”西奥伯格刚开口，莫林就打断他的话。

“这当然是那天发生的情况。我把阿克巴斯瓦根街13号的房子卖给一家人，那家人几个星期后搬进去住下。那桩生意已经敲定，但是买方上个星期打来电话，说卖方拆走了各种固定设施，买方说，看房时本来有的微波炉不见了、壁灯没了、墙壁上有撕扯的痕迹、花园本来有的一个大缸没了，只剩下一个难看的水泥基础。不管是什么情况，汉斯承诺去那片居民区的时候看看，掌握整体情况。他周一晚上当然是去那片居民区，但他显然弄错了房子号码。他不可能知道……那是我的客户，他从来没看过那处房产。”

莫林陷入了沉思，显得十分沮丧。

“到底发生了什么事？是有人跟踪了他，还是房子里有个疯子，把汉斯当成窃贼？什么人会干出这种事？”

西奥伯格拍了拍他的肩膀，安慰他。

“我向你保证，会查清楚的。我现在得走了，不过假如有其他问题，还会与你联系的。”

他返回弗莱明戈坦街已经十点半，匆匆奔向地铁入口，免得误了开会时间。11月灰蒙蒙的天空中看不到太阳，偶然有几片雪花飘落下来。他心中又增添了两个问题：范纳伯格的父亲是什么人？英格丽·奥尔森住院期间，谁可能待在她家？

11 点过 8 分，所有人都聚集在没有窗户的椭圆形会议室。除了西奥伯格，与会的还有警探长金斯·山登，几位助理警官：贾马尔·哈马德、彼特拉·韦斯特曼、艾纳·埃里克松，技术人员加布里埃拉·汉森，以及检察院的一位代表哈达·罗森。大家面前都放着一杯咖啡，只有韦斯特曼喜欢喝茶。西奥伯格稍有点恼火，没想到区区几个人开会都不能准时到，不过这次迟到的是检察官罗森。由于这次调查他在形式上负主要责任，西奥伯格只好按捺住心中的不快。

会议开始，西奥伯格归纳了案件发生情况，报告了与受害者家属会见以及拜访死者业务合伙人的情况。罗森偶然插话提几个问题，不时澄清一点事实，不过看来对迄今的调查感到满意。汉森接着报告技术人员的发现，证实谋杀几乎肯定是发生在那间厨房里，厨房的一把椅子上沾有血渍，可假定为杀人凶器。当然，确定死因、死亡时间、杀人凶器是验尸员的工作，但是尸体是在凌晨送到验尸员那里的，验尸报告最早要在这天下午才能送来。

汉森接着报告说，从房子里和外面园子里提取的许多指纹和鞋印还没有分析出来。技术人员正在工作，尚未完成。西奥伯格注意到，在以前的许多案件中，犯罪现场技术员加布里埃拉·汉森的表现卓越：精确、迅速、对手头的工作聚精会神。他提醒她还要彻底检查门锁，但她报告说，这事他们已经完成了，门锁没有破坏的迹象。由于门锁非常旧，任何人只要用一把铁片插进门缝，或者用铁丝插进锁眼里扭一下就能弄开。

“受害者的妻子坚持说，”西奥伯格接着说，“范纳伯格是去见一位售房人。他的合伙人约玛·莫林的结论是，范纳伯格是去 13 号房见一位买房人，不是发生谋杀案的 31 号房。是他在日程上写的地址有误。这看来是个合理的解释，因为英格丽·奥尔森与本案根本没关系。彼特拉，你去与派娅·范纳伯格谈谈，不过要等明天再谈，问问她这事。另外，要尽量查查范纳伯格的情况，看他是不是在家里保存着一个日程表。利用机会询问一下他的岳父岳母，看他们能不能补充什么情况。今天你可以去13号房与买房人联系，看他们是不是说到这次预定的会见。我还想要你去弗莱明戈坦街那间房地产公司，检查范纳伯格的计算机。查看他的计算机文件之类，尤其是个人事务，看能不能找到线索。要彻底查找所有来往信件和电子邮件。山登去拜访奥洛夫松和奥尔森两位女士，要问个彻底。问英格丽·奥尔森是否有出售那所房子的想法，是不是可能与一位房产经纪人有过预约。查明她以前是不是有过不受欢迎的来访者。假如范纳伯格是错走进那所房子的，有可能是本不该待在房子里的人受惊后袭击他。玛吉特·奥洛夫松看来与本案完全无关，所以可以排除她，但要查明她对英格丽·奥尔森的了解程度如何。她作为个人真正喜欢的是什么，对一切情况有什么反应。也许她说出两人之间的交往情况对我们有帮助。别忘了提取她们的指纹，可以想象出，房子里也许到处是她们的指纹。贾马尔，等到技术人员干完，你去彻底检查那所房子。检查贵重物品、历史记录，以及对调查可能有用的一切东西。艾纳去查找与范纳伯格有关的所有能想到的官方登记。看看是否能找到这个人的父亲，也要查找他母亲，也许她有违法行为。保险起见要核查约玛·莫林。我设法与范纳伯格的母亲取得联系，看她怎么说。大家还有什么补充吗？”

“我拿来了受害者裤兜里的东西。”汉森食指和拇指夹着一个透明塑料袋，逗乐般晃动一下。

“当然啦，我几乎忘了这事。”西奥伯格说。“咱们看看你找到什么了。”

她动作敏捷地打开塑料袋，把里面的东西倒在桌子上。

“一个奶嘴，几枚硬币——共有4克朗50欧尔，一个别针，几张合作餐厅的饭票，一串钥匙，一盒鼻烟，一个钱包。钱包里的钞票有 758 克朗，有一张合作餐厅的卡片，一张欧洲信用卡，一张驾驶证，一张体育健身俱乐部的成员卡，一张北欧银行的信用卡，一张视频租赁店的成员卡。”

“真让人感到异常兴奋。”韦斯特曼说。

“典型的中产阶级。”山登说。

“没有意外。谢谢你，贝拉。”西奥伯格说。“今天的会就开到这儿。”

七把椅子的腿一起刮擦镶木地板，发出刺耳的噪音，大家离开会议室。山登问，是不是该去丽莎咖啡店吃块三明治，西奥伯格注意到，已经过了午饭时间。这时已经一点钟，主持会议十分紧张，让他忘记了饥饿和上厕所这类基本需要。上过厕所后，他从自己办公室抓起外套，快步下楼来到接待台，山登正在那里等他。

“有没有信息，卢腾？”他经过接待台快要出门时问。

“有很多！”卢腾回答道。

“午饭后再说吧！”巨大的玻璃门关上前，他回头喊道。

星期三下午

丽莎咖啡店在斯堪尼加坦街上，虽然步行去那儿有点远，可那儿已经成为西奥伯格和他的部下经常光顾的餐馆。哈玛比运河区警察局的其他警官也常去那儿就餐。菜单上的品种并不多，不过面包是餐馆自己烘烤的，餐馆的气氛温馨，服务个性化。丽莎本人有拉家常的天赋，对常客直呼其名，还在墙壁上贴上常客的照片，西奥伯格、山登和陪他们一道吃午餐的贾马尔·哈马德，他们的照片都挂在墙上。

这里的家常风味肉丸子和红甜菜沙拉远比快餐店的饭菜可口多了。他们边吃边调侃那场杀人案，并没有真正涉及核心问题。西奥伯格觉得，一上午紧张工作过后，在这里吃饭就像享受疗养。

“我觉得他是个邪恶的家伙。”哈马德说。

“不对。合适的字眼应该是中产阶级。”山登说。

“肯定干过某种坏事，才会受到那种袭击。”哈马德坚持说。

“首先到达现场的当地警察认为，他的名声似乎不好，”西奥伯格说，“竟然死在英格丽·奥尔森的厨房里。”

“我说的正是这一点，显然他是个邪恶的家伙。”

“既然英格丽·奥尔森家厨房有具尸体，我看名声不好的是那老妇人，”山登说。

“也许他们两人都不光彩，”西奥伯格说，“都不好。”

“我看他们俩过去现在都不错，”山登说，“只是不走运而已。其实很简单，不过是撞上个跟他们都没关系的疯子。”

“不管怎么说，那妻子和孩子是最不幸的。”哈马德说。“那位老妇人看上去镇定自若，范纳伯格呢，死了。他的家人却要在悲哀中度过余生。不管怎么说，他们并不邪恶。”

“别这么说。孩子们往往特别邪恶呢。只有耶稣才认为孩子生来是善良的。我赞成孩子性本恶的观点，是父母后来让他们改邪归正的。这个过程就叫作养育。”山登的口吻显得言之凿凿。

“这个嘛，按照范纳伯格的合伙人所说，他本人似乎并不是上帝最好的孩子。”西奥伯格说。“不过从我们掌握的情况看，他似乎是上帝创造的最佳成人。”

大家的谈兴渐渐消散，西奥伯格返回警察局，走进自己的办公室。有几个记者曾打来电话，不过他这时还不愿向他们透露信息。要等跟验尸官交谈过，确认了尸体的身份，等到技术人员提交更确切的事实后才行。他给艾纳·埃里克松打电话。虽然埃里克松的办公室跟他的办公室只隔着三个门，可他累得不想起身了。

“你查明范纳伯格的母亲没有？”他嘴上这么问，可心里对得到确切答复丝毫也不抱希望。

“没有。我吃午饭回来，刚坐在电脑前。”埃里克松的回答不出所料。

“我想也是。”西奥伯格说。“待会儿再跟你谈。”

他刚放下听筒，电话铃就响了。

“科尼，你有客人啦，”卢腾咯咯笑道，“是个十足的大美人，我几乎要嫉妒了！”

西奥伯格认为，搞这种严肃的工作，欢乐的同事对双方都是桩好事。他对卢腾的调侃从来不感到厌倦。她做工作毫无瑕疵，而且把一切组织得井井有条，所以他只能咧开嘴一笑了之。

“是什么人？”他问。

“我不认识，没准是你的情人。她名叫古恩，我看她喝得醉醺醺的。她已经走向你的办公室了。”

他放下听筒，正准备起身到办公室门口接待这位不速之客，忽然门给推开了，一个意想不到的身影晃晃悠悠闯进来，立刻让他联想到埃德娜女爵士，唯一的差别是这个人从生理学角度上是个真正的女士。她的年纪也许有六十来岁，一头漂白的金色烫发非常蓬松，脸部的化妆像上舞台表演一样浓，耳朵上、脖子上悬垂着硕大的金色仿真珠宝，脚上穿一双黑白相间的高跟蟒皮靴。在她长长的仿毛皮大衣下，能看到里面穿着缀满粉红色闪烁亮片的裙子，裙边垂到大腿中段。西奥伯格按捺住心中的惊讶，礼貌地向她伸出手。

“我是科尼·西奥伯格。”他口吻平静地说。“能帮你什么忙吗？”

“我是古恩·范纳伯格，我要看看我儿子。”那女人回答的声调像没事人一样。

这与他原先的预料完全不同，他以为会听到沙哑的声音发出尖声惊叫。他拉过一把给来客用的椅子，请她坐下。

“发生这样的事，我感到极为难过，请接受我的慰问。”西奥伯格严肃地说。“我知道，范纳伯格太太，你一定感到非常痛苦，对事情的真实经过，我们还没有完全查明。”

“我理解。”那女人用虚弱的声音说。泪水涌出她的双眼。

忽然间，她滑稽的外表好像不见了，西奥伯格看到，她是个非常孱弱无助的人，孤独面对着一个可怕的大世界。他不知道别人是不是能看出她这种情况，也不知道别人能不能帮助她、安慰她。

“我这就给验尸官打电话，看看我们能不能过去。你想喝杯咖啡吗，范纳伯格太太？”

他自己觉得需要喝杯咖啡。她默然点了点头，然后目光迷离盯着前方。西奥伯格走出办公室，朝咖啡机走去。有几个人用好奇的眼光望着他，可他报以责备的神色，摇了摇头，端了两杯咖啡返回自己办公室，用一只脚把门关上。

“多谢。”她平静地说着，低头望着咖啡杯，呷了一口。

“我知道他们希望我们四点以后再去，可我还是要问问。”

“是吗？”

“范纳伯格太太，既然我们坐在一起了，我是不是能提几个有关你儿子的问题？”他措辞谨慎地问。

“可以的。”

“你最后一次见他是什么时候？”

“上个周末。他带着最小的女儿穆娃去我住的马尔摩看望我。”

“你做什么工作？”西奥伯格的问题纯粹出于好奇。

“我在一个俱乐部工作，”她的回答不带感情，“所以我才穿戴这套行头。这是我工作时穿的服装。我来这儿前没时间换衣服。今天早上，派娅的母亲打了我的手机，我就乘早班车赶来。我不是很清醒，没想到该带上自己的日常衣服。”

西奥伯格自忖，不知道这是马尔摩的一家什么俱乐部，不过他没有问。

“你跟儿子的关系怎么样，范纳伯格太太？”

“很好。汉斯从来对我很好，遇上我有需要，他总是帮忙。我这个人其实不值得详细叙述……”

对她的真实情况，西奥伯格觉得尴尬。

“他这个礼拜打过几次电话，只是问候我。他们都很好，大家对我都好。”

“你是指什么人，范纳伯格太太？”

“请直接叫我古恩，要不然我会觉得难堪。”

“好吧。你说什么人对你好？”

“当然是孩子们，还有派娅和她父母。你知道，他们都是好人，我是说派娅的家人。但是他们不愿表现。但他们愿意跟我谈话。”

“汉斯是个什么样的人呢？”

“和善。没错，这个我已经说过。有能力。在学校表现好，上了大学。拥有自己的公司，赚了很多钱。遇上我缺钱，他总是帮我付账。还有，他很迷人，谁都为他着迷。是姑娘们的意中人。”

“汉斯开始上高中后，你搬到了马尔摩？”

“对。我们搬了很多次家，我猜汉斯对搬家感到厌倦，所以他决定待在原地没走。”

“你还在哪些地方住过？”

“很多地方。诺克平、库姆拉、豪斯伯格、国王岛、厄勒布鲁、奥斯陆松德。”

“为什么你频繁搬家？”

“为了男人。还有工作。”

“那么，你说的是什么类型的工作？”西奥伯格问。其实他内心深处并不想了解她指的是什么类型的男人。

“我以前白天给人做头发。”她闪烁其词。

“夜里呢？”

“有时候在一些俱乐部跳舞……”

西奥伯格等待着。

“好吧，跳的是脱衣舞。不过我不打算谈论那些是什么类型的俱乐部。”

“你不必说。不过你白天当美发师，晚上跳脱衣舞，要是再加上照顾孩子就不是桩容易的事，对吧？”

“对，我不是个很好的母亲。不过，反正汉斯的结果不错。”

“汉斯没有父亲？”

“对。我不知道是谁。”

“当时你准是非常年轻……”

“十八。”她插嘴说。“我没打算怀孕。不过我从来就爱汉斯。”她接下来说的话让人信服。“我相信你理解这一点，要不然，他不会那么关心我。”

她用手背擦去一点泪水。西奥伯格叹息一声，脑海中闪过自己职业生涯中遇到过的诸多命运古怪的人。他想到自己的两个孪生儿子，想象着假如一年半以前是另一种情况，他们的命运与现在该多么不同。当时，一个吸毒女人在公园里遭到严重持刀伤害，他负责那起案子的调查。过了几天他再次去医院看望受害人时，受害人已经转到了产科，这不仅让她自己感到意外，也让医院和他都感到惊奇。几个小时后，孩子奇迹般出生了，不是一个而是两个，状况都良好，但是非常小。她在医院住了几个星期，在那段时间，他定期去看望她和那两个男孩。她不辞而别从医院逃走，两个孪生儿子在保温箱里继续养育了三个月。他依恋那两个娇小的孩子，即使在他们母亲失踪后，还继续去看望他们。后来那女人过量吸食海洛因死在公共卫生间。西奥伯格带着阿莎去了医院。尽管他们已经有了三个孩子，也不打算再要孩子，但两人谁都没有犹豫。收养手续六个月后才办妥，但这之前，两个孩子早已成为“他们的”了。

“你不了解汉斯是不是以你为榜样，可能跟不好的人在一起？请原谅我这么问，不过我肯定你理解我的意思。”西奥伯格的语调中带着歉意。

“我从来没有把汉斯带进我交往的那个圈子里。最近几年没有。”她最后补充的话带有自责口吻。

“他幼年时怎么样？”

“啊，那时他非常可爱，真是个捣蛋鬼，不过有很多朋友。我猜他跟大多数孩子一样，挥拳打架，搞恶作剧，不过他的心很好。”

西奥伯格结束谈话时给验尸官打电话。卡杰·泽特斯罗姆做汉斯·范纳伯格的尸检花了半夜加几乎一整天，电话里的声音听上去十分疲惫，不过他很乐于助人，说现在去是可以的。西奥伯格自己叫了辆出租车，陪伴古恩·范纳伯格下楼，穿过接待区走到外面厄斯格加坦街的转弯处，坐上等待他们的汽车。

她看到死去儿子的短暂痛苦时刻，他伸手搀扶着她，但他把目光转向别处。签署各种文件时，他离开她，心里感到良心的刺痛。他独自站在人行道上，时间是3：20，天已经黑下来了。气温降到零下，全城都覆盖了薄薄一层雪。

星期四晚上

托马斯从厨房窗户向外望去，见外面雪下得很大，路灯下，雪花飞舞，头发覆盖着雪花的人们脸蛋红彤彤的，他觉得外面比他光秃秃的厨房里更惬意。也许他该收拾一下自己这个房子了。他一向觉得，家里只有自己一个人，把家收拾得舒适漂亮没用。但是，星期一的事件发生后，他感到心情愉快，他心里把那事叫作“冒险”，因为从他记事以来，他头一回越过一道极限。他做了一桩“违禁”的事。

平底锅开始发出嘶嘶声，人造黄油已经变成棕黄色。他迅速割开包装，把冷冻猪肉排丢进炸锅，把垃圾丢进水槽。煮沸的水溢出来了，他用一张纸巾把炉面揩干，一小片纸巾沾在炉面上，发出一股烧煳的气味。他把面条下到锅里，用一把小铲搅动。肉排还远没有炸好，面条就煮熟了。最后肉排也终于炸好，还是煳了一点儿。他把肉排放到一只盘子里，虽然他肚子其实已经半饱，可他还是狼吞虎咽，没出两分钟就把饭菜吃了个精光。留下没用，他宁愿吃光也不想丢弃。

刹那间，他做出个决定，猛然站起身，几乎把椅子推翻。他走出厨房来到门厅，从壁橱的一个盒子里摸出一把尺子，踩在椅子上，量了量厨房的窗户。明天下班后，他要去布店，选一块漂亮的布料，让他们做成两块厨房窗帘。

饭后，他洗了盘子，擦干净炉子和橱柜，为自己煮了杯咖啡。然后脖子靠着枕头坐在床上，翻看回家路上买到的小报。突然，他呆住了。在报纸上，有一页用四分之一的篇幅登出汉斯的照片，那可是“汉斯国王”哪。文章说，两天前，他的尸体在城市南部的一所房子里被发现。那所房子属于一个名叫英格丽·奥尔森的贫穷老妇人，按她本人的说法，她并不认识这个受害人。那张照片是夏天拍摄的，风吹拂起他的金发，他皮肤晒得黧黑，一脸幸福的微笑。

“谁笑到最后，谁才笑得最好！”托马斯嘟囔着自言自语说。

文章说，受害者家人深受震动。不过，托马斯在心中想到的不是那个伤心的妻子，而是完全不同的一个女人。就在这一刻，他做出个决定，要查出安—克莉丝汀的情况。他头一次感觉到自己的存在是有意义的。他现在是个“非常重要的人物”，因为他心里的事任何人都不清楚。

星期五晚上

要找到她的下落并不困难。他打电话给卡特琳纳霍尔姆税务局，查明她婚后改为丈夫的姓氏维德尔，1996年搬迁到斯德哥尔摩。接着，他从电话簿上轻易便查到了安—克莉丝汀·维德尔，发现一个叫这个名字的人住在斯卡霍门区。他给那个地区的税务局打电话，一位态度友好的女子证实，那正是他要找的人。

星期五下午，他下班后没有回家，乘地铁去了斯卡霍门。地铁售票窗口有一幅当地街区地图，他立刻看到自己要找的地址，步行去那儿十分钟都不到。要找的楼房在几座类似的白色大公寓楼中间，这是个正在开发的居民区。正门有密码门禁，但是没过一会儿，有位年轻的母亲带着婴儿车出门，他帮着拉开门，方便那母亲出门。那位母亲接受了他的帮助却没有表示感谢。像往常一样，他又遭到冷遇。

他趁机从敞开的楼门溜进去，扫视一眼住户名录，找到了他的目标：维德尔，地下二层。这么说，在这种公寓楼里，还有人住在街道地面以下的楼层。他走下楼梯时，闻到一股气味，让他回忆起童年时在卡特琳纳霍尔姆公寓楼中的气味。散发出气味的是地板，那是一种白色地板，其中点缀着黑色小块，也许是模仿石头地板。另外，气味中还夹杂着做饭冒出的气味，特别是鱼味。做饭的气味是从公寓的棕色木门里泄露出来的。他找到了她家的门。门的邮件投递口上写着“维德尔”，至于这是个什么人，或里面住着哪些人，并没有其他线索。他考虑再次走出去，试着透过她家窗户看看。但是外面寒冷黑暗，让他不寒而栗，另外，他从这个楼梯间朝外面望过，见外面行人车辆很少，他可不敢最近几天再次冒险闯进来。也许她家窗户上也挂着窗帘，避免路人朝她家里张望。他在楼梯上坐下，从坐的地方能看到一层楼到二层楼，还能看到从地下室走上来的人。

要等待多久，他心里根本没什么打算，只是坐在那里想，不知道她这么多年变成个什么人了。他觉得她跟汉斯不同。既然住这么个地方，就跟汉斯不同。只有不幸福的人才会住在这里。谁也不情愿住这么个地方。安—克莉丝汀以前逼着所有孩子都按她的意思跳舞，她怎么会不幸福呢?

他想起，有一天学前班放学，回家路上，安—克莉丝汀命令他跟女孩子们一起跳绳。要是换了别的男孩，准得拒绝，但托马斯不敢说不。他顺从了，被人接受倒也让他心里有了点激情。但他不会跳，一条腿绕在绳子里。安—克莉丝汀当然注意到了，立刻像闪电般从一个荡绳子的女孩手里夺过绳头，跟另一个拿着绳头的女孩绕着他舞蹈，一圈又一圈，最后把他从头到脚完全捆住。其他女孩乐得尖声惊叫。接着，她一把推倒他。他像个蚕茧一样倒在地上不能动弹。她们把他拖到外面的马路中间，把他丢在那儿，要让汽车碾死他!

他记得，看到马路尽头有一辆卡车转过街角朝他驶来，心里恐惧极了。他使出全身力气高声惊叫。那帮女孩子却蹲下来藏在路旁停着的一辆汽车后面，掩饰不住心中的喜悦。好在卡车司机看到他了，及时刹住车，跳下车来到他面前。“怎么在这么个鬼地方玩牛仔和印第安人游戏!”他嘴里咒骂着，解开捆他的绳子，拍了他一巴掌。托马斯满脸泪水，连忙逃回家，甚至不敢回头看一眼汽车后面咯咯发笑的女孩子们。那可是满心幸福受人欢迎的安—克莉丝汀哪!难道她可能屈身住在这么个郊区贫民窟里，难道她也有背运的时候?

她睡醒的时候，外面天已经黑了。她看了一眼DVD播放器上的时间显示，见已经6点多了。她打开床头灯，弯腰从地板上拾起烟灰缸，搁在肚子上。她的香烟差不多抽光了，得在7点钟前去便利店买几包。她点着一支烟，深吸几口。床头柜上放着喝剩的半罐啤酒，她咕嘟咕嘟一口气灌下肚，喝完马上后悔了，温吞吞黏糊糊的啤酒让她觉得恶心。她咽了几次唾沫，不舒适的感觉减轻了不少。

她的眼睛扫视这间小屋子，目光停留在一个相框上，那是她和她姐妹们很久前在一次愉快夏令营中的照片。她骑在一匹小马背上，她的姐妹们站在她和那匹小马旁边。已经很久没有跟她们联系，她想，自从父亲去世后，至少有五年没听到她们的消息了。大姐玛丽—路易莎嫁给一个美国人，住在俄亥俄州一个农场上，养着很多马匹。维奥拉跟着几个傻瓜在亚洲游历，安—克莉丝汀只见过她一回，要是她活着，可能还在吸毒。维奥拉总是随心所欲，沿着海岸航行，辍学后便满世界乱跑，兜里没钱，也没有目标。

她自己也好不了多少，但至少不沾毒品。她十五岁那年出了个所谓的事故，但其实算不上事故。她家当年住在犹利塔区，邻居男孩维德尔在他父亲举办的一次晚会上挑逗她。当时他父亲喝醉了，他喝得醉醺醺的，她自己也喝了不少酒，并没有表示反对。他把她拉进桑拿浴室，她不喜欢，可上了年纪的男人都在起哄，她本该抵抗的，可她也许半推半就顺从了，毕竟她喝得脑袋昏沉沉的。过了一些时候，她搬到邻居家隔壁，几年后，他们结婚了。他们三年生了三个孩子，但孩子们现在都搬出去住了。十年前，维德尔在联合收割机事故中绞断一只手死了，她趁机离开那个上帝抛弃的鬼地方，搬到首都来住。

斯德哥尔摩没有她干得了的工作，不过她靠维德尔留下的钱过了一段日子。几年后，她开始做起自己所谓的“生意”。免费为那个好色之徒维德尔服务 19 年后，如今为同样的事费点麻烦还有收入，倒也算是桩好事。起初，她还要养育孩子们，手头没多少积蓄，最近几年，她积攒下很多钱，梦想着迁往美国俄亥俄州，在她姐姐的农场上干活谋生。她很久前便得到个长期有效的邀请函。

她灭掉香烟，把烟灰缸再次搁在地板上，匆匆洗了个淋浴，擦干头发，化了个浓妆，穿了条牛仔裤和短袖汗衫，就跑向便利店。她往购物篮里装了六罐啤酒、可乐和果汁，还买了些面包。收款员按她的要求递给她三包香烟，扫描了商品条码，接受付款，两人目光并没有接触。安一克莉丝汀心想，假如购物篮里有避孕套，收款员肯定免不了看她一眼的，不过她从来不在便利店买避孕套。她不希望邻居们猜出她是干什么行当的。这是住在地下二层的优势，那一层她是唯一的住户，不会有邻居使劲砸墙，也不会有人窥视她的活动。

她迅速打扫一下房间，换了身富有挑逗性的服装，朝两耳后面和乳沟喷了点香水，然后一手夹着香烟，一手端着饮料，坐下来看电视，等候这天晚上的第一个顾客上门。

托马斯第一眼见到她，不由感到震惊。虽然她小时候嘴角挂着恶意的狞笑，还有狡猾的神情，但撇开这些，她还是个非常漂亮的小姑娘。如今，她身段变得肥胖臃肿，加上一头漂白的金发和浓妆艳抹，很难与受人尊敬联系在一起。她快步跑上楼梯，身穿短袖汗衫便冲进 11 月份的寒风中，眼前的景象让他惊讶不已，没想到大赢家安一克莉丝汀的外表竟颓废到这般田地，几乎像是……他也说不上到底像什么。也许像个失败者吧。等到她嘴里叼着烟卷，两手提着一袋啤酒和可乐回来，他从正面看到她了，一眼便看出她不是个体面人。

几个小时后，他明白她干的是什么行当了。

汉斯·范纳伯格遭杀害发生在星期一晚上，虽然现在已经是星期五，调查基本上没有进展。在哈玛比运河北码头的警察局，彼特拉·韦斯特曼坐在她的办公室电脑前，呆呆望着屏幕保护程序在眼前闪动。昨天她去拜访过范纳伯格的寡妇，什么情况也没了解到，只让她喉头哽噎，好不容易才忍住要掉下的眼泪。派娅·范纳伯格脸色苍白，形容憔悴，也许服过一点药物，但是，看到那两个安静的孩子最让人难过。看上去不知疲倦的外婆在设法让两个孩子玩棋盘游戏，他们的小妹妹在睡觉，但两个孩子对游戏不感兴趣，看上去心不在焉。在接下来的星期一，他们一个要返回学校上学，另一个要上日托幼儿园，那可能让他们的心情暂时有所好转，但他们的童年从此永远改变了。

星期五的大部分时间里，彼特拉一直在研究汉斯·范纳伯格的计算机，却没有发现任何有价值的相关信息。这时已经下午六点钟，她返回了自己的办公室。往常，她会一直工作到夜里很晚，可她现在工作根本没有思路，便考虑下楼去健身房活动一下，激发一下自己的大脑中的内腓肽。

“有最新情况吗？”

贾马尔·哈马德正站在门口，显得神情茫然。彼特拉扭过头，望着他的眼睛，露出询问神色。

“你不必使用电脑默认的屏幕保护程序，可以将自己的照片换上去做成幻灯片，坐在屏幕前发呆的时候看自己的照片。当然，你得先有照片才成。就是说，你要有自己的生活。要是到了下班时间还不离开办公室，就说明你没有自己的生活。本来允许你下班后回家的。这你知道吗？”

“你从来不缺少谈资。你到底想说什么？”

贾马尔和彼特拉从警察学院上学起就认识。他们并不是同班同学，不过他们在同样的社交圈子里交往，两人从来相互喜爱。除了他的优秀品质外，彼特拉也许还该为自己得到哈玛比警察局反暴力犯罪处的工作感谢贾马尔。他在这儿工作年限比她长几年，她猜想，自己申请来这里工作时，贾马尔替她说过好话。不过这事她从来没问过他。

“算了。”他说。“想去街角的酒店喝杯啤酒吗？”

“现在不是斋月吗？”

“斋月在一个月以前。来吧。”

计算机发出一个声音，表示她已经退出系统，屏幕黑了。

“你看。这是上帝发出的一个信号。”贾马尔说。

“是真主。”彼特拉说着，离开座位站起身。“好吧。我来。”

他们沿厄斯格加坦步行十分钟来到灵瓦根酒店，走进去。酒店里十分喧闹，仿佛是个建筑工地，台阶和走廊在装修。他们登上临时搭建的台阶，穿过走廊，走进酒吧。酒吧间里没有空桌子，好在他们在吧台旁找到一只吧凳。彼特拉把外套和手提包挂在吧台下的钩子上，说服贾马尔坐在唯一的吧凳上，自己站在一旁。

“我正考虑制定一个规划呢，结果你来了，还把我引入歧途。”她解释说。“我坐了一整天，所以很高兴站一会儿。这不会冒犯你这阿拉伯人的男子汉气概吧？”

“得了吧。你来点儿什么？吃点东西？”

“先来杯啤酒。”

他们终于得到酒吧招待的注意后，点了两大杯啤酒和花生。吧台不供应食物。

“黑暗中来到这里，会感到约翰尼斯布隆非常漂亮。”彼特拉说。“我看主要是因为灯光的缘故，那儿显得很酷，很像大都市。很像在纽约曼哈顿之类的地方。”

酒吧招待把他们要的啤酒和一碗花生放在他们面前的吧台上。

“干杯！”贾马尔说着畅饮了一口。

彼特拉同样大喝一口。她放下杯子时，贾马尔旁边的两个年轻女人起身离去。彼特拉反应迅速，占住靠近贾马尔的一个凳子，一个五十来岁的男人占住另一个。他们的目光相遇时，相互交换一个微笑。

“在这儿，行动必须敏捷。”那男人说着伸手捋了一把头发，然后坐在大家垂涎的吧凳上。

彼特拉拖着沉重的吧凳绕过贾马尔，放在自己的位置，坐上去，又大喝一口啤酒。

“你现在锻炼得够多吗？”贾马尔问。

“当然。”她说着当着他的面攥紧拳头，露出凸出的上臂肌肉。

彼特拉·韦斯特曼定时锻炼身体，对自己的二头肌颇感自豪，衬衫袖子被绷得紧紧的。

“谢谢你把我拖出来，反正我给困住了。”

“咱们先别谈工作，聊点儿别的吧。”

“说得对。那就聊吧。”

两人频频干杯灌啤酒，她觉得酒精已经让她感到轻松，还有点酒后微微醺的感觉。她想起，自己中午没时间正经吃午饭，可她并不觉得饿。也许是调查进展缓慢让她感到有压力，现在又灌了一肚子啤酒。

他们谈起瑞典航天员克里斯特·富格莱桑即将开始的外太空之旅，嘲笑瑞典电视台的节目不停地模仿那位可怜的宇航员，好像他永远也无法起飞升空。他们又叫了一扎啤酒，彼特拉把剩下的花生豆都丢进嘴里，把碗拨到一旁。

“那么，太太今晚在哪儿？”她问。

“跟妈妈在一起。”贾马尔边回答边低头看了一眼自己的眼镜。

“你妈还是她妈？”

“当然是我妈。”

“她跟你那个黎巴嫩大家庭住在一起感到舒服吧？”

“当然，不过嘛……”

“你的丈母娘不邀请你去她家？”彼特拉打断他的话说。“你真可怜。”

她装作同情，伸出手背轻轻抚摸他的脸颊，他连忙躲开，皱起眉头，露出恼怒神色。她把手缩回去。

“你这是怎么啦？”她吃了一惊问到。

他的反射式动作让她感到难堪。她把受到拒绝的手转向酒杯，抓起来喝了几大口。

“别调情，也别想做其他动作。”贾马尔绷着脸说。

她的目光越过他的肩膀，第二次遇到那个金发男人的目光。那人对她举起手中的酒杯。那人表情友善，让她联想到科尼·西奥伯格的开朗外表。她一反常态，举起酒杯回敬他。贾马尔注意到越过自己头顶发生的事情，便匆匆扫视一眼，看她在对谁敬酒。等他把目光再次转向她时，她已经把酒杯放在一旁，正眼盯住他。

“调情——你这是什么意思？听起来感觉是一种侮辱。”

“比方对陌生人祝酒。”贾马尔平静地说。“别做那种事。你看来有点醉了。”

“贾马尔，首先，是他先向我敬酒的。其次，我只喝了一杯啤酒。再说了，你说我调情是在我……在他向我敬酒之前。”

“你差不多喝完两杯啤酒了，还什么都没吃呢。你工作辛苦，锻炼卖力，晚饭只吃了点花生豆。这些肯定对你的健康不利。”

“可你还没对我解释调情这回事呢。我认为我可以接触你，并不会让你觉得我想拉你上床。基督在上，咱俩认识都有很多年了，这么多年来可是经常接触的。”

贾马尔做了个让她平静下来的手势，可这让她更加激动了。

“那你为什么约我出来？”她继续说，不过这次是压低了声音说的。“我当时没这兴致，是你有。所以是你逼我出来的。现在呢，我们坐在一起交谈，聊得愉快，忽然你无缘无故沉下脸。我当然觉得委屈，难道你不明白？”

贾马尔把目光转向别处，两眼视而不见看着酒吧里面靠墙站着的保安的上方。后来，他再次看着她，握住她的手，目光中露出沮丧神色，这才再次开口说话。

“好吧，彼特拉。我收回刚才说的调情这个字眼。我道歉。”

“真心的？”

她拿不准他俩的关系会发展成什么，不管是好是坏，反正她不想让人认为她调情。尤其不愿贾马尔有这想法。贾马尔有一对深棕色的眼睛，睫毛浓密，下巴上有个迷人的小酒窝，三十岁的他有着健美匀称的警察身材，结婚前准能迷倒所有女人。

“真心的。不过你有点醉了。”他露出一口洁白整齐的牙齿微笑着，放开她的手。“没关系。我猜我们到这儿来为的就是得到酒后微微醺的感觉。你是对的，别想这事了。”

贾马尔叹息一声，彼特拉耐心期待着，看他下一步会怎么做。

“你也许认为，我有点敏感。”他接着说。“但有时候，我会听到各种对我出身的暗示，让我厌烦透了。我知道他们的意图并不坏，也知道大多数情况下并不是歧视。可就是感觉厌烦透了。不错，我的根在黎巴嫩，可我就是我自己，我为此感到自豪。有时候我觉得，你们以为理解我，但你们并不能从各种阿拉伯出身的表象下理解我。见鬼，我跟你们一样是瑞典人！我自从六岁起就生活在瑞典，已经生活了二十四年。”

彼特拉望着他，眼神中不理解和同情兼而有之。

“我也不喜欢你这副神气。”贾马尔指出。“别为我感到难过。我跟你在一起从来不会为你感到难过。”

彼特拉改变姿势，直起身子，努力不显出假装诚实的模样。她把杯子里最后一点啤酒一饮而尽，没问贾马尔是否愿意，就要了两杯啤酒。贾马尔也把自己杯子里的酒喝光。

“我在这儿算什么角色？”她问道。“我说了什么，让你这么……暴躁？”

“这种情况从来都存在。你只是没注意而已，因为你的意图是好的，你也知道我心里清楚，你喜欢我，尊敬我。但人们总是说‘斋月’这个，‘穆罕默德’那个，一个接一个，老是没个完。虽然每次只是说点小事，但所有这些加在一起……你刚才说什么来着？说我那个黎巴嫩大家庭？这种话让我厌烦透了。”

彼特拉对他的意思恍然大悟了。她回想起，刚才他坐着自己站着，她还取笑他，“会不会冒犯你这阿拉伯人的男子汉气概”。她意识到，人们说那种话和类似行为准会让他感到非常恼火。

“这就像在每次交谈中，你总是添加一点小评论，说我的耳朵大什么的。”彼特拉说着，忽然感到自己脸红了。

贾马尔脸上露出一丝轻蔑的微笑。彼特拉双手捂住脸，耸起肩膀。

“我不该说那些话！”她透过指缝偷偷往外看。

“现在，你又在调情了，韦斯特曼。”贾马尔得意了。

“我没有，是感到难为情。”

彼特拉用恳求的目光看着他。

“我该掩饰一下才对，不该暴露自己的弱点。”

贾马尔双手捧住她脑袋两侧，手指轻轻把她的头发撩到耳朵后面，忽然用严肃的口吻说：“我认为你的耳朵很漂亮。咱们俩相互理解了？”

彼特拉点了点头。

“我看咱们换个话题吧。”

彼特拉表示赞同，忽然感觉自己冷静得像块岩石。她经常有这种表现。长时间没喝酒，喝过一杯后感觉天旋地转，但是喝完两杯，便会感觉恢复清醒了。

他们坐在吧台前又谈了一会儿。彼特拉问贾马尔，周末有什么计划，他的回答闪烁其词，看了一眼手表后，问了她同样的问题。可她通常什么计划都没有，就没什么好说的。她壮起胆子问他，对黎巴嫩再次发生战争有什么想法。贾马尔叹了口气，彼特拉期待着。

“我这么问是因为我感兴趣，不是想引起什么不快。”

“是啊，是啊，没事的。那是人们可以无限谈论的话题。当然我反对战争。战争爆发前，黎巴嫩曾经欣欣向荣。”

“你去过那儿吗？”

“去过几次。我们度蜜月就是在那儿。那是个令人惊讶的国家。至少过去曾经是。”

“但是，战争迟早会结束的，对吧？”彼特拉问。

“这我可不能肯定。情况非常复杂。不过从任何具体角度看，其实又非常简单。人人都想得到他们认为自己有权得到的东西。人人都在做自己认为正确的事。”

“但是你应该支持谁？你支持谁？”

“那不是一场两个球队之间的足球赛。你甚至不知道哪些球队在踢球，对吧？”

“的确不知道。”彼特拉承认道。

“参加方不止两个球队。黎巴嫩的形势比以色列和巴勒斯坦的形势复杂多了，简直不可能找到解决方案，要想理解都很难。黎巴嫩的大多数人甚至不知道是怎么回事。”

“但是，能告诉我你支持哪一方吗？”彼特拉直率地问。

“我现在住在瑞典，只希望和平。只希望有个和平的解决方案，让人人都能分得一杯羹。但这话局外人说来很容易。假如我仍然生活在黎巴嫩，就比现在更难对冲突做出客观判断。”

“你原来在黎巴嫩的什么地方住？”

“在黎巴嫩南部的一个村庄。后来住在贝鲁特。父亲在学校教书。”

“现在呢？他如今在瑞典做什么工作？”

“他开过出租车，一年前退休了。他刚来这里的时候，决心完全融入社会，做一名瑞典人，我们的生活并不局限在郊区的各移民圈子里。当然这事有好有坏，但对我和我的兄妹是好的，所以我们特别感谢父母。但他们自己根本没有得到瑞典社交圈的接受。他们是为我们活着。”

“你父亲对你的职业选择感到满意吗？”彼特拉追问道。

“他对我们四兄妹都感到非常自豪。”

“假如你待在黎巴嫩没走，你觉得自己会做什么工作？”

贾马尔一口喝光杯中啤酒，看了一眼手表。时间是八点半。

“我现在得走了。”他说着跳下吧凳站在地板上。

他摘下皮夹克披上，拉锁也没拉。彼特拉刚开始喝第三杯啤酒，决定再待一会儿，享受一下这里周末的气氛。贾马尔从后裤兜掏出钱包，抽出两张一百克朗的钞票，放在她面前的吧台上。

“再见！”他说完在她脸颊上匆匆亲吻一下。

“你还没回答我的问题呢！”彼特拉说。

他与她对视片刻，但眼神里没有透露出心中的想法。

“真主党。”他只说了这个字眼就离去了。

彼特拉双手搭在吧台上，中间放着那杯啤酒，两眼茫然盯着前方，坐了很久。这话是什么意思？真主党？难道这不是个恐怖组织？

“看来你需要充实一下对黎巴嫩政治形势的知识啦。”

彼特拉吃了一惊，抬头望去。声音来自旁边的吧凳，是刚才向她敬酒的那个人。这人的穿着轻松随意，里面一件蓝色衬衫没有扣到脖子下，外面套一件深蓝色运动上衣，下身穿尺寸合身的牛仔裤，腰间系一条约翰·林德伯格牌皮带，微笑时眼睛周围皱起一圈笑纹，还留着年轻人的发型。

“没错，这话说到点子上了。”彼特拉叹了口气，对他报以一笑。

“请原谅，我没有专门偷听，不过还是听到你们交谈中的只言片语，碰巧我对这个话题有点熟悉，所以不由自主说出来。你愿意谈谈，还是愿意独自清静？”

这人的表情真的让人感到愉快，而且他一开始就承认自己偷听，这增加了他的可信度。他眼睛湛蓝，头发浓密，她猜想，他这个年纪的人准会嫉妒他。

“我们可以稍谈一会儿。”彼特拉说。保险起见，她补充说，“待会儿我要回家。”

“是啊，我也一样。”那人说。“我明天要工作，所以今晚得早点睡。”

他没打算靠近她，只是接着说下去。

“黎巴嫩是个非凡的国家。你知道吗，在那儿同一个下午既可以在地中海游泳，又可以乘坐让人惊异的缆车去山上滑雪。”

“我好像听说过这事，可我没想到两处距离那么近！”彼特拉承认说。

“是真的。在法拉亚一穆扎有大约四十个滑雪坡道，那里的景色真是美极了。一侧是贝卡谷地，天气晴朗时，能远远望到贝鲁特。”

“这么说，如果打算既滑雪又游泳，那倒是个度假的好去处。”彼特拉笑道。

“绝对是。可现在不成了。干杯。”

彼特拉对他的祝酒报以颔首致意，喝了一口自己的啤酒。

“那么，你了解那儿的战争吗？”彼特拉问。

他点了点头，把杯子放在自己面前的吧台上。

“那你扼要跟我说说吧。我对那里发生的事显然缺乏知识。”

“好。最初……不是很久以前……”

彼特拉忽然意识到，她跟那个人隔着几码远，说话不得不提高声音，便请他挪近点。那人对这种情形报以一笑，端着酒杯抓起衣服走过来，坐在刚才贾马尔的吧凳上。

“我叫佩德尔，”他说着向她伸出手，“佩德尔·弗莱克。”

“我叫彼特拉。”她说。

“那两个动荡地区一个在以色列，一个在黎巴嫩。20世纪20年代的时候，几个欧洲的傻瓜把那两个地方当成个宠物项目，他们突发奇想，认为该在有重要考古价值的地区立界标，声称拥有主权。当时奥斯曼帝国分崩离析，叙利亚成为法国国际联盟的委任统治国。”

“是在第一次世界大战后？”彼特拉问。

“对，第一次世界大战后。法国殖民主义者对黎巴嫩的天主教马龙教派特别关照，那个教派的教徒居住在黎巴嫩山区，是叙利亚沿海地带的腓尼基人。后来，在20年代初期，法国人在地图上划了几道线，将黎巴嫩分割出来，成为伊斯兰国家包围中的欧洲人基督教国家。黎巴嫩1943年独立后，政权由基督徒、穆斯林和少数其他教派分享。那是个平衡行动，倒也奏效，但后来阿拉伯人决定入侵新成立的国家以色列，这个平衡便打破了。”

“那是什么时候的事？1947年？还是1948年？”

“是1948年。后来，巴勒斯坦难民涌进黎巴嫩，成百上千的基督徒居民逃往南美。那以后，黎巴嫩的基督徒就不再占多数，实际情况恰恰相反了。”

“这么说，法国和以色列支持基督徒少数派，阿拉伯世界支持穆斯林居民？”

“大致如此。不过实际情况比这复杂得多。听我这么唠叨，你也许受不了吧？”

他喝光杯中酒，向酒吧招待挥手示意。

“愿意听听。”彼特拉说。

“好吧。请来两杯家酿红酒，谢谢。”他对酒吧招待说，然后继续对彼特拉讲述。她竭力记住他说的内容。

她又一次看到，眼前这人露出像西奥伯格似的神色。这个话题让他兴致盎然，渴望讲述的心情让他显得神采奕奕。他的热情感染了听讲者。

“那些巴勒斯坦难民在黎巴嫩根本不享有公民权，于是逐渐积累起某种不满。以色列处在阿拉伯人的包围中，害怕来自各个方向的阿拉伯人，于是跟这个地区所有可调动的非阿拉伯人订立条约，其中包括黎巴嫩的马龙教派。当时，埃及总统纳赛尔推动阿拉伯民族解放事业，在20世纪60年代，虽然他没有公开表示，但迫使黎巴嫩政府向巴勒斯坦解放组织开放南部地区，作为袭击以色列的基地。黎巴嫩南部就变成了巴勒斯坦的飞地。你也可以说，从那时起，暴力事件便开始升级了。再说说叙利亚吧。叙利亚从来不承认法属黎巴嫩是个从叙利亚分离出去的国家。在1975年，内战爆发后，叙利亚首先帮助巴勒斯坦人屠杀基督徒，然后帮助马龙教派的教徒屠杀巴勒斯坦人。最后，他们如愿以偿。在以色列同意下，叙利亚占领了黎巴嫩，根据假设，他们会控制黎巴嫩南部的巴勒斯坦解放组织。你听明白了吗？”

“也就是说，各方都心怀不满，大家都有理由那么做。”彼特拉喝光自己的啤酒说。

佩德尔·弗莱克把一杯葡萄酒推到她面前。

“正是这样。但情况变得更糟了。你那位朋友说，他来自黎巴嫩南部，对吗？”

“对，不过他们后来迁到了贝鲁特。”彼特拉证实说。

“以色列当权者认为，应该铲除黎巴嫩南部的巴勒斯坦飞地，于是入侵那里，将叙利亚人赶出贝鲁特，在黎巴嫩建立了基督教政权。接着，叙利亚让人暗杀了基督徒新总统，马龙教派转而开始屠杀巴勒斯坦难民营的平民。巴勒斯坦解放组织遂将总部迁往突尼斯，不过你可能猜到了，他们的步兵仍然留在黎巴嫩南部，自然受到这个国家所有‘老’巴勒斯坦人的支持，那些巴勒斯坦人自从1948年以来就生活在类似种族隔离的区域。如今，在巴勒斯坦解放组织不在当地的情况下，形成了一个组织，叫作真主党。”

“这并不奇怪。”彼特拉突然插嘴说。

“对，一点儿也不奇怪。如今，在黎巴嫩南部，真主党跟以色列在进行持久的战争。”

“那么黎巴嫩南部的黎巴嫩人呢，他们有什么作为？”

“他们是和平的什叶派穆斯林农民，尽量不参与战争。很多人如今逃到了贝鲁特南部，而那个地区发展成了真主党的飞地，他们的儿子受到培训，成为羽翼丰满的娃娃兵，个个心甘情愿牺牲自己的性命。”

“是啊，他们失去了原来的一切，看不到未来。天哪！”彼特拉叹息一声。“这可没完没了啦。那是什么时候的事？”

“真主党是在1982年成立的。”佩德尔说。“干杯。”

彼特拉呷着葡萄酒，忽然明白贾马尔的父亲为什么带着家人离开黎巴嫩。对贾马尔离开酒吧前那句话和他无法解释的原因，她顿时恍然大悟了。她不由感到悔恨：自己真是个没知识的白痴！世界史课程她从头到尾学过两遍，起初学的是初级水平课程，后来又在高中学过。两次学习的内容止于第一次世界大战。她对石器时代、维京时期和瑞典各王朝时期的知识了解得相当深入，超过了自己喜爱的程度，但是她从来没有接触过中东冲突的知识，也没有接触过现代世界其他动荡地区的知识。

佩德尔继续讲述美国和世界其他国家卷入黎巴嫩政治、叙利亚重新夺取黎巴嫩后又放弃、黎巴嫩前总理拉菲克·哈里里遇刺，以及目前的形势。彼特拉听得津津有味。她希望，所有这些有用的信息不至于明天从自己头脑中消失，她深信，这些重要知识已经在自己心里扎了根。两个小时后，又一杯葡萄酒摆在自己面前时，她这才忽然觉得，急需去卫生间。那个男人滔滔不绝的讲述完全把他迷住了，她相信自己获得了她那位同事的背景知识，结果，她把自己和各种需要都抛在了脑后。

回来后，她问："你对这一切怎么有这么丰富的知识？"

她从卫生间返回途中，曾认定自己其实没有喝醉，不过决定喝完这一杯一定要回家。在五个小时中喝下三杯啤酒和两杯葡萄酒没事，不过饮酒总量已经超过她的酒量了。

"我在那边工作过。"佩德尔回答道。"虽然是很久以前的事了，可我喜爱那个国家，一直关注那里发生的情况。"

"你在那边做什么工作？"彼特拉问。

"我是个医生，曾在一个组织工作，那个组织叫'医生无国界'。"

他的谦逊把彼特拉逗笑了。"你在逗我吧，你是位诺贝尔奖获得者！我得祝贺你。"

"我从来不这么看自己，不过也许你是对的。"佩德尔说。"那咱们为此干杯。"

两人干杯。接着佩德尔又谈了一些贝鲁特难民营的情况，因为他当时就在那儿工作。接着，在彼特拉询问下，他说自己现在是卡罗林斯卡医院的麻醉师。

"你是做什么工作的？"他问。

彼特拉对自己的职业选择丝毫也不感到羞愧，但是，多年来她发现，如果自己直言相告，人们的反应有时候会让她感到失望。出于这个理由，她准备了标准的回答，在自己不执勤的时候，如果遇到将来无意再见面的人，就撒个谎。

"我是佛克萨姆保险公司的代理人。"她心不在焉地回答道，手指摩挲着自己的手表。

这个回答实在太乏味了，难得有人会继续提其他问题，准备这个回答的目的正是为了避免人们追问下去。

“看来你还是挺喜欢自己工作的。”佩德尔说。

彼特拉报以微笑，喝下杯子里最后几滴酒。她注意到，这时已将近午夜时分，自己开始感到极度疲惫。这个星期已经过去，她其实什么进展都没取得。她招呼酒吧招待，指了指整齐叠放在吧台上的四百克朗钞票。她知道，包括小费在内，这些应该绰绰有余。

“啊，我看该动身了。”彼特拉从吧凳上跳下来说。

“我同意。”佩德尔说着抢先从吧台下的衣钩上取下她的外套。

他帮她穿上外套，把她放在吧台上的提包递给她，然后自己也穿上外套。彼特拉曾在一家鞋店耗费了二十分钟，拿不定主意该选漂亮的高跟靴子，还是不太时髦但穿着舒适的平跟靴子。到头来，她选择了后跟稍高式样流行的靴子。现在她后悔了，因为她的一只脚崴了一下。

“哎呀！”彼特拉叫了一声，脑子里朦胧闪过一个念头，好像自己是在调情。

“年轻女士，我陪你找辆出租车。”佩德尔·弗莱克说着搀起她的胳膊。

杀人凶手的日记 2
2006 年 11 月，星期六

11 点 30 分。一个六十多岁的男人出现了，他身穿带毛领的皮夹克，头戴格子图案的老人帽。我注意到的头一件东西是他的手——手上戴着戒指。这当然是关注婚姻的方式。人拥有的越多，想要的就更多。我自己没结过婚，没有人接受我的爱，没有人听我谈话，没人跟我一道吃饭，没人陪我睡觉。不过，今晚我要跟一个人交谈。还要跟一个人睡觉。

我按响了门铃。她打开门望着我，脸上现出吃惊的表情，不过还是马上让我进门，然后把门关上。我敢肯定，她是担心其他住户注意到出入她公寓的人。

“你是谁？”她问。

“顾客。”我回答道。

她狐疑地上下打量我。

“你是怎么找到我的？”

“我看到你了。”我实话实说。

“你叫什么名字？”

“约翰·福尔摩斯。”我的回答让她消除了疑惑。

她爆发出一阵大笑，耸了耸肩膀。

“哈，这到底是怎么回事！”她笑道。“那么，你想要什么？”

“跟别人一样。”我回答。“性爱。”

她帮我脱去外套，挂起来。我脱掉鞋，一点儿都没感到紧张，觉得终于亮出自己的本性，那是我的第五维度。

“这是第一次吗？”她问。也许她指的第一次跟我想的不一样。我回答：“是的，第一次。”

“紧张吗？”

“是的。”我撒了个谎。“咱们先喝点东西吧。”

她接受我的提议并没有迟疑。我拿出随身带来的饮料，她挑逗性地一件件脱去衣服，最后全身赤裸站在我面前，露出浑身松弛难看的肌肤。接着，她动手为我脱衣服，动作谨慎得好像我是个玻璃人。她在我全身上下亲吻，就是不吻我的嘴唇，这一点我倒还比较赞成。绝不能允许这个讨厌的家伙用她黏糊糊的恶心嘴唇碰我的嘴。不过我得承认，她十分在行，她的嘴唇和舌头在我两腿间游荡时，我禁不住流下了眼泪。她带着我走向床铺，我们不顾羞耻，赤身裸体滚在一起。

她躺在我下面，这时她的动作软弱而缓慢。我把一根手指伸进去，她轻轻呻吟着。我隔着她漂白的散乱头发对她耳语：“我可以把你捆起来吗？”

她点了点头算是回答，接着闭上了眼睛，她的两条大腿仍然弓起来夹着我的手。我小心翼翼把手抽出来，掏出剪刀和细绳，轻轻把她双手双脚捆在床柱上，不过绑得很结实，系得一丝不苟。她后来睡着了，但是，我使出浑身力气把膝盖压在她两腿中间，她惊叫一声醒来，两眼大睁，一副震惊的恐惧神色。我骑跨在她身上，挥舞着剪刀，继续用近乎耳语的温和口气跟她说话。

“现在该剪头发了……”

她尖声惊叫，我拉起床单一角塞进她嘴巴止住她。我就像做爱时一样感到无比轻松开心，她颤抖的身体和惊恐的眼睛丝毫不能改变我的想法。我动手剪她的头发，每次剪下一绺，每次都没忘记让她看剪掉的头发。在整个过程中，我告诉她我是谁，说出她以前是怎么折磨我的。她使劲点头，承认那一桩桩罪行。我把床单从她嘴里拽出，她承诺不叫喊了。她向我道歉，一遍又一遍承诺说，愿意弥补过去的罪过，做什么都行。与此同时，我剪下她的睫毛，最后剪掉她的眉毛，不过，也捎带剪下一些皮肉。

鲜血像条小溪，顺着这个娼妓的脸流下去，与眼泪和脸上涂抹的化妆品混合在一起。我把剪刀插入她身体轻轻剪了一刀，问她疼不疼。她惊叫着喊疼，我把床单重新塞到她嘴里。我对她说，疼痛的种类有许多种。她浑身颤抖乱动，我使了个好心，又把床单从她嘴里抽出来。她又是乞求又是恳求，我便为她点了支香烟。她向我道谢，绝望中竟然露出一丝微笑。我说："不用谢。"然后我把床单再次塞进她嘴巴，用香烟头在她肚子上烧了个深深的小洞。在整个过程中，我对她讲述着更多童年的回忆，但香烟头过了一会儿熄灭了。我想知道，在伤口上撒点盐是什么感觉，于是我从厨房取了盐，倒在她伤口上，她的感觉看来丝毫没有改善，于是，我向她解释了孤独是什么感觉，自卑是什么感觉。我开始对身体暴力感到厌倦了，因为我根本不是个擅长运用体力的人。我倒宁愿待在心理层面，可我实在想不出更多的话，于是，我最后一次把床单从她嘴里抽出来，爽快地要求她，要从内心深处真心乞求我的原谅，然后就没事了，她照我说的做了，我把她解开，干脆结束了她的生命。

现在我再次采取了行动，心里不无自豪感，我发泄了对别人恶毒的感情，也发泄了自己心中的恶意。可我现在并不比他们更好，过去肯定更不好，不过现在角色变了。现在他们成了受害者，我成了欺凌者。我抵达了生活中的一个转折点，从此不再自怜。我选择了行动，而不再是无奈的回忆和沉思。他们沙漏中的沙子已经流尽，报应的时刻已经到来。

想想吧，安一克莉丝汀那个漂亮、强壮、坚韧、自信、不可一世的姑娘，到头来变成个落魄潦倒的娼妓，屈身在郊区没有人情味的灰蒙蒙混凝土堆里！一想到这一点，我就感觉头晕。说实在的，我替她终结这种生活，等于帮了她个大忙。不过嘛，她自己也许宁愿拿最后半小时的生命交换一个机会，在这个混凝土贫民窟中再做五十年妓女。

我从过去几天的事件中得到了什么？幸福？自尊？阳光般美好的童年回忆和有希望的成长？没有！我甚至不能说，正义得到了伸张，因为正义应该是让他们遭受三十八年苦难，让我未来享受三十八年的幸福。可惜，这两样都太晚了。破碎的童年根本无法修复。永远都不会让人遗忘，永远无法改变，永远无法恢复。这是一种长期忍受的痛苦状态。这算个什么鬼世界？难道像汉斯和安—克莉丝汀这种愉快的小崽子，可以随心所欲把不幸孩子的生活撕成碎片？

在我悲惨生活的过去几天中，我得到的是复仇。这让我的生活得到一个激动的新维度——疯狂。生活本来有五个维度：左右、上下、内外、时间、重复。他们偷走了我的时间，我夺走了他们的时间——重复。我给自己补充了一个新维度：疯狂。

星期六早上

她小心扭动脑袋，确定自己是独自躺在床上。她小心翼翼坐起身，环视周围。灯光都熄灭了，但卫生间的门开着，从里面泻出的灯光足够让她看清楚屋子里的情况。屋子里家具不多，但装潢时髦。她右边的墙上有一扇窗户，挂着专门设计的威尼斯风格百叶窗。窗台上有个硕大的灰色方花盆，像是水泥材质，花盆里精心莳养着一种她叫不来名字的植物。她正前方是个定制的白色大衣橱，衣橱左边有一扇关着的门。她左边是那个卫生间。这张大双人床上铺着米色和棕色相间的优质埃及棉布床单。床两侧靠墙放着床头柜。离她较近的床头柜上放着两只空啤酒瓶。难道自己后来又喝过啤酒？她身后是组装的床头板，墙上装着壁灯。天花板上装着四个内藏式喇叭，还有活动式投射照明灯。

真糟糕。她浑身疼得要命，心跳得飞快，醉得像个下流胚，连自己在哪儿都不知道了。也许是在旅店客房？如果是旅店，那就是个套房。真后悔当时没跟着贾马尔一道离开酒吧。他先前就对她说，她有点醉了。为什么不听他的？坐在那儿跟个陌生男人调情。调情！

难道她真的是在调情？他们不过是谈谈话。而且谈的是政治话题。根本就没有任何调情的表示。再说她对五十岁的男人根本就没兴趣。她才二十八岁，从来没让老人迷住过。就是昨晚也没有。两人根本就没有产生过共鸣。只是跟他谈话感觉美好而已。不错，他长相英俊迷人，有教养。可她从来没产生过跟他上床的念头。

那么，不管这是个什么地方，她是怎么来到这儿的？难道她醉得自己回不了家？也许她只是在这儿睡了一觉。不，绝对不是。她感觉到下体疼痛，这就说明问题了。但是她的肛门在疼……肛交可不是她愿意干的。她从来没那么干过，永远也不会那么干。难道她醉得什么都顾不上，同意那么做？那她准是失去意识了。那个好心人会趁她醉得跟死人一样，欺负她？她记起那人名叫佩德尔。她的感觉是前后都疼。“医生无国界”……那个说法把她深深吸引住了。这么说，准是自己主动投进他怀抱的。她真是个荡妇，是个酗酒的荡妇。

她依稀记得，他们俩一道坐进出租车里，朝同一个方向行驶——准是这样的。她的意愿是在回家途中让他在某个地方下车，她住的公寓在电信园区。记得他们离开克拉里昂酒吧时，她靠在他身上。现在她想起来了。她当时忽然觉得醉得厉害，脚上的新靴子让她走不稳。他扶着她，叫了出租车，说陪她坐一段路。但是，那以后的事她脑袋里完全是一片空白。她记得自己上出租车有点难，可那以后的事情呢……她就什么也记不得了。她本该正常吃饭才对，不该喝那么多酒。

彼特拉，别对自己这么苛刻，她心想。毕竟没造成什么伤害。度过一个愉快的夜晚后，你跟一个好男人回了家，也许是个酒店客房或其他什么鬼地方，跟他一道度过一个美好的夜晚。不过像是在草垛上打了几个滚。那男人长相英俊，头脑精明，而且知识丰富。那不正是你需要的吗？喝个大醉，跟人上床，贾马尔就说过这话。没事。

假如发现不是那个佩德尔·弗莱克怎么办？假如是个出租车司机或别的什么人，趁她酒醉不醒时占她便宜，那怎么办？忽然间，另一个不愉快的想法涌上心头。也许她遭人抢劫了。她一把掀起毯子，下了床。天哪，她脑袋和下身都疼得要命。动作不能太猛。她看到，自己的手提包和衣服在床旁边的地板上放成一个小堆。我的上帝啊，旁边还丢着两个用过的避孕套。她小心俯下身去拿起提包，放在床沿上，翻看里面的东西。手机还在，钥匙也在。还有她的钱包。她打开钱包，见什么也没短少——钞票和信用卡都没动过。她的警察证仍然藏在驾驶证后面，一切正常。还算不错。她获得执法学位后，父母送她的手表仍然戴在手腕上。这时已经是早上四点一刻。她该怎么办?

她抱起衣服，食指和拇指捏起那两个避孕套，溜向卫生间。假如他就待在门外，她可不愿让他听到自己的动静。她也不清楚这到底是为什么，其实他已经看到她赤裸的身体了。她脚步踉跄，视线模糊，勉强摸进卫生间，把门轻轻关上。她环视周围，确信这儿不是酒店客房，而是一个人的住宅。卫生间非常宽敞，装修豪华，简直是装修设计师的顶级之作，周围是意大利瓷砖和马赛克、极可意水流按摩浴缸、玻璃门淋浴间。在这儿洗淋浴可不行。她想尽快回自己家，睡在自家床上醒酒，洗刷掉这个该死的夜晚发生的一切。

她正要把两个避孕套丢进坐便器，忽然脑子里闪过一个念头。昏沉沉的脑袋里仍然闪过一丝疑惑，让她感觉痛楚。难道她不是让人强奸了？虽然她昨晚喝了个醉醺醺，还……对人调情，可谁也没有权利利用她的那种状态占她便宜。跟失去知觉的女人发生性关系无异于强奸。虽然她心中的念头主要是责备自己，但任何男人都无权那么做。那既不合法，又不道德。

她站在那里思索着，两眼望着自己的镜中形象。她身材高挑，身子苗条笔直，淡褐色头发垂到肩膀上，头发从脑袋中间分向两边。她的眼睛介于棕色和深灰色，难以确定具体是什么颜色。她愿意说自己的眼睛是绿色的。她的嘴唇薄，不过鼻子细尖，她认为长短恰到好处。她不愿看自己脸以下的身体。赤身裸体站在这个卫生间里不合适。

是不是该把避孕套带走？用过避孕套的那个男人没准想知道它们丢到哪儿了。她本打算丢进坐便器冲走，这不是她最自然的反应吗？不行。她不敢冒这个险，不能让自己成为怀疑对象。自己的提包里不是有一包避孕套吗?

她从自己提包里取出两个避孕套。虽然视力模糊手指笨拙，她还是设法把避孕套里恶心的液体倒进自己的避孕套里，把两个用过的避孕套打了个结，塞进手提包的一个有拉锁的隔层，把两个新避孕套放在水池旁边的凳子上，仔细避免让里面的液体流出来。接着，她穿上衣服，拾起那两个避孕套，无声无息打开卫生间的门，悄悄溜到床边，把两个新避孕套放在原来发现用过避孕套的位置。她从床头柜上拿来那两瓶啤酒，把啤酒狠狠倒在床上，把空瓶子装进自己手提包。

她感到太阳穴在悸动作痛，好在脑袋感觉清醒了。不过她脚步不稳，这时最想做的事是倒在床上睡觉，纯粹靠意志的力量才逼着自己迈动两条腿。她要离开这个地方，心里盼望避免遭遇跟自己睡了一夜的那个男人。

她小心翼翼扭动门把手，不出声地把门拉开。眼前出现一个宽敞的房间，显然是按照开阔的理念设计的。天花板很高，起居室和厨房餐厅是一体的，面积比她的整个公寓房都大。室内格局和家具是按流行时尚安排的：浅色木质家具，大窗户，没有窗帘，没有烦琐的装饰。她看出，自己是在一个别墅里。她注意到，右边有个通往地下楼层的楼梯。她明确感觉到，有个人待在下面，好像还能听到下面传来模糊的声音。

这间屋子远端是通向门外的门厅。她蹑手蹑脚朝那个方向走去，见自己的靴子和外套整齐地挂在衣架上，经过厨房时，她停下了脚步。只见隔开厨房区和其他部分的光洁黑色花岗岩吧台上，摆放着几个啤酒瓶，跟她手提包里的啤酒是同一个牌子。她想，宁可保证安全，也别事后懊悔。她无论如何也不愿惹人怀疑。卧室少了两只酒瓶当然会惹人怀疑。她从吧台上拿了两瓶啤酒，从手提包里掏出钥匙串，钥匙串上有个开瓶器。现在的问题是如何打开酒瓶却不让人听到声响。她抓起挂在水池下面柜门把手上的一张厚绒布毛巾，包在酒瓶盖上，打开第一个酒瓶。在她想象中，嘶嘶的声音回荡在整个房子里。

忽然，下面那层传来一阵笑声，几乎把她吓傻。但她趁机迅速打开另一个酒瓶盖，把啤酒倒进水池。要想把啤酒气味冲掉，就难免让人听到。她迅速返回卧室，经过楼梯口时，不由浑身一颤。她确信听到有人在下面活动。她走进卧室，径直走向床头柜，把两个瓶子放在本来有瓶子的位置，又随着自己的习惯拉了拉衬衫下摆，把头发捋到耳后。回头一看，他站在了门口。是佩德尔·弗莱克。

他脸上挂着微笑，眼神像昨晚一样和蔼。只见他头上扎了块头巾，身上穿着厚绒布浴衣，脚上穿一双拖鞋。她觉得自己心在狂跳，但现在只能故作镇静，把这场戏演完。

"你醒了？"他的嗓音里透露出关怀，也露出惊讶。

他向彼特拉伸出手，可她无法迈步走过去。好在她没必要走过去。那个男人立刻朝她走来，小心翼翼搂抱她，好像她是件易碎品。说实在的，她除了两肩周围，身体其他部分疼得还真像易碎品。她浑身不由一阵战栗，连忙活动一下掩饰住。她对这男人的拥抱做出回应，这让她自己也感到吃惊。她深吸一口气，镇定下来。这个男人双手捧着她的头，稍稍推开一点儿，观察她的眼睛。

"我以为你午饭前不会醒呢。"他微笑着，脸上聚起所有笑纹。"昨晚你醉得够呛。"

"我知道。"彼特拉说。"我……我不该喝最后那杯酒的。本来是空腹。我通常不……原谅我。"

"不，不，不。没事的。你实在太迷人了。"

他轻轻亲吻她的脸颊。她觉得想呕吐，嘴里却不由自主地说："昨晚真的很美好。谢谢你。"

她的私处随着脉搏跳动一阵阵疼痛。他再次抱紧她，几乎是在低语："谢谢你。昨晚美妙极了。你真是太可爱了。"

此时这么交谈还算得体。她得离开这里。要快。那男人这时两手托在她臀部，她伸手轻轻把那两只手拨开。

“我现在得走了。”她两眼直视他的眼睛，用自己最柔和的声音说。

“你真的不想多待一会儿了？”他眨巴一下眼睛问。

“不能待了，抱歉。你不知道我的头有多疼。”

彼特拉挤出个笑容，摇了摇头，竭力表现出自嘲的模样。

“如果愿意，可以服两片阿司匹林。卫生间里有。”

他想走过去取药。彼特拉制止他。

“不，谢谢你。没事的。我一般尽量避免服药。我从来就说，撒什么种子，就有什么回报。”

她咬了一下自己的舌头。这时候说这话恐怕再傻不过了。可他只是笑了一声，伸出胳膊搂着她，陪她走出卧室，穿过那间漂亮的主房间。

“要我为你叫辆出租车吗？”他问。

“我看我能步行。”彼特拉回答道。

这男人帮彼特拉穿上外套。她坐在一个凳子上穿靴子，免得身子失去平衡。男人扶她站起身。彼特拉意识到，分手前不得不再次忍受他的拥抱。

“你想再次见我吗？”分手前拥抱时，他问。

彼特拉心想，这种事情怎么会真的发生呢？

“这个嘛，我会联系你的。”她说着面露微笑离去。

星期六早上五点三十分，彼特拉·韦斯特曼从南郊乘出租车到了亚斯坦区的鲁斯塔巴肯街 6 号房门前。

上出租车前，她步行过一段路。至于她为什么要步行，走得多快，她脑袋昏沉沉的，无法判断清楚。离开佩德尔·弗莱克那所世纪中叶建造的漂亮房子后，她本能地记下门牌号码。这事非常容易，看一眼他的邮箱就知道了，她还记下了那人的姓氏是怎么拼写的。

走到最近一个交叉路口，她看到了那条街道的名称，便在自己的手机上做了记录：“贝特维斯瓦根街 12 号，佩德尔 · 弗莱克。”再往前走，她遇到一个牵着斗牛梗犬遛狗的老妇人。老妇人把最近的地铁站指给他。她在手机信息记录中添加了“玛拉霍登”几个字。

接着，她给哈玛比警察局的值班警长打了个电话。她认识这位警长，这位警长告诉她一个全天服务医生的电话号码。

“但是，韦斯特曼，这才几点钟，你就上路了？”他吃惊地问。

“我只是需要跟医生联系。别大惊小怪。”她回答时两眼装着闪出光亮，好像希望能通过电话让对方看到。

“我从这儿给医生打电话吧。”他说。彼特拉说服他，说自己没事的。

他听了显然感到放心，于是她记下那位阿斯特丽德 · 艾格耐尔医生的名字和电话号码。她借助电话号码簿找到了这位医生的地址。不久来到医生家门外。

彼特拉决定先拨打电话，然后再敲这位女医生的门，免得医生还在睡觉。不出所料，这位医生本人接听了她的电话。

“我是哈玛比警察局的警察助理彼特拉 · 韦斯特曼。”她尽量把话说得清晰些，可她的舌头仍然僵硬。“我得知可以随时给你打电话。”

“是的，没问题。”

“我需要你帮助做个药物检测。”

“我半个小时后就到。”艾格耐尔回答道。

“我想可以免去你旅途之苦，”彼特拉说，“因为我就站在你家门外的街上，希望你能在家里为我做检测。”

“我不能让醉酒司机进我家。”医生直率地说。

“我知道这可能不合规定，不过，要做检测的是我自己。”彼特拉解释说。

她看见二楼一扇窗户的窗帘拉向一侧，便尴尬地朝那位医生挥了挥手。电话里没声音了。

“我怀疑有人给我下了药，我需要知道自己是什么状况，这非常重要。”彼特拉解释道。“我可以给你看我的警察证，我没有暴力倾向，所以你用不着担心。”

电话里仍然没有回答。彼特拉把手伸进提包，拨开啤酒瓶摸钱包，总算掏出警察证，对着那扇窗户举起来。那位随时待命的医生当然不可能看清楚，不过希望这张卡片能起到摇动白旗的作用。

“警官，你觉得自己喝醉酒了吗？”医生问。

“我相信是这样，”彼特拉回答，“所以我才来这儿。”

听到彼特拉做出承诺，不大声吵醒医生家熟睡的家人，阿斯特丽德·艾格耐尔把彼特拉让进厨房。她以负责的态度坐在一把椅子上。

“是怎么回事？”这位女医生只穿了件浴衣。

“详细情况我不想说了，只想知道我血液中的酒精浓度，另外看看有没有其他药物。”

“你想过没有？我该怎么登记这次检测呢？”

阿斯特丽德·艾格耐尔看来非常和蔼但口吻严肃。但彼特拉当然理解她的怀疑。

“我希望你什么记录也别做，这事可以在你我之间解决。我愿意为此支付报酬，请你仅仅做检测。”

“但分析血样的人不是我。”阿斯特丽德·艾格耐尔说，这时的口吻比较友好了。“需要把血样送交斯德哥尔摩化验室，结果也许要等几个星期才能拿到。”

彼特拉没想到这层麻烦。忽然，她有了个主意，但没有说出来。

“我来处理吧。”她口吻十分平静。“你是医生，你抽血取样。我带走血样，自己安排其余分析。一采完血样我就走。”

阿斯特丽德·艾格耐尔望着她，露出惊讶的表情。

“你觉得哪儿疼吗？”她出乎意料地问道。

“头疼。”

“有短期丧失记忆的情况吗？步行有困难吗？”

彼特拉点头表示认可。

“原因也许不止一个吧。”医生没有看她的眼睛，打开放在厨房桌子上的诊疗包。

彼特拉没有应答。

“握紧拳头。”医生说着在她上臂缠了条橡胶带子。

“原因也许不止一个。”彼特拉说着咯咯笑了。

医生看着她，觉得好笑，将抽血针扎进她臂弯。

“我知道，我喝酒过量了。”彼特拉说。

她感觉到，此时紧张气氛开始消退，但她不能松懈。这天有很多事情要做，上床睡觉的念头已经抛在脑后了。

“还得取个尿样。设法平静下来。”

医生递给她个小罐，把正门旁边的卫生间指给她。彼特拉按指示做了，然后将那小罐递给医生。医生把小罐装进一个塑料袋，捆起来。之后，她把一管血样和一罐尿样装进一只塑料购物袋，还装进几张指示化验室做的检测项目表。彼特拉坚持付款，但阿斯特丽德·艾格耐尔不接受她的钱。

“去林彻平的下一趟列车8：00发车。我建议你回家洗个淋浴，然后再出门，你看上去宿酒未消。保重。”医生说完，送她出了正门。

列车晚点大约20分钟，上午10：40，彼特拉·韦斯特曼在林彻平中央车站下车。她唯一的行李就是个购物袋，里面装着两只啤酒瓶、一管血样、一罐尿样、两只避孕套和一把她用过的牙刷。在站台上接她的是个名叫哈坎·卡尔伯格的人。她以前见过这人两次，头一次是在一位表亲的婚礼上，第二次是在另一位表亲的婚礼上。两次见面时，他们俩在婚宴上都听从安排挨坐在一起。至于第二次座位安排的依据，显然是第一次安排的效果非常好。哈坎·卡尔伯格是个四十多岁的当地人，身材魁梧，一头棕黄色短发。跟人做伴时，他神情欢乐，令人愉快，眼睛熠熠放光。彼特拉希望他跟日常情况的态度没有太大的不同。

不过，彼特拉周六早上七点半把他叫醒要求见他，并不是为了欣赏他的风度。哈坎·卡尔伯格在斯德哥尔摩化验室做技术工作，这是个国家犯罪实验室，拥有某种专门技术和设备。在11月份这个阴暗的早晨，彼特拉需要利用这些技术和设备。

今天，他没刮胡子，身穿周末休闲的水洗牛仔裤，一件鲜蓝色长袖衫，外面穿了件海军蓝色的羽绒背心。彼特拉拿不准相互致意的最得体方式，便向他伸出手，免得太唐突。他没握她的手，而是给了她个大大的拥抱，让她感觉自己更傻了。不过这也让她燃起两人马上合作的希望。

“咱们去吃点东西吧？”哈坎提议道。“我还没吃早饭呢。”

“我也没有。”彼特拉承认道。两人便朝车站大厦的餐厅走去。

“我对这事的经过有点好奇。”两人在面朝街道的窗前餐桌旁坐下后，哈坎说。

彼特拉要了份香肝肠三明治和一瓶兰姆罗莎牌瓶装水，哈坎也点了同样的食物，另加一杯咖啡。彼特拉坚持由自己付账，对方开始反对，后来接受了。

“我有几样零星东西想让你看看。”彼特拉说。“可以说是非正式的，不过希望按照你们行业的所有流程办。”

“天哪。难道这是私家侦探的活计？”

“我不能那么说。”

“难道是你的男友有了外遇？”哈坎玩笑道。

“假如只是那么简单就好了！”彼特拉叹了口气。“不是的。不是那种不适当的情况。反正不是那种情况。”

“是些什么零星东西呢？”

“有一样是两个啤酒瓶，我想让你检查上面的指纹。”

“我很愿意为你做这事。但是，你大老远地跑到林彻平来，就为这事求助？我认为你们自己的化验室就能做这种事的。”

“这我知道。”彼特拉说。“不过还有其他东西呢。”

“说吧。”

“我这儿有一个血样和一个尿样，我想做酒精和药物分析。还有精液，想要做 DNA 测试。”

彼特拉面带尴尬的微笑望着哈坎·卡尔伯格。她清楚，这个要求有点过分。

“你准是在开玩笑吧。”他一本正经地说。“非正式？你知道做 DNA 分析要花费多少吗？”

“我知道。”彼特拉说。其实她心里没底，只知道这种检测的价格高昂。

“要是没有参照物，做 DNA 分析有什么意义呢？难道你要的是一张用来挂在墙上的漂亮图表？”

“我知道这 DNA 是什么人的。等我们逮捕他时，就有参照了。”

“那我们干吗不在那时候再做 DNA 分析？就是说在立案的时候。我猜想，你们要逮捕这个精液样品的所有者吧？”

“迟早会逮捕他。我会负责这事的。”

“那我们为什么现在已经开始调查了？你得解释你的意图，要不然，我对整个这事就没兴趣了。”

彼特拉深深叹了口气，默默吃了几分钟。她的头又在隐隐作痛，她便一口气喝了半瓶矿泉水。哈坎也在默默吃饭，沉思的目光在彼特拉和街道上的景色之间来回移动，街上此时什么活动也没有。

“得了，彼特拉。”他最后开口说。“告诉我吧。就算我决定不帮你，也不会透露给任何人的。我发誓。当然我可能告诉海伦娜。

也许还会对安娜说。”

这两个人是她的表姊妹。彼特拉面露恐惧。两人目光相遇时，他发出个响亮的笑声。

“我会缄口不语。”他说着，神情忽然再次变得严肃了。“我想我明白发生什么事了。”

他隔着桌子伸过手，按在她手上。

“你遭人强奸了？”他谨慎地问。

彼特拉忽然再也憋不住眼泪了，连忙坐直身子，喝了口矿泉水，掩饰一下。就像这天早上得到那位全天医生的理解一样，她心里感到一阵宽慰。

“我不知道。”彼特拉坦白地说。“可我认为，准是发生过那种情况。”

接着，她开始滔滔不绝讲述整个情况。哈坎·卡尔伯格仔细倾听着，偶尔提个问题，或让她仔细解释某一个情况。

“你现在感觉怎么样？”听完整个情况后，他问道。“我纯粹指身体方面。你的精神状况显然极佳，一心想着搞私下调查之类让自己兴奋的事。”

他的玩笑口吻驱散了笼罩在餐桌上的紧张气氛，彼特拉几个小时来头一次露出微笑。

“我头疼得厉害，肚子和下体疼痛，四肢动作不协调。不过现在觉得不那么笨拙了。今天早上我视力还相当模糊，不过已经好了。”

一切都解释清楚后，继续谈论就容易多了，整个事件就简化成了对已经发生过的事件做叙述，现在可以从临床角度研究了。她希望能继续保持这样的讨论方式。

“你为什么不向警方报告全部情况？”哈坎问。

“见鬼，我自己就是个警察。”

“你清楚我的意思。”

“换了你，你愿意让同事调查你？分析你的精液……取血样，查指纹？”

彼特拉觉得自己的话挺傻的。哈坎听着她这番思路不怎么清晰的比喻，露出滑稽表情。

“这个嘛，指纹的说法听起来的确可怕。”他笑道。“不过我明白你的意思。坐在妇科检查椅上让警方医生做检查，周围还是手持纸笔的警察局同事，让人当成个受害者，而不是抓捕犯罪者的警察。这个角色的确非常不舒服。你认为自己没有受到什么伤害？”

“我肯定受到伤害了。”彼特拉说，“不过还没有什么不能痊愈的毛病。不管怎么说，他用了避孕套，我心里还是觉得宽慰。想想看，假如我除了受伤害还怀了孕，或者发生更糟的情况，那就惨了。”

“你认为他担心你会送他坐牢吗？既然你是个警官。”

“他不知道我是警察。我对他说，我在保险公司工作。”

“你的警徽不是在钱包里吗？”

彼特拉安静了片刻。

“我把警察证藏在驾驶证后面。我看他没有翻找我的钱包，再说……”

“他当然翻过。”哈坎打断她。“他想知道自己对付的是个什么人。想知道你的名字，在哪儿住。”

“假如他翻过，我看也找不着我的警察证。”

“假如他真的看到过你的警察证，可能会觉得那次经历更加刺激。不过他可能还有更多产生怀疑的理由。”

“你是想吓唬我吧？”

“只是想让你当心。”

“我拿走了用过的避孕套，把两个没用过的留下了。还在里面灌了点精液。我把啤酒瓶拿走，另外换了两只空瓶留在原处。我还为自己醉酒向他道歉，分别时表演了温柔的离别场面，表演逼真得能拿奥斯卡奖。没什么值得担心的事。”

“希望你说的是对的。我不能不说，那是个很有独创性的强奸取证程序。”

“假如证明是强奸的话。”彼特拉叹了口气。“不过也许我只是喝醉了酒表现得像是在勾引人。可我以前从来没做过这种事。老天相助，以后也永远不会这么做了。”

“听你的描述，那人看来是个特别狡猾的家伙。”哈坎揉搓一下自己没刮胡子的两颊。“在酒吧里没有任何举动。既没有试探，也没有提出无耻的建议。只做有教养的交谈。”

“英俊，迷人，知识丰富。这种人引诱女人一打一个准。”

“这能让他变得非常邪恶！”哈坎感叹道。“他宁愿把女人搞得失去知觉，也不想找情愿上钩的。”

“你真该看看他早上是怎么对待我的！”彼特拉说。“活像个瓷娃娃。那种男人不是真实生活之树上结的果实。”

“你们相互玩了深奥的猜谜游戏。他对你的嬉戏调情扮演了温柔、忠诚、感恩的角色，你也扮演了类似的角色。你们都清楚他强奸了你，可两人都心照不宣。但是，彼特拉，你在这场游戏中1比0胜出。他以为自己清楚你不知道的一些情况，可实际上正好相反。”

“他迟早会进监狱。”彼特拉的口吻显得确信无疑。“他以前做过这种事，以后还会再做。我希望我的体液用不着拿来当证据，不过，假如需要，我会提供的。”

彼特拉把那只购物袋隔着桌子递给他。

“仔细处理好。”彼特拉说。

“我尽力吧。”法院实验室技师哈坎·卡尔伯格皱着眉头接过袋子。

星期六晚上

阿莎正带着克里斯多夫和乔纳森参加一个两岁孩子的生日聚会。科尼·西奥伯格带着几个大点的孩子为圣诞节购物，可现在才11月份。此时买圣诞节的物品有点过早，但是等到12月过了大半再去购物简直就像一场灾难。再说啦，到了12月份，想到斯德哥尔摩的所有人都在艰苦跋涉，拥挤在人满为患的各大商店中，或者出发购物前已经为挤购景象感到焦头烂额，自己却悠闲地坐在扶手椅中，呷着加香料的热葡萄酒，那种感觉纯粹是喜悦。更不用说，不到12月的第二周，尺寸最普遍的服装通常便已售罄。阿莎没跟他们一道去购物，并没有让大家的兴致稍减。

现在，他们已经把所有圣诞礼物包装好藏在柜子里，按照传统，阿莎和孩子们在一年的最后两个月都不能打开柜子看。大家围坐在餐桌旁，为星期六的晚餐项目制定方针。

“萨拉取出做橄榄酱的所有调味料。”西奥伯格指着烹饪杂志上的一个配方说。“你严格按照上面的说明称重量，然后放入搅拌器。我帮你捣碎蒜瓣。你知道‘量匙’是什么吗？”

萨拉摇了摇头。

“意思是‘测量用量的小勺’。”西奥伯格说。“我让你看看是哪种小勺。玛佳把面团擀成小方片，然后你们俩帮着把橄榄酱均匀涂在面片上。好吗？”

“好的。”两个姑娘异口同声说。

“西蒙做三文鱼沙拉，做法在同一本杂志上，所以你们都看这本杂志吧。你设法自己独立做，好吗？”

“没问题！”西蒙说。“但是，三文鱼要在卤汁里腌三个钟头，所以，咱们一时半会儿吃不上了。”

“哈哈！”西奥伯格得意地说。“我已经腌好了！不过你要先注意所有其他要求，咱们最后再放三文鱼。我削土豆，磨山葵，用来做比目鱼。”

“我不喜欢山葵味。”玛佳沉下脸说。

“是啊，味有点重，不过我们还要放豌豆和黄油的。我敢肯定你会喜欢的。大家动手干吧！”

“等一等！”玛佳说。“咱们得有料酒才成！”

“可不是嘛，我把这事全忘了。你从阳台上取来好吗？西蒙，你帮她打开门。”

做晚餐的活动项目正在进行中，这是所有参与者一星期中最兴高采烈的活动了。西奥伯格系上围裙，心里提醒自己，要给每个孩子买条尺寸合适的围裙，作为圣诞礼物的一部分。玛佳来回跑了两趟，拿来三瓶汽水和一瓶料酒。西蒙动作老练地把瓶子盖打开。西奥伯格把土豆放进水池，准备削皮。孩子们都在做自己的事情。他心想，不知道范纳伯格家的孩子们这个星期六下午情绪如何。可怜的孩子们，他不禁叹了口气。汉斯·范纳伯格表面上似乎无懈可击，这是不容置疑的，但是，没准什么行为中有个瑕疵？

这个案件的调查停顿下来了，一周已经过去，却没有找到任何新线索。英格丽·奥尔森根本没打算出售自家的房子，自然没有跟范纳伯格或其他房地产经纪人联系过卖房的事。不错，派娅·范纳伯格肯定说，她丈夫那天晚上是去见一位售房人，但是，这话能信赖吗？她有可能听错了，也有可能理解错了，或者是那位丈夫说错了。不然就是杀人犯预谋策划的，那意味着有人安排范纳伯格在英格丽·奥尔森的房子里见面，目的是在那里谋杀他。如果是那种情况，那个人跟奥尔森是什么关系？不对，这推论看起来太牵强。这个人过去的经历无可指责。他的经济状况稳定，没有到期未还的债务，没有不正常交易记录，毫无作案前科，没有仇人，不跟名声不好的人交往，也不可能有婚外恋情。

另外，阿克巴斯瓦根 13 号房的买方坚持说，他们根本没有在那个周一见面的安排，只是说，范纳伯格“到这个社区”时，会来见面。最大的可能性是，他决定那天晚上过去，赶快把事情办妥。但是，难道他不该先打个电话？毕竟他当时在家，走过去还是要花费点时间的。范纳伯格要去的是 13 号房，那么是什么疯子非法占住了 31 号房？要不然就是有人跟踪他，趁机在那所空房子里杀了他。如果是这种情况，范纳伯格是怎么走进房子的？难道是那老妇人忘记锁门了？这看来不大可能。唉，真是个谜。

范纳伯格只有一个情况值得注意，那就是他的生活中没有父亲。而且他母亲干的是脱衣舞女的行当，但这两样都不能责怪他。彼特拉·韦斯特曼拿到范纳伯格的个人日程表后，调查组复原了他最后几个星期的生活，但是并没有发现任何疑点。在范—莫房地产公司，迄今尚未从他的计算机中发现任何异乎寻常的内容。他的计算机里根本没有个人记录，他的电子邮件通信一星期只有很少几条内容，并没有涉及他与阿克巴斯瓦根街 31 号那个神秘卖方会见的信息。约玛·莫林除了有几次超速罚款和一个逾期未付的账单外，并没有其他出轨的情况。

至于英格丽·奥尔森，山登转述了玛吉特·奥洛夫松的陈述，说她是个难得露出笑容的老妇人，此外没什么好说的。奥洛夫松同情她，因为她既衰老又有病，尤其还是孤独一人，而且她是去向奥洛夫松求助的。照奥洛夫松所说，奥尔森对那场谋杀的态度相当冷漠，这让她感到惊讶。但冷漠算不上犯罪。

再说，房子里什么都没有丢失。根据发现，英格丽·奥尔森的首饰盒是她唯一值钱的东西，但没有让人动过。在一丝不苟的贝拉·汉森率领下，技术人员发现，除了厨房、门厅和起居室以外，没有任何外人的痕迹。玛吉特·奥洛夫松的指纹到处都有。在厨房和外门把手上发现了范纳伯格的指纹，这可以说明，门没有上锁，他打开门走进房子里。在推定为杀人凶器的厨房椅子上，有身份不明的人留下的另一种指纹，这指纹没有在房子其他地方出现过。

他的沉思被六岁孩子的欢快声音打断了。

“爸爸，你说要让我看看‘量匙’是什么小勺。”萨拉口吻热烈地说。

“当然啦，‘量匙’。”西奥伯格说。

他从厨房抽屉里取出一把量匙。

“看这儿，这是用来测量用量的勺子。”

“哪个是‘dl’？”萨拉问。

“就是这个！”西奥伯格回答。“这个叫‘分升’就是一升的十分之一。什么需要用分升来量？”

“橄榄。”

“看哪，爸爸，看我这个做得多好！”玛佳让爸爸看她擀的面片。

“是啊，看你多聪明哪。现在我把台布铺上，在上面铺上烤盘垫纸，然后我们把橄榄卷放在上面。”

西蒙正忙着把青椒、樱桃、番茄和红辣椒切碎，西奥伯格一只手搭在他肩膀上。

“切得真好。”

“当然啦！”这个八岁的孩子自信地回答。

外面一阵开门声，接着门厅传来阿莎气喘吁吁的声音。玛佳丢下擀面杖，朝妈妈跑去。西奥伯格跟过去兴致勃勃地迎接她。过了一会儿，他从楼梯旁的婴儿车里抱起两个孪生儿子，关上正门，把一个孩子放在地板上，另一个抱在腿上。这种季节，要给孩子脱掉很多外面穿的衣服换上家里的衣服。

“我们已经买回了圣诞节的用品啦。”西奥伯格自豪地说，阿莎却露出严厉神色。

“这才 11 月份。”她嘟囔道。

“一点儿也不错，这可是圣诞购物的最佳时间。对不对，玛佳？”

“对，对，对。”玛佳表示赞同。

他把脱掉衣服的第一个儿子放在地板上，接着照顾第二个。

“聚会怎么样？”

“非常热闹。八个疯狂的孩子到处乱跑，好多家长们聚在一起喝咖啡。卡洛林不久要有个小弟弟了。”

“噢，他们已经知道这事了？”

“对。两个男孩都累坏了。咱们得马上让他们上床睡觉。他们往肚子里填了很多东西，什么都用不着再吃了。你们在做什么好吃的？”

“妈，萨拉和我在做橄榄卷。”玛佳说。“来看看哪！”

大家一齐来到厨房，阿莎对大家正在准备这么多好吃的表现出恰如其分的钦佩。

“你们准备晚饭，我去安顿两个孩子上床睡觉。”阿莎说。

乔纳森和克里斯多夫站在西蒙旁边，指着桌子上的东西哼哼唧唧恳求。他给了他们每人一颗樱桃番茄，两个孩子立刻安静下来。阿莎把两个孩子哄进卧室，西奥伯格削完土豆皮，把炖锅放在火炉上，装好搅拌器，把萨拉的黑橄榄、凤尾鱼、酸豆、食油倒进去，还添加了一些她捣碎的蒜。他们搅拌这些东西，最后做成均匀的黑色稠酱。两个姑娘动手帮忙，把橄榄酱涂在玛佳擀好的方块面片上。西奥伯格把面片切成三英寸长的条，两个姑娘把面片扭成一致的螺旋状，放在烤盘垫纸上。

此时，西蒙用一个滤锅清洗腌好的鱼，接着，他在一个钵子里仔细拌匀三文鱼块和切碎的蔬菜，加入一点椰油、葱花、佐料。

所有菜肴同时做好了。西蒙是独自完成自己那道菜的，而西奥伯格和两个姑娘组成的三人小组集体完成一道菜，所以西蒙认为，自己是最好的。两个姑娘为此感到恼火。西奥伯格认为，三文鱼其实是自己腌制的，因此他可以说，大家都一样好。西蒙听了这话，哼了一声表示让步。和平恢复了。

橄榄卷在烤箱中烘烤十分钟后，面片就足够脆了。两个小男孩已经洗漱过上床入睡。阿莎打开一瓶白葡萄酒和一大瓶西番莲汽水，家里没上床睡觉的人便聚在餐桌周围，每人面前都摆着一杯饮料，面包篮里堆满了橄榄卷，就等土豆炖熟了。

几个孩子吵闹着讲了一个又一个故事，大多是学校里、运动场上、幼儿园里发生的事情。西奥伯格靠在椅背上，满意地享受着孩子们的故事，这是真实生活中的单纯故事，他在工作中难得接触到这么美好的纯真。

开胃食品虽然是没经验的新手做的，却非常成功，橄榄卷也很美味。阿莎对自己孩子们的烹饪天赋感到非常自豪。萨拉和玛佳吃了很多，饱得吃不下主菜了，便央求父母准许他们看儿童电视节目。得到许可后，西蒙也离开餐桌，留下两个成人边吃边谈。

“科尼，我想给你做个测试。”阿莎说。“在教师休息室，一位心理学老师让我们做了个趣味测试。”

阿莎在法兰斯城堡高中教数学和体育，她教的课程组合真是异乎寻常。

“那是个道德测试。我先给你讲个故事，然后你按故事中人物的行为给所有人排等级，依据是纯粹的道德观。明白了吗？”

“明白了。”西奥伯格热心地说。

他喜爱游戏，喜爱玩耍，喜爱读小报上的浪漫调查，总之，喜爱所有这类东西。

“斯蒂纳住在河岸边的小茅屋，对岸茅屋里住着波尔，两人相爱。问题是河上的桥垮了，河里有很多鳄鱼，所以不可能游泳过河。斯蒂纳渴望见到她的波尔，想念得心都要碎了。于是她去找邻居斯文，这位邻居有条船，她求邻居借给她船。他笑道，当然可以，不过她必须先跟他睡。”

西奥伯格咧开嘴巴笑了。阿莎接着讲下去。

“斯蒂纳绝望了，又去找名叫伊瓦尔的另一位邻居，这位邻居是村里最健壮最有权威的人物，所有人都敬重他、顺从他。斯蒂纳对他说了自己的绝望心情，求他让斯文理智待她，可这位邻居说，他不管这事，斯文可以随心所欲利用眼下的局面，伊瓦尔不愿卷入纠纷。斯蒂纳这时气昏了头，心想，既然波尔这么爱自己，当然能理解也能原谅她。于是她去找斯文，跟他睡觉，随后借到了船。斯蒂纳划到对岸后，并没有向她的爱人隐瞒痛苦的真相，立刻把自己不得不做的可怕事情告诉了波尔，求他原谅。不料波尔怒不可遏，把斯蒂纳踢出家门，明确告诉她说，再也不想见到她了。斯蒂纳便向波尔的邻居古斯塔夫求助，这位邻居是个值得信赖的人。斯蒂纳哭诉了自己的经历。古斯塔夫听了波尔的作为后太生气了，安慰她后，去波尔家照准他鼻子打了一拳。”

西奥伯格笑着摇了摇头。

“好了。”阿莎说，“现在你按照自己的道德观给这些人排个队。记住，不是按法律。第一是最好的，第五是最差的。”

“这个嘛，这个斯蒂纳有点淫荡……”西奥伯格笑道。

“科尼，你严肃点！”阿莎打断他的话。

“我不过是开玩笑。我得想一想。”

“我已经确定了自己的排名想法。”阿莎说。“如果我们想法一样，那倒是挺有意思的。然后我们可以就此做点讨论。”

他喜爱妻子设定谈话方向的做法，喜爱她的热情，喜爱她以自己的热情感染别人的风格。他热爱阿莎，热爱她的一切。西奥伯格心想，不过嘛，假如她仅仅为了来找我就跟山登上床，我可不会太快乐的……

“这么说，斯蒂纳诚实，好心，但有点愚钝。”西奥伯格归纳道。“她生活在现在，并不在乎自己的行为带来的后果。波尔自私，缺乏宽容。古斯塔夫心肠好，有同情心，坚持自己的观点，但是他使用武力，还把自己看作凌驾在别人之上的法官。斯文不帮助别人，势利，不可靠，乘人之危占便宜。伊瓦尔这人既冷漠又缺乏同情心。按道德排序，波尔该排在首位，其他人的顺序是斯蒂纳、伊瓦尔、古斯塔夫，斯文排在最末。”

“你不至于认为伊瓦尔比古斯塔夫还好吧！”阿莎嚷起来。“他无疑可以告诉斯文该怎么做，那不就解决了斯蒂纳的问题？”

“是啊，我猜古斯塔夫可以算是最有道德的，但他是其中唯一犯了罪的人。总不能不容分辩随意打人吧。再说冷漠并不是个罪行。”西奥伯格说着，忽然产生个似曾相识的感觉。

“但你怎么能把波尔排在斯蒂纳前面呢？斯蒂纳没干坏事，对不对？”

“波尔不喜欢斯蒂纳的行动，只是跟她断绝了关系。他有权这么做。这就像他没有卷入其中一样。斯蒂纳的行动实在愚蠢。反正我就是这么想的。”

“可她有正当理由。虽然你的看法从原则上没错，你自己不会做同样的事。但纯粹从善良的角度看，我认为古斯塔夫是其中最好的。我喜欢坚持自己想法的人，他们对发生在自己周围的情况采取积极行动。伊瓦尔是个真正的傻瓜。说斯文是最坏的，这我同意，不过伊瓦尔也几乎一样坏。斯蒂纳排在第二，波尔排在第三。”他们收拾餐桌，阿莎出去陪孩子们，这时候差不多到了孩子们上床的时间。西奥伯格在厨房里洗涮，脑子里还在沉思着冷漠这回事。那肯定不是桩罪行。谁也不能卷入人类的所有问题。人们总是对某些人、某些战争、某些自然灾害更加关心。有些人则什么都不关心。不可否认，这样生活要单纯得多。接着，他脑子里忽然闪过一个念头，觉得冷漠是个严重的罪过，有些哲学家就认为，冷漠是人类最恶劣的罪行之一。他在记忆中挖掘其他严重的罪过。贪吃、生欲、骄傲、愤怒、贪婪、嫉妒。以纯粹的法律条款比对，古斯塔夫是唯一犯下罪行的人，但按照中古时期对道德的理解，伊瓦尔的冷漠有罪，古斯塔夫的愤怒有罪，斯蒂纳跟人通奸有罪，斯文不但贪婪而且跟人通奸有罪，波尔也许愤怒，也许骄傲，都算有罪。几个角色都是一路货色。

在西奥伯格家，贪吃、愤怒、贪婪、嫉妒，样样都出现过。生活并非一帆风顺。他偶然想起兰斯克鲁纳市那些可怜的教师们，他们在海滨一次浪涌中失去了好几个孩子。他们有什么罪过？是冷漠导致的危险？对约翰·霍恩的种族谋杀又该怎么解释？难道是第三者有罪，因为没有用自己的手机拨打求助？也许冷漠的确是一种罪过。在某些人眼中，特定环境下表现出冷漠无可抵赖是一种罪过。这话说说倒容易。在一些人眼中，也许英格丽·奥尔森是个罪犯。

孩子们都上床睡觉后，他为自己和阿莎调制饮料。他喝朗姆酒和可乐，阿莎喜欢喝伏特加配红牛饮料加一点鲜榨柠檬汁。这是他内弟拉斯发明的，口味特别好。不过，按照一些说法，酒精与功能饮料混合起来喝对健康不利，西奥伯格从来会不失时机地告诉妻子这一点。他们坐在电视前看新闻节目。斯卡霍门区一个四十四岁的老妓女在自己公寓中被杀害，死前曾受折磨。没有发现作案嫌疑人。警方在寻找目击证人。这一周对四十四岁的人来说不好过，西奥伯格不经意地闪过这个念头。看完新闻，他们打了会儿扑克，又喝了杯饮料，然后上床睡觉。

星期一上午

水哗哗流向浴缸，她站在卫生间窗前，望着窗外的庭院。有些孩子坐在沙坑里玩耍，把湿沙子弄得一塌糊涂。孩子们都戴着暖和的帽子，身穿防雨外套，似乎并不在意刺骨的寒风，也不在意灰蒙蒙的天空。几位母亲坐在长凳上发抖，手都插在上衣口袋里，还把衣领翻起来。除了这些母亲和儿童，白天这时候院子里没什么人。比较大的孩子们都上学或送到幼儿园了。

她一辈子都住在这里，从来没觉得该换个地方住。她幼年住在院子对面的一座楼房里，她父母现在仍住在那里。她和尤尔根一道搬过来时，她从来没想过可以搬迁到不同的城区。这片楼房建成后，他们毫不迟疑地抓住了机会。住得离父母近有个好处，照顾孩子不成问题。

午前几个钟头是个好时段，她可以独自待着，坐在家里享受清闲。他们14岁的孩子特雷泽在上学，17岁的托拜厄斯是个邮递员，要是回家，也是在午饭以后。尤尔根在滚珠轴承厂工作，所以她两点钟以前不必出门去做清洁工作。

她几年前便提前退休，因为在医院做低报酬清洗工作，患了脊背和胳膊慢性疼痛。她去看过医生，获准长期休病假，几年后，没有多加协商就获准享受所谓疾病补助。她的疼痛并没有到了根本不能做清洗工作的地步，所以，她现在既拿退休金，又私下抽空下午去别人家干家政清洁工作。这一来，她拿回家的钱比尤尔根全职工作的收入还多。夫妻俩曾商量，丈夫是不是也该做同样的事，可丈夫自己不屑于干清洁工，觉得那是女人的活计。

她走进卫生间，关上水龙头，把水桶提出来，放在铺着地毯的起居室地板上，坐进扶手椅，小心翼翼把双脚伸入热水中，点燃一支香烟。电视中，电视明星里奇·雷克和十几位过度肥胖的美国人在一个电视节目中露面，节目名称叫“测谎仪证明我的伴侣与我的好友私通”。她自己从来没有对丈夫不忠，反正自从二十多年前与尤尔根结婚后一直忠实于丈夫。她能想象出，尤尔根可能有过一两次出轨，不过，就算是真的，她也不怎么在乎。

他们生活在同一个屋顶下，仅此而已。两人很少交谈。丈夫有自己的兴趣，妻子也有自己的乐趣。丈夫有自己交往的圈子，喜欢打曲棍球，踢足球。妻子喜欢看电视，陪孩子们。有时候，她去蓝宝石舞厅，与女友一道跳舞，但大多数时间是在独自看电视连续剧，为全家洗衣服，收拾房间，这些占去了她的所有时间。也许人们会说，她的生活太平淡了，可她并不抱怨。

门铃响了。她咒骂自己一声，因为她像往常一样，没把毛巾从卫生间带过来。反正门没上锁，她用不着起身的。

“是我！你在干吗呢？”

“妈，你从卫生间把毛巾递给我好吗？我在泡脚呢。”

她母亲年纪大约65岁，体态有些肥胖，但深棕色的头发只有很少几绺变得花白。她刚刚烫过发，看上去相当时髦。

“你的发型真的很漂亮。”丽丝洛特说。

“我刚从发廊回来。你觉得还行？”

她母亲把毛巾递给她，在沙发上坐下来。

“我说你的发型真的很漂亮。”

丽丝洛特掐灭香烟头，又点上另一支。

“你想抽一支吗？”她一边问一边把一盒烟丢在母亲面前的咖啡桌上。

“我去煮咖啡。”她母亲说着站起身，走进厨房。

电视节目中的现场观众在喝倒彩，里奇·雷克摇了摇头，对测谎仪的证据感到吃惊。沙奎尔坐在椅子上显得很放松，也摇了摇头，一口咬定说，测谎仪在撒谎。切尼气得暴跳如雷，又喊又叫，电视节目只好隐去他的声音。她最好的朋友萨拉奥坐着没动，转动着眼珠，露出尴尬模样。

她母亲端着两杯咖啡走来，坐回沙发上的位置，从桌上的香烟盒里抽出一支烟，出神地看着电视节目。母女俩默不作声看了一会儿，直到开始播广告，这才开始交谈。

“尤尔根昨天参加比赛了？”她母亲问。

“对。”

“你跟着去了没有？”

“我干吗跟他去？”

“艾琳问我星期日想不想去听歌剧。宇宙大剧院有场歌剧。”

“这么说，你要去？”

“谁会犯傻？这个艾琳，她以为自己是个有头有脸的人呢。我就这看法。”

“你怎么会这么说？”

“我猜是因为她的孩子。她孩子在上大学。也不知道是好还是坏。”

“爸爸要干吗？”

“他要看奥普拉主持的电视节目。我觉得那才有趣。我给特雷泽买了件无袖衫。”

“真的？在哪儿买的？”

“阿伦时装店，是减价销售，只花了十块钱。”

“你觉得她会喜欢？”

“肯定喜欢，如今姑娘们都穿这个。白颜色，还有细细的吊肩带。”

“听起来可爱。我看给我吧。”

“你们去争吧。”她母亲笑着喷出个大大的烟圈，缓缓上升到天花板才散开。

“我觉得撒谎的是那女的，不是那个男的。”丽丝洛特在谈论电视上的那个姑娘。“我敢肯定，她是个同性恋。以前有过一个类似的节目。”

“不见得吧。”

“是真的。她跟她男友的妹妹上床。”

“这帮美国人，都是些神经病。”

“没错。”

“你爸说，上面那个10号男人是个同性恋。他叫尼克拉斯。”

“爸爸凭什么这么说呢？”丽丝洛特问。

“我也不知道。可他说，能凭人的长相看出来。我看卡特琳纳霍尔姆城里一个同性恋也没有。”

“同性恋肯定哪儿都有的。”

“我看没有。同性恋的家伙只有斯德哥尔摩才有。”

“特雷泽要去斯德哥尔摩。”

“是吗？为什么？”

“去买衣服呗。”

“是你让她去的？”

“让她去？那看怎么说了。她反正想去，别人也要去。”

“也许你和我也该去斯德哥尔摩购物。”

“那儿东西贵。在这儿也能找到好衣服的。”

“咱们可以去诺克平。”

“去干吗？”

“逛逛呗。”

“可以去。我们可以去麦当劳。”丽丝洛特说。

“我不喜欢吃汉堡包。”

“那你喜欢什么？”

“什么都成。中国菜。”

“中国菜在这儿城里也有嘛。”

“可我们从来没去吃过。”

“干吗不去？”

“价钱贵。”

“你以为诺克平的就便宜？”

“嗨，算了！那你是不是准备带上野营炉灶，自己做饭？”

“只有你不想去麦当劳。”

“这话我从没说过！我只是说，我不喜欢吃汉堡包。”

“还不是一码事？”

“才不是呢。麦当劳还有其他饭菜的。”

“那你说说还有什么。”

“我也不知道！是你想去麦当劳的！”

“你不想去？”

“当然可以去。咱们去看看那儿有什么吧。”

“我敢肯定，那儿麦当劳的饭菜跟这儿一个样。”

“有可能。”

母女俩的交谈结束了，也不再看电视节目。她母亲站起身。

“噢，我得回家看看你爸，也许他也想喝杯咖啡呢。”

“回头见。替我问候爸爸。”

“谢谢你的咖啡。再见，宝贝儿。”

电视购物节目开始了，她继续坐在那儿，看着两个傻瓜在兴高采烈推销一套煎锅。她不知道那两个人是不是真的对煎锅的神奇效果这么热心，没准是两个收费做广告的演员罢了，如果真是这样，这两个人的演技好得几乎令人难以置信。还有那帮现场观众，只见他们见了煎锅的神奇效果，全都起立鼓掌欢呼。她觉得观众也许是出于真情，不过嘛，她觉得那种煎锅有点猫腻。她一辈子从来没见过这么漂亮的油煎效果，不但自己没做出过这么好的油煎食品，也没见别人做过。

她点了支香烟，换了个电视频道。她最喜欢的一部英国电视剧就要开始了。信件投递口传来个窸窣声，还听到邮件落在门厅地板上砰的一声。她记起这天是个星期一，心想，可以翻看《人物周刊》啦。但是，她首先要看看电视连续剧《艾玛镇》中丁格尔一家要发生什么事情。

这集电视剧她根本没看完。二十分钟后，她便一命呜呼了。

杀人凶手的日记3

2006年11月，星期一

我从没想到竟这么简单！径直走进别人的生活，几分钟后离开。仿佛什么事也没发生过。不费吹灰之力。我这种人不引人注意，这倒是个优势。平时，我就是想引起别人注意也办不到，不想引起别人注意，就太简单了。

我属于别人视而不见的人。不论天气有何变化，也不论经济大环境处在何种状况，我这种人从来畏缩胆怯。我们觉得，经济环境从来处在衰退状况，就好像天天起雾一样。我们总是畏缩，生怕脸上或肚子上挨人一拳。其实完全没有必要，反正谁也不注意我们。

谁也不会看着我，心想："发型不错。我看我也得理个这种发型。"谁也不会看着我，心想："哎呀，多难看的外套！这种样式多年前就过时了！"谁也看不见我。我拦住他们的路，他们看不见我。我替他们拉开门，他们看不见我。我在地铁车厢里给人让座，他们看不见我，就是我不让座，他们也看不见我。现在人们看不见我。不过我还是个孩子的时候，孩子们还是能看见我的。当然成人看不见。我小时候活像个大大的黄色标志："看我吧。我又丑又滑稽！我穿怪衣服，说怪话！打我吧，嘲弄我吧！动手，动手吧，伤害我吧！把我的畸形变态敲出去，好让我变成个正常人！"他们打我，却没有把我变成正常人。我倒是长成大人了，但没有变成正常人。

我买车票去卡特琳纳霍尔姆，谁也没看见我。我望着童年时熟悉的地貌环境，可别人谁也没看见我。车窗外是橡树山、南曼兰省的一片片湖泊，还有魔法森林和牧场。

我走了条捷径，去我童年时熟悉的街道，找到了丽丝洛特家。离开火车站后，我顺着斯托加坦路走了一段，然后拐上斯德哥尔摩斯瓦根路。然后向左朝东走不远就到了。都过了这么多年，她还住在那个倒霉的老地方。要是我仍然住在这儿，准得在多年前就送命。可我现在活着，丽丝洛特却变成了一具僵尸。

我还是别急着说后话吧。当时，我穿过几座公寓楼，走进一个庭院。还是原来的庭院，只是添加了给孩子们玩的设施。有几个孩子在沙坑里玩耍，几个母亲坐在长凳上旁观，除了这几个母子，院子里没别人。楼房旁的树丛还是原来的模样，这种树丛能结出白色浆果，踩上去能发出迸裂的噼啪声。当年觉得这树丛很高大，能在里面玩捉迷藏，能当堡垒。现在看上去觉得没原来那么森然了。

就是在这儿，丽丝洛特、她妹妹和几个住在这儿的同伙剥掉我的衣服，把我浑身溅满泥浆。他们把我的衣服挂在游戏用的铁格架子上。等他们折腾完了，我要么得在众目睽睽下光着身子爬上去取衣服，要么得偷偷躲进地下室。当时我溜进了地下室，等到那帮孩子散去后，我才敢出来取衣服。但是，孩子们不见了，我的衣服也没了。

铁格架没了。换成时髦的攀登练习墙，有吊绳，有滑梯。原来那个架子是个红色钢条拼成的空间，能从里面爬上去，耷拉下两条腿坐在上面。有一次我在那儿坐了一个下午，因为下面有丽丝洛特和她那帮同伙，我知道自己爬下去会发生什么事，坐在上面吓出一身冷汗。他们朝我抛掷肮脏的土块和雪球。有几次，他们试图拉住我的腿，把我拽下去，可我拼命抓紧不放手。他们冲着我惊叫，辱骂我，说我丑说我傻。有时候，他们退开一点，想要骗我冒险下去。等我开始往下爬，他们又朝我冲过来。那场闹剧结束前，他们把玻璃片包在雪球里投打我。一片玻璃在我脖子上割开一道深深的口子，我疼得松了手，掉在地上，摔成脑震荡，呕吐不止。那帮孩子见了乐不可支，但是，他们见我流出鲜血，立刻一哄而散。我踉踉跄跄回到家，被送到医院缝了几针，躺在床上养了好几天。这还算一个不错的结果。

有一次，丽丝洛特的爸爸把我锁在地下室，因为我对丽丝洛特说，我爸爸是警察。这话当然是编造的。丽丝洛特的爸爸也不是警察，不过她每天都说爸爸是警察，让人不敢反驳。不过他显然有权把人锁起来。要是我没记错，他在一个名叫卡萨登的犯人精神病医院当助理，所以肯定是在那儿学会怎么对付人的。他那一招还真灵，后来我再也不敢谎称自己爸爸是警察了，可丽丝洛特的谎言一如既往。在家里，把人关在地窖里可不是个好主意，所以尽管我执意坚持，但我们绝对不敢这么对付丽丝洛特。

我回想一番自己悲惨童年后，穿过地下室走向丽丝洛特现在住的楼房。在楼梯间，从她公寓里出来的她母亲跟我打了个照面。看来，丽丝洛特在家，我看见也听到那扇门没有锁上，这下整个事情变得简单多了。这位母亲还是老样子，倒是胖了不少，不过留的还是那种稳重的卷发，还是像以前那样嚼着口香糖，还是那种蛮横乖戾的表情。虽然我们擦肩而过，可她当然没看见我。房门关上前，我听到屋里电视发出的微弱声音，就知道她在哪个房间里了。

我登上几段楼梯，在面向街道的一扇窗户前等了几分钟。楼门砰的一声关上，有个脚步声奔上楼梯。一个邮差从我身旁跑过去，并不注意我这个无足轻重的人物，然后，他送信后返回来，这次仍然没注意到我。

他走后，我下楼来到丽丝洛特家门外，轻轻打开门，溜进黑乎乎的门厅，悄没声地把门关上，锁住。

她正坐着泡脚，手指间夹着一支香烟，看一种无聊的电视剧。我认为现实远比虚构的故事好，就走到光亮里。她甚至没觉得奇怪，只是用迟钝的目光瞥了我一眼，问我有什么事。我把来意讲给她，可她的目光却在我和电视屏幕之间来回漂移，没有做出任何明显的反应。

“我不记得那种事。”她只说了这么一句，狠狠吸了几口烟，就接着看电视。

我朝她走了几步，一只手抓住她的脖子。

“那就仔细想想！”我的声音带着威胁，可她只不过瞪着我露出惊奇神色。

“见鬼，你要干吗？”她平心静气地说。“你疯了？”

“恐怕没有。”我回答。

“放开我！”她愤怒地说。

“那就回忆！”我抓她脖子的手指攥得更紧了。“想想你原来怎么掐我脖子的。”

我竭力让她回忆，提示她，可她只是瞪着我，一副糊涂模样。我紧紧抓着她的脖子，把她按得跪倒在地板上，把她的脑袋按进洗脚的水桶。她胳膊腿脚乱抓乱蹬，食指和中指间夹的香烟还舍不得放开。等我最后把她脑袋拉出水面，她又是喘气又是眨眼，想看清楚我。

“你想要我怎么样？”她终于能喘气了，哼哼着问。

“我要你回忆！”我仍然抓着她脖子不放。“要你回忆，要你明白，要你乞求我原谅。”

“可我想不起来！实在想不起来……”

“非得让你想起来不可！”我打断她，“你必须记起当时一连几天怎么折磨我。你必须明白，你和你那帮朋友不该那样欺负人，不能欺负了人当成什么事也没有。那是持久的印记，无法治愈的伤痛。难道你不明白？如果是你自己孩子的脸让人抽打，衣服让人撕成布条，躺在泥泞里，你有什么感觉？”

“那……那就太糟糕了。”她呜咽道，眼泪涌出来，跟脸蛋上的水混合在一起。

“那你当时为什么那么做？”

“我根本不知道做过那种事！”她声嘶力竭地嚷起来。“当时我们都是小孩子，我不相信……”

她的话和她的坏记性实在让我烦透了，我再次把她按进水桶，这次时间更长。我看到那支香烟都烧到她的指头了，她连忙丢掉烟头。后来她身子彻底疲软了，我决定再次把她拉出水面，可她已经直不起身子了，我只好放开她脖子，抓着她的头发，前后摇晃她的脑袋，她呛咳了好几分钟，一句话也说不出来。在这个过程中，我不停地对她说，说我的所有梦想都粉碎了，说我的童年没有阳光，说我过着孤独的生活，整个变成个枯萎的灵魂。等到她能重新开口说话时，她从牙缝里说了句“原谅我。”我不相信她的话，反正也没用，她得死。

“你受的苦难太短暂了！”我说。“可你让我遭受的苦难持续了三十八年。现在我的胳膊太累了，再见吧，丽丝洛特。”

我最后一次把她的脑袋按进洗脚桶，这一次，她放弃了，不由自主折腾了一下，终于安静下来。我让她保持跪姿，脑袋扎进水桶里，可我站起身前，禁不住把熄灭的烟头插在她两根手指之间。

电视上，人们在争吵，有人冲出房间，砰的一声把门摔上。我悄悄离开，小心地把丽丝洛特家的门关上。

星期二

彼特拉·韦斯特曼像往常一样精神勃勃地处理着安排给她的工作，不过，这一次她破例没有主动承担额外的工作，而是利用两件任务之间的空余时间，查找那个佩德尔·弗莱克的信息。

佩德尔·弗莱克现年 53 岁，原来住在胡迪克斯瓦尔市。1972 年以高分获得大学入学资格，1972 ~ 1973 年在林度岛上服兵役，当突击队员。1973 年开始在隆德大学修医学专业，这年结了婚。1974 年，两人生了个女儿，但 1975 年到 1980 年之间的信息是个空白，在此期间，他妻子和孩子住在胡迪克斯瓦尔市，母子俩直到现在仍然保持着在当地的户口登记。1980 年，才再次有了他的记录，他这年秋天复学，离了婚。1984 年，他获得了医学学位，此后，在斯德哥尔摩地区多家医院工作过，如今在卡罗林斯卡医院担任高级麻醉师。

经济犯罪单位的一位同事帮助彼特拉收集到弗莱克的金钱交易信息，其中并没有不合法的内容。他是个单身汉，收入丰厚，生活开销与收入相称。没有奇怪的地方。彼特拉在犯罪记录中搜索，没发现他有犯罪前科。在警察局内部的案情描述记录中也没找到任何相关记录。警察局另有一套内部案情描述记录，可以在案件评论中查找个人姓名，但没找到他的任何记录。他的个人历史似乎毫无瑕疵。

彼特拉给“医生无国界”组织打电话联系，得知这个组织仅仅在 1975 年时在黎巴嫩工作过。佩德尔·弗莱克当时 21 岁，刚刚完成两年的医学预科班学习，因此不可能 1975 年时就在黎巴嫩担任医生。那个组织的各种名单上都没有他。她总算抓住了他撒谎的证据。

她接下来该怎么展开调查呢？在任何情况下，她都不愿让弗莱克发现自己受调查。出于这个原因，她不能与弗莱克健在的母亲、他的邻居、他的同事或他的雇主接触，也不敢联系他女儿。但他前妻似乎是一张十拿九稳的好牌。他离开妻子和女儿在国外待了五年，一回国就与妻子离了婚。可以假定，她就算与他有联系，两人也不经常接触。

彼特拉一再尝试与这位前妻联系，最后终于在一天很晚的时候拨通了她工作机构的电话。这位前妻在胡迪克斯瓦尔市医院担任手术室护士。

“我在寻找佩德尔·弗莱克。”彼特拉谎称。

听筒中一点儿声音都没有，她希望这是个好迹象。

“喂？”

“我多年没跟他联系了。你得找别人打听。请问，你是哪位？”

彼特拉刻意不作自我介绍。但经过深思熟虑，她决定用不着向这个女人掩盖自己的身份。假如对方做出不同的回答，她会考虑此刻压下电话，并不作自我介绍。

“我叫韦斯特曼，是一名警察。”彼特拉说。“我搞的一项调查涉及他。”

“那你该知道，你不能通过我联系到他。”这位名叫蒙娜·弗里伯格的女人说。

她说话显然非常坦率。

“其实我是想跟你谈谈。”彼特拉承认道。她立刻试图控制谈话方向。“你最后一次与他交谈是什么时候？”

“1980年。”那女人的回答很简单。

“是与离婚相关的事？”

“对。”

“这么说，从那以后你就没再与他联系过？”

“这个我刚才说过了。”

“你女儿也没跟他联系过？”

“至少我知道没有。”

“我可以问问这是为什么吗？”

蒙娜·弗里伯格迟疑了几秒钟。

“他根本就不爱自己的女儿。女儿和我丝毫没兴趣跟他接触。”

“如果我的话有点唐突，请你原谅。”彼特拉说，“那你当初为什么会与他结婚呢？”

彼特拉忽然意识到，她给了对方一个结束谈话的理由，可她不愿结束这次谈话。

“典型原因。我怀孕了。”

“他承担起责任了吗？”

她迟疑片刻后说：“表面上还行。其实我们大部分时间见不着面。他迁往隆德市，后来在国外待了好几年。”

“后来他一回国就要求离婚？”

“对。甚至没跟我见面。我自从1975年以后就再也没见过他。”

蒙娜·弗里伯格的声音里没有流露出悲伤。回答各种问题都简明扼要，就事论事。不过，彼特拉好像从她的讲述中探测到了模棱两可的内容。她的讲述中绝对没有说弗莱克的好话，可她说话时保持着警惕。两人交谈时，彼特拉无法确信，不过她后来认定，蒙娜·弗里伯格隐瞒了佩德尔·弗莱克的一些真相。

“他给孩子支付赡养费吗？”彼特拉问，不过对这个问题她其实已经知道答案。

“没有。我也从未要求过。我的经济状况良好。”

“这也说明，你有充分理由不想与佩德尔·弗莱克有任何接触。”彼特拉试探道。

“我宁愿独立生活。”蒙娜·弗里伯格的声音里听不出一丝颤音，因此没有露出不同的真实意愿。

“1975年到1980年间，他在国外生活，你对此有什么了解吗？”彼特拉问。

“不了解。就我所知，谁也不了解。”

“你对他的个人评价如何？”彼特拉鼓起勇气问。

“聪明，目的性明确，自私，性格外向。”

她在积极评价中插进负面内容，举出的实例显然完全是客观的。但她保留了什么内容？她用的是性格外向这个字眼，而不是令人愉快。而且目的性明确也不一定是积极的吧？紧接着说出自私这个字眼，前一个字眼就肯定不是赞许。彼特拉没来得及想明白。

“对战争感兴趣。”蒙娜·弗里伯格说。“他对战争特别感兴趣。哦，我现在必须回去工作了。”

两人的电话交谈就此结束。

星期三晚上

调查组的情绪低落。已经到了星期三，仍然没有发现展开调查的新线索。英格丽·奥尔森家厨房采集到的指纹与任何已知罪犯不相符，也不符合调查人员的指纹。后来继续询问范纳伯格家人和他的合伙人，并没有找到新线索。

验尸官泽特斯罗姆的报告已经完成，但其中内容未能打开新的调查思路。死亡时间在星期一下午四点到晚上八点之间，这与他们先前假定的时间一致。死亡原因也与原先分析的一样：钝器猛烈打击头部和脸部造成大脑出血。

向该地区邻居询问后，得到如下信息：住奥尔森家街对面房子的雷纳德·约瑟夫松曾看到，大约在杀人案时间有两个男人相隔时间很短先后从他家窗外走过。当时已经天黑，他无法提供两人的特征，但不能排除范纳伯格是其中一个人。住在另一条街上的一家人在夏天外出度假时，有人曾闯进他家车库。11 月份，一位波兰籍兜售油画的女人曾在这个地区拜访过好几个家庭。一对老年夫妇曾注意到，一个“瑞典人长相”的陌生女人曾在阿克巴斯瓦根街上走过。有几位邻居曾注意到，一位身穿浅蓝色运动套装的男人在街上跑步。后来证明那是阿克巴斯瓦根街对面奥冯巴肯公寓的一位住户。发生杀人案前的星期六晚上，一个三四十岁的男子骑自行车摇摇晃晃从几条街上穿过，看上去好像喝多了。最后，本地有九家人曾接待过一个上门推销员，那人形迹可疑，大约二十多岁，长相像是瑞典人，衣服上有当地网球俱乐部标志，推销的商品是卫生纸。三位近邻曾目睹了英格丽·奥尔森髋部骨折后，救护车把她接走。

调查组追踪不同的几条线索，但大家都认同一个主要的假设：汉斯·范纳伯格本打算去看阿克巴斯瓦根街 13 号的一所房子，星期一晚上离开家后，错走进 31 号房，杀人犯跟踪他到了那里。至于跟踪他的原因，至今尚未查明。

四肢修长的检察官哈达·罗森开始感到不耐烦，建议大家调查斯德哥尔摩或其他地方是否发生过类似案件。艾纳·埃里克松按这个建议搜索，在杀人手段或犯罪现场方面，没有发现其他地方有直接类似的案件。不管怎么说，绝大多数杀人案都是家庭悲剧或酗酒的结果。

那天晚上，西奥伯格回家时，天正下着大雨，他照例没带伞。就算上班时带了把伞，下班离开时没下雨，也会留在办公室。如果把伞留在家里，下班时才下雨，他手里还是没伞。他匆匆决定，绕过几条街，去一家卖手提包的商店，希望那里卖伞，果然让他猜中了。可惜那家商店已经关门。他只好耐着性子蹚水跋涉三条街返回原处。

回家途中，他经过一家文具店，便不由自主走进去。他隐约觉得这儿准有他需要的东西，结果却为每个女孩买了个铅笔盒，都包装在节日的花纸中。出门时他感到怅然，没想起自己真正该买的是什么东西。

终于回到家后，大家都为他淋成个落汤鸡表示同情。等到他躺在沙发上与孩子们一道看电视，这才猛然想起，去文具店本来要买的是什么了。克里斯多夫和乔纳森一齐动手，把五十多本杂志丢在地板上，至少有三本让他们撕了个粉碎。

等到打发四个孩子上床睡觉，西蒙玩电脑游戏时，西奥伯格坐在厨房餐桌旁，吃热过的剩饭。阿莎已经跟孩子们一道吃过，这时陪在他身旁，问起谋杀案的调查进展。他一边嚼着热狗，一边讲述最近几天的进展。

“有件事我觉得蹊跷。”阿莎说。“范纳伯格夫妇的关系看来很好，对不对？”

“看来是这样的。”西奥伯格回答。

“差不多跟咱俩一样？”

“嗯，可能吧。”

“是两个有理性的成人，相互间无话不谈，对吧？”

“显然是这样。”

“比方说，你今晚有个约会要出去，是去向一个证人提几个问题。你就会跟我说：‘我要出去一阵儿，去询问一位证人，’对不对？”

“会这么说的。”

“你不会说，是去询问一个嫌疑人。因为你用的字眼是‘一位证人’，我后来回忆起来，就不会说你说的是‘一个嫌疑人’。”

“我看你心里有什么谱了吧？”

“我还不能肯定。咱们接着分析。我认为，你不会先回家陪家人，然后‘不得不’离开家，跟一个没有事先约定的人见面。范纳伯格本来下班后可以直接去那儿的。”

“也许是要见的人六点以后才在家，也许他知道这事。”

“那就查明这一点。如果是这样，他本该先打个电话，因为他并不是从那所房子前经过。也许他们并不在家呢。”

“可他们的确在家。”

“他事先不可能知道，因为他没有打电话问过。”

“你说得不错。这让我们……”

阿莎没等他说完就插嘴说：“这让我们确定了一种情况，就是范纳伯格是让某个准备杀他的人引诱进一座没人的房子里。”

“某个知道英格丽·奥尔森不在家的人。”西奥伯格补充说。“这个人要么也想对她下手，要么只是挑选了她家的空房子。”

“也就是说，这个人与英格丽·奥尔森和汉斯·范纳伯格都有关系。找到这个关系，这谜团就解开了。”阿莎对自己的推断感到满意，把双手搭在自己脑后。

“这分析实在是太准确了。”西奥伯格聚精会神想过后说。“我去找那个买房人。”

他起身离开餐桌，把一堆脏盘子留给得意扬扬哼着小曲的妻子。

他先给彼特拉·韦斯特曼打电话，因为彼特拉跟这位买方联系过。她还没下班，接到他的电话稍感吃惊，给了他阿克巴斯瓦根街13号的电话号码。

“我明天告诉你有没有结果。”西奥伯格带着神秘口吻说。接着他谢过彼特拉，挂上电话。

他给那位买方打去电话，接电话的是那家的丈夫。当时是他与中介公司打电话对卖房者提出抱怨的。

“请原谅我这么晚打扰。我是哈玛比警察局反暴力犯罪处的科尼·西奥伯格警长，负责调查汉斯·范纳伯格的谋杀案。”

“没关系。请问我能帮你什么忙？”那人爽快地问。

“请问，你是否与汉斯·范纳伯格当面交谈过？”

“没有。我只跟莫林谈过。”

“你是否跟莫林商量过范纳伯格过来看房子瑕疵的合适时间？”西奥伯格问。

“我说过，任何时候来都行。我妻子一直在家里陪着孩子们。”

“范纳伯格事先打个电话是不是更合适？没准你妻子整个一天都不在家？”

“那样当然更合理。假如他不是从房子外面经过的话……”

“非常感谢！”西奥伯格说。“我再次请你原谅。”

阿莎望着他，脸上露出胜利的微笑。他拥抱她，在她额头印下一吻。

“亲爱的，要是没有你，真不知道我该怎么办了。”他笑道。“我看，现在该让西蒙也上床睡觉了。”

阿莎在看一本书。西奥伯格心不在焉，两眼盯着电视，脑子里却在思索，考虑着调查该从哪个方向打开缺口。他决定明天联系英格丽·奥尔森，自己去把房子内外彻底检查一遍。至于要找什么，他心里也没底。希望看到后会辨认出来，不过他根本拿不准可能找到什么。

电视新闻一遍遍重复报道着哈马斯的活动、伊拉克发生自杀式人体炸弹袭击、毒杀俄国前间谍利特维年科等等，但西奥伯格很难集中精力关注这些新闻。不过，有一条新闻激起他的兴趣。电场节目中，几位不知所措的警察在相互交谈，电视主持人归纳了发生的案件：

“昨天，在卡特琳纳霍尔姆城，一位两个孩子的 44 岁母亲在家中被杀害。她 17 岁的儿子在午饭时回家，发现母亲被害，据说是这天上午溺死在一只水桶中的。警方在公寓中发现某些有价值的线索，但还没有找到作案嫌疑人。”

西奥伯格心想，对 44 岁的人们，这个星期真够倒霉的。九天内发生三桩谋杀案，这根本没道理。卡特琳纳霍尔姆警察局的一位同事接受一位女记者的采访，谈论这桩谋杀案，摄像镜头扫视泥泞的游戏区，还有地下室楼梯周围警戒线外面的围观者。

“法院调查还没有结束，但所有迹象显示，一个或多个未知的袭击者夺走了这个女人的生命。”那位警长说。

“我们得到信息说，她是被淹致死的。”记者想诱使警长谈下去。

“是吗？”这位警长问。突然，西奥伯格心里一颤，但他没有马上明白是什么让自己感到触动。

“是的，我看我只能说这么多。”警长迟疑片刻后承认道，“水淹致死也许是我们正在研究的现场情况。我现在还不能多说，不过，法院调查预期在周末结束，到那时，我们就知道更多情况了。”

“周末。”西奥伯格自言自语重复着他的口音说。“口音真滑稽，跟我们的方言差得太远了。‘是吗？’”他模仿那种抱怨的腔调嘟囔道。“可他的意思是说：‘我明白了’。”

那种方言的用词和抱怨的腔调让他觉得似曾相识，可他怎么也想不起以前在哪儿听到过。最后，他不情愿地放弃了，继续看电视上报道11月初那场大暴风雪的影响。

托马斯打开一罐越橘饯，发现表面有一层灰色毛茸茸的真菌。他不由浑身颤抖了一下，连忙把盖子拧上，丢进挂在厨房水槽下柜门拉手上的垃圾袋。他在厨房餐桌旁坐下，吃一块猪血糕，心里不无失意的感觉。

厨房窗户仍然空荡荡的，像大张的嘴巴，窗台上只有贡纳老舅在世的时候就放在那儿的半导体收音机。他已经订购了厨房窗帘。上个星期一下班后，他壮着胆子走进街角那家布料店。橱窗上有个招贴，称在本店购买布料可免费缝制窗帘。他选定的布料是暖黄色带细细的蓝格子图案，也许挂在厨房窗户上挺合适。其实是他挑选时拿不定主意，女店员最后不耐烦了，坚决向他推荐，他只好做出选择。托马斯接受她的推荐后心存感激，没留意她脸上露出恼火的表情，也没注意她怒气冲冲的手势。他们甚至没有讨论选择哪种窗帘款式，他完全让那女店员做主。窗帘的做工准会让他感到惊喜，他甚至不敢问总计要多少钱。下个星期，他就能去拿回窗帘了。

他的目光落在那台旧收音机上，心里闪现出贡纳老舅的形象，老舅当时就坐在此时他坐的厨房椅子上。那时候，在平常的日子里，他一边听收音机里播出的“来庆贺吧”节目，一边喝咖啡。到了星期六，他们俩一道琢磨报纸上的拼字游戏。他没想出过多少字，但贡纳老舅对此非常在行，好在两人在一起过得挺愉快。

贡纳老舅不是个装腔作势的人，有点沉默寡言。两人一天说不了几句话，总是在沉默中相互陪伴。他接受托马斯的性格，既不批评他，也不惹他发火。托马斯则不在乎老人的个人卫生不佳。终于离开那个褊狭的小镇，混迹在大城市中，他感到宽心。

他回忆起待在卡特琳纳霍尔姆的最后几天，想起他跟那对老夫妇在布店干活的情景。他们认为他根本是个行为不良的年轻人，也许他们这么想是有道理的，因为他没有完成小学教育。他们始终对他抱有极大的戒心，从不敢让他独自待在店里，只要他在店里，老两口总有一个随时盯住收银机。结果，他做实习工作根本没有学到任何东西，随时都在设法逃避他们阴郁警惕的目光。

那个店铺靠近学校，这丝毫没有让他的情况有所好转。他以前的同班同学常常在空闲时间和午饭时间从店铺外面经过，禁不住会朝店里瞅一眼，一有机会就骚扰他，主要借口是说他是个同性恋。他心里感到奇怪，忽然回忆起一段往事，那事自从三十多年前发生后，他从来没再想过。

不错，那件事没有影响到他本人，受影响的是个跟他同样不幸的同学，那孩子名叫索伦，跟他同年级，但他感同身受。索伦随一个足球队去芬兰训练营受训。乘一艘芬兰渡船返回途中，孩子们喝了很多酒，个个喝得醉醺醺的。有个名叫拉西·戈赖尔的孩子是个豪强霸道的家伙，这孩子当时醉得厉害，竟被地位最低的孩子索伦勾引到卫生间。索伦逼这倒霉的醉鬼拉西·戈赖尔跟他口交。事后，拉西·戈赖尔深感受到冒犯，走出男厕所，在那艘芬兰船上拥挤的人群中，把自己的可怕经历告诉了队友。队友们和随行教练都深感惊愕，索伦不由分说被赶出球队，甚至没听到“为了其他男孩”的理由。拉西·戈赖尔当然根本不是个同性恋，结果受到英雄般的赞扬，名誉也没受影响。

托马斯回忆起那段荒唐往事，不由露出苦笑，吞下最后一口猪血糕，喝了半杯牛奶。伸手去取餐桌上那份还没读过的小报，翻看在整个瑞典传播的各种新闻。

丽丝洛特的目光与他对视，他头一次觉得，她对他露出友好的微笑。接着，他想到了活生生的现实，他的心不禁嗵嗵直跳，忽然觉得口干舌燥，两脚却不听指挥，无法站起来取饮料。他把那篇文章看了一遍，然后仔细又读一遍，立刻动手把堆在餐桌上的上周报纸拖过来。在那堆报纸下面，他找到了星期日的报纸，翻找一遍，看到在斯卡霍门谋杀妓女的短文章。这篇文章他也反复读了好几遍。他腰板挺直坐在那里一动不动，双手紧紧抓着两只膝盖，空洞的目光盯着前方。

“我做了什么事？”他低声自言自语。“现在我该怎么办？”

星期四上午

星期四，调查组又要召集一次会议。哈达·罗森报告说，他不打算出席会议。除了韦斯特曼，其他人都到了。西奥伯格对她未能按时到会采取宽容态度，毕竟她有许多其他的优秀品质。虽然韦斯特曼还很年轻，却能领导年纪较大的同行。工作单位的男性优势似乎对她毫无影响，她富有进取心和主动性。此外，他还知道她总是下班后一直工作到深夜，从不把工作干到一半下班回家。西奥伯格当然知道，她昨晚又一次工作到深夜。

会议桌上已经摆好五杯咖啡，好像会议开始的信号一发出，就能让人喝光。艾纳·埃里克松看了好几次表，不时朝门口瞪一眼。山登在椅子上不安地挪动身子，手指头在桌面上轻轻敲打着，显得有点心烦意乱，两眼望着画框中一幅小姑娘荡秋千的招贴画。门被猛然拉开，韦斯特曼冲进会议室，只见她两颊飞红，气喘吁吁，手里抓着一只茶杯。西奥伯格冲韦斯特曼露出挖苦的微笑，可她并不在意，只是对他报以微笑，连忙拉出一把椅子坐下。埃里克松发出一声大家都能听到的叹息。

“好，开会吧！”西奥伯格说。“谁有新发现？”

大家全都摇摇头。但哈马德开了口。

“我查出那名所谓‘形迹可疑的卫生纸推销人’，可惜他的形迹其实并不可疑。我给周边几个网球俱乐部打电话，最后得到一点线索。这个人年纪 18 岁，名叫乔金·莱凡德，在安斯基德网球俱乐部打球。他的确在附近几个居民区推销过印着该俱乐部标志的卫生纸。不过销售业绩不佳，显然通过电话销售更好。说他形迹可疑也许因为他留着山羊胡子，还戴着一只耳环。最大的可能性也许是这人看上去有点另类。”

“这是什么时候的事？”山登问。

“是在谋杀发生前一个星期。我把那孩子带到英格丽·奥尔森家，他回忆说，按过门铃，但没人应声开门，他没注意到其他特别的情况。”

“他在那片居民区到处走动时，见到其他人没有？”西奥伯格问。

“他不住那儿。”哈马德说。“我能肯定他见过很多人，可一个也不认识。”

“看来，咱们可以把他从调查名单中勾掉了。”西奥伯格说。“总是有些情况的。那天晚上，我对范纳伯格的活动稍加思索，做出如下推论：我们可以认为，派娅·范纳伯格对丈夫上班时和下班后做的事既感兴趣又知情。她说，她能肯定范纳伯格是去见一位卖房者。我们的主要假设认为，她要么误解了，要么听错了。我感觉这是不对的。另外，范纳伯格是在天黑后去见一个人，我们假设为 13 号房的买方。为了证实，我昨晚与这位买方通过电话。”他接着说，这次面对着韦斯特曼。“不错，他的确对约玛·莫林说过，任何时候去都行，但他们没有约定任何具体时间。他也根本没说过星期一晚上是个拜访的合适时间。照他说，随时去拜访，不论白天还是晚上，并不能保证他妻子或他本人在家。他认为，如果范纳伯格不是顺道拜访，那么来访前先打个电话才合理。既然派娅·范纳伯格也这么说，我便认为，他星期一晚上六点钟与阿克巴斯瓦根街 31 号的某个人有个约会。我相信，这个人就是那个杀人犯。”

“这么说，你认为阿克巴斯瓦根街 13 号只是个奇妙的巧合？”艾纳·埃里克松露出阴郁的神情。“我觉得这很难让人相信。在我们这种行业里并不存在奇怪的巧合。”

“不管怎么说，我相信事情就是这么发生的。”西奥伯格坚持说。

哈马德和山登点头认可。

“雷纳德·约瑟夫松的证词呢？”韦斯特曼问。

“约瑟夫松的证词无论如何都是有意义的。”西奥伯格回答道。

“我们在花园里找到了足迹。贝拉？”

“是的，那个陌生人的足迹显示，他翻越大门跳到卵石路旁边的草坪上。”汉森回答道。“但我们说不准这事发生在范纳伯格走进大门之前还是之后。我们怀疑，那人选择翻越大门而不是直接走进去，为的是避免弄出动静。开大门会发出响声，在卵石路上走也有嘎吱声。从这个情况看，也许显示出，杀人犯是跟随在范纳伯格身后。”

“这正是约瑟夫松注意到的情况。”韦斯特曼补充说。

“杀人犯既然与范纳伯格约定在那个地点见面，为什么会跟随他去那儿？”山登问。

“这的确让我感到有点奇怪。”西奥伯格承认。“也许他想确认范纳伯格真的会去。他不想无端留下痕迹。”

“反正他没有在房子里留下任何痕迹，真该死！”艾纳·埃里克松嘟囔道。

山登没注意埃里克松的抱怨，接着作推测。

“也许约瑟夫松的证词并不相关。杀人犯也有可能在范纳伯格露面前就翻越了大门。”

“他本来可以走进大门，为什么要翻越？”韦斯特曼插嘴问道。“翻越大门不是比走进大门更引人注目吗？尽管大门会发生响声，可毕竟像个正常人。”

“所以我才认为，杀人犯是跟随他去那儿的。”西奥伯格说。

“那我们该怎么继续调查？”哈马德问。

“我们要找的人不但与汉斯·范纳伯格有关系，而且与英格丽·奥尔森有关系。”西奥伯格归纳说。“也许这个人想给英格丽·奥尔森制造麻烦，不过也许这一点有点牵强。不管怎么说，这个人知道英格丽·奥尔森的房子没人住。”

“邮差，”山登说。“垃圾清理工，医院的职员。”

“还有邻居，”哈马德补充说。“一个波兰籍卖油画的女人，一个喝醉酒的骑车人，还有护理人员。”

“一个瑞典人长相的散步女人，”埃里克松神情阴郁地说，“还有上了年纪的步行者。”

“这么说，我们达成共识了。”西奥伯格用突然袭击的方式恢复了控制权。“我们主要的新假设是，星期一晚上，范纳伯格跟杀人犯在阿克巴斯瓦根街 31 号有个约会。杀人犯跟踪他去了那儿，至于为什么跟踪或从哪里跟踪去的，我们不知道，也许是从范纳伯格的住处开始跟踪。从足迹判断，范纳伯格曾绕到房子后面，在这个过程中，杀人犯看来走进房子，在那里等待范纳伯格，最后杀害了他。”

“这么说，我们要建立一种联系？”山登问。“就是范纳伯格与奥尔森有联系？”

“我认为是这样。”西奥伯格回答道。“接下来几天，我们全力寻找一个人，这个人在某种方面与汉斯·范纳伯格和英格丽·奥尔森有关联。”

“也许可以说，13 号房的那个人有这种联系。”韦斯特曼说。“他是英格丽·奥尔森的邻居，而且自己的房子是通过范纳伯格的房地产经纪公司购买的。”

“当然可以调查。”西奥伯格回答道。“尽管他从来没有见过范纳伯格，也没有跟他交谈过，可仍然有点联系的。我建议，彼特拉，你去那片居民区拜访邻居，要调查住得离奥尔森家比较近，注意到她不在家的人。恰如其分地做出试探，拿出范纳伯格生前和死后的照片给他们看，注意看他们的反应。其他人也一样。艾纳，你去调查邮差、报童、垃圾清理工。然后调查英格丽·奥尔森的背景情况。山登，你跟医院职员和护理人员谈谈。你知道英格丽·奥尔森目前住在哪儿吧？”

“她暂时住在玛吉特·奥洛夫松家。”

“倒霉的女人！”西奥伯格叹了口气。“她当护士已经够忙了。英格丽·奥尔森什么时候可以住回自己家？”他转向哈马德问。

“保险起见，我们想让这房子在星期日前保持原样。原则上我们在那儿的调查已经做完了。但谁说得准呢。”

“那好。我还想今天去那儿再次彻底检查一遍。这一次的焦点是英格丽·奥尔森与范纳伯格的任何关联之处。贾马尔，你以前调查过这事，所以你跟我一道去吧。还有别的情况吗？”

“有，我刚才有个想法。”韦斯特曼手指摩挲着面前的茶杯，口吻有点迟疑。“假如按照范纳伯格的日程记录记载，他预定跟杀人犯在阿克巴斯瓦根街31号见面，那个所谓的卖方难道不可能给他工作的地方打电话事先确定？我们是不是该查看英格丽·奥尔森住院期间这几周所有打入的电话号码？为了调查，是不是也该查查他家的电话和手机通话记录？”

“当然可以。”西奥伯格说。“你想做这事吗，彼特拉？你不觉得自己手头工作已经够多了？”

“我不在乎，可以做。”韦斯特曼毫不犹豫表示接受。

“好极了！”西奥伯格说着喝光最后一口咖啡。“大家都干得很出色。”

“嘿！”山登说。“星期六的圣诞晚餐怎么办？”

“当然！”西奥伯格转向哈马德说，“我把这事全忘了。你预定过没有？”

“通过一般要求预定了，是非主流的圣诞晚餐，在恩格尔布里克加坦街的贝鲁特咖啡厅，晚上7点钟。”

“贝鲁特咖啡厅，”山登说，“他们那儿有什么菜肴？冰冻甜点和石榴？听上去不错。”

韦斯特曼悄悄朝哈马德瞥了一眼。大家像往常一样，听了山登的话都笑了，哈马德也笑了。

“太好了！”韦斯特曼说。“我喜爱黎巴嫩饭菜。”

“没错，那些阿拉伯人！”山登叹息一声。“他们想方设法避免吃火腿，哪怕吃羊睾丸也不在乎。”

彼特拉·韦斯特曼周末受袭击的事已经变成一桩往事。那事她仅仅对一个人说过，不过整个过程在她心里像放电影般出现过无数次。她对整个事情的感觉是耻辱。在陌生房间里醒来，还不知道跟谁睡了一晚，这让她感觉耻辱。奇怪的是，她没有受过强暴的感觉。她猜想，这是因为她记不得发生过什么事，可她想要不惜一切代价摆脱这种耻辱感。

忙碌起来，她就顾不上考虑了，但只要上床睡觉，就辗转反侧几个小时难以入眠，脑子里会一遍又一遍回顾。那是一段让她尴尬的记忆。穿着新靴子踉踉跄跄走出克拉里昂酒吧，在玛拉霍登区那所豪华房子里，烂醉如泥，赤身裸体躺在埃及长绒棉床单中间，站在卫生间的镜子前。

她无法消除心中的疑惑。自己真的受到强奸了吗？并不是一般意义上的强奸。假如她受到袭击后又遭强奸，那就没有疑惑了，因为那会留下更深的痕迹，身体会留下伤痕和疾病，还有天知道的其他问题。假如是那样，她就不会有任何疑惑，就能避免疑惑之苦，还能避免这种可怕的耻辱感。

出于这个原因，她要继续完成这个调查项目。她打定主意，要把那个八面玲珑的高级医师关进监狱。那个一脸迷人微笑，满脸笑纹的家伙。她感觉到，蒙娜·弗里伯格绝对不会反对她。

星期三得知佩德尔·弗莱克对战争感兴趣的信息后，彼特拉·韦斯特曼与军方联系。打过无数个电话后，最后联系到一位六十一岁的陆军少校。佩德尔·弗莱克在突击部队服役最后几个月，这位少校曾是他的指挥官。在他记忆中，弗莱克就像条孤独的狼。他提示说，当年部队曾雇用外籍军团一位匈牙利籍的教官，训练海岸突击队员作徒手搏斗。这位少校说，对这位名叫安德拉斯·塔卡斯的教练，弗莱克表现出的兴趣远远超过其他新兵。在少校印象中，弗莱克与塔卡斯教官相处十分融洽。

彼特拉得到一种直觉，认为自己追踪到了某种有价值的东西，认为值得跟塔卡斯联系。要找到塔卡斯并不难。用谷歌搜索后，查到他目前在诺玛姆市一个空手道俱乐部工作。电话联系后得知，这人目前外出，星期四后才回来。

等到彼特拉终于联系上这个匈牙利名字的瑞典空手道冠军后，发现他说话竟然带有法国口音。她不知道这人在法国的外籍军团干过多久，不过也没问。

“我要了解一位名叫佩德尔·弗莱克的人，他曾在林度岛的突击部队服役。据报告，你在 1973 年春天在那里见过他。你当时培训海岸突击队员作徒手搏斗。”

“是的，我记得很清楚。”安德拉斯·塔卡斯说。“他是个有能力的人。”

“你仍然与他保持联系吗？”彼特拉问。

“没有。自从当时分手后就再也没联系。”

“你能描述一下他的情况吗？”

“他体格健壮，脑子清楚，对培训特别感兴趣，提过很多问题。”他的法国口音听上去几乎像是在念打油诗。

“具体提的是什么问题？”

“有关我们训练的一切他都问。他总是想比别人超前一步。学员对教练教授的内容特别感兴趣，教练自然感到满意。”

“但是？”

“根本没有‘但是’，他是块当优秀士兵的材料。”

“你是不是知道，他有从事军事生涯的计划？”彼特拉问。

“反正在瑞典不行。记得他强烈批评瑞典的中立政策。不过嘛，他对法国外籍军团特别好奇。”

彼特拉挺直了身子。

“我自己就是个外籍军团的老兵。”塔卡斯解释说。“他想了解外籍军团的一切情况，有什么要求啦，采取什么行动啦，如何被接受啦什么的。我把自己了解的一切都讲给他听。我并不向任何人推荐参加外籍军团，那可不像在公园散步一样轻松，我把这也告诉了他。不过我给了他很多有益的提示。”

“你觉得他是认真的吗？”彼特拉问。

“我觉得可能是认真的。”塔卡斯回答道。“有他那样的素质，要通过加入外籍军团的测试轻而易举。”

“在思想上也一样容易？”

“你是开玩笑吧？那个孩子不论在身体上还是在精神上，都强壮得像头公牛。”

彼特拉不由微微一笑。她注意到，她和这位外籍军团的老兵对精神健康的看法不同。

彼特拉对得到的信息做出归纳。佩德尔·弗莱克是个受过教育有智慧的人。精明、圆滑、富有。可他也是个撒谎者。具体说，他谎称自己曾为“医生无国界”组织服务。其实他是个好战分子，把妻子和孩子抛在身后，要以制服为掩护，去屠杀外国土地上与自己无冤无仇的人民。也许是去黎巴嫩杀人，也许是去别的地方。也许他对黎巴嫩的形势跟当地争斗各方的人一样熟悉。也许身穿那种制服很容易强奸妇女。彼特拉心想，也许他女儿不过是他强奸妇女的结果。他陪伴自己的受害者去找牧师成婚，为的不过是掩饰自己的强奸行为罢了。他那么精明，知道这样对各方都好。由于那个原因，他与妻子和那个孩子的联系才永远中断了。这个秘密各方都深深藏在内心中才最合理。彼特拉认为，准是这种情况。豹子的花斑永远不会变，他的本性也难移。只不过他如今更加狡猾，手段也变得愈发精明了。

星期四晚上

星期四下午将近三点钟时，西奥伯格和哈马德才在阿克巴斯瓦根街31号门外下车。天正下着雪，这片居民区与城区的气温不同，雪花落在地面上并不消融，像白色的毯子覆盖了一切，地铁和附近繁华道路通常的嘈杂声也变得遥远低沉。暮色中静静的降雪让人顿发联想，仿佛看到树木葱茏的花园和古老的木屋，体会到弥漫在诗情画意街道上的圣诞气氛。西奥伯格不知道同事们对冬季和圣诞节有什么感觉，他在童年时随家人逃离黎巴嫩战乱，迁到瑞典。在西奥伯格眼中，贾马尔·哈马德是个十足的瑞典人，只不过仍然不吃猪肉。虽然他妻子是瑞典人，但他在家里的表现很可能更像个黎巴嫩人，但在同事面前并不表露出来。

两人嘴里喷着白色雾气，在英格丽·奥尔森家滑溜溜的步道上迈着小步往前走去。

“老太太那么大年纪，身体都成那样了，他们怎么还会认为，她能独自住在山丘上这么个鬼地方？”西奥伯格感叹道。可他并不清楚自己说的“他们”是指什么人。

“可以穿防滑鞋。”哈马德的回答讲求实际。

“哼！”西奥伯格嘟囔一声，从上衣口袋里掏出钥匙。

两人爬上门前的坡道，在门口跺脚，尽量除去鞋底上湿漉漉的雪，西奥伯格把钥匙插进门锁。

房子里一片漆黑，西奥伯格把手伸进门里，在墙上摸索着找开关。不知什么缘故，这房子好像比上次挤满调查人员时小了许多。屋里弥漫着古旧的气息，不过并不难闻，比较接近舒适的气味，是老屋子住老人通常有的那种气息。但是给人的感觉并不特别舒适。今天看上去，这里的家具比上次感觉更破旧。西奥伯格觉得，家具是随意选择布置的。英格丽·奥尔森显然是个非常孤独的人，他忽然意识到，这个国家不知生活着多少孤独的人。

比方说，他自己的母亲就是其中之一。在西奥伯格只有三岁的时候，父亲便死于一种神秘疾病的综合征。他成长过程中，他家在波穆拉区住过几个不同的公寓，母亲在他上学的学校餐厅干活。他记得，母亲从不与人交往，没有亲密朋友。她生性不与人沟通，基本上属于消极个性，非常保守，难得表现出愉快。

房子里一切都井然有序，看上去还算干净。西奥伯格注意到，汉森的工作照例做得不错。不但按照警察的标准做得好，而且纯粹从一般人的角度看也做得不错。

“咱们希望找到什么？”两人走进起居室，漫无目标地环顾周围，哈马德问。

“文件、书籍、照片、纪念品，我哪能说得准呢？就是奥尔森和范纳伯格可能有联系的东西呗。有些有联系的东西可能他们自己都不知道。这房子有储藏间吗？”

“有个地下室，还有一个车库。”

“没有阁楼？”

“没阁楼。”

“那咱们先从上面那层看起，”西奥伯格说。“我还没有去过那儿。”

两人从门厅尽头的狭窄楼梯上楼，西奥伯格这才明白为什么这房子没有阁楼。二层楼其实就是阁楼，只是翻修后成了可居住的地方，按地板面积算，是两个挺大的房间，但天花板却是陡峭倾斜的，所以屋子里很大一部分无法使用，只能用于储藏。其中一间是英格丽·奥尔森的卧室，另一间有点像个办公室，里面有张书桌，有个歪歪斜斜的小书柜，还有一张小桌子，上面放了台缝纫机。

他们两人一道搜查了那间卧室。西奥伯格在床头柜抽屉里翻找，在面对前花园的一扇小窗户前，条纹图案的梳妆台上放着一台半导体收音机，哈马德打开这台收音机。突然发出的声音把西奥伯格吓了一跳，接着又露出赞赏的微笑。收音机里播放着60年代的音乐，听着让人既愉快又活泼。然而，英格丽·奥尔森家同样是60年代的家具摆设却让人感到悲哀，感到没有希望。这所房子还因为几乎没有书籍让人难以忍受。英格丽·奥尔森家也根本没有室内盆栽植物，西奥伯格觉得，在她那一代人中间，这准是非同寻常的。

卧室没有隐藏着任何秘密，那间办公室也一样，没找到对调查有价值的任何东西。书桌抽屉里装的东西大多是缝纫图样，不过也有办公室一般有的工具，订书机、打孔机、剪刀、钢笔、纸张、胶带、胶水等。书架上塞满了四十年前的旧杂志，按照年代仔细编排顺序，装在不同类型的杂志盒中。两位警察评论说，在收藏家们看来，没准这是座金矿呢，要是英格丽·奥尔森决定出售，准能发一笔大财。这就是这所房子迄今最有意思的东西了。此外，他们没发现英格丽·奥尔森与汉斯·范纳伯格的任何联系。

在很长一段时间里，他们俩默不作声地调查着，每人都有自己的心事，有时候，一个人忽然开始谈话，或者重拾刚才冷落的话题接着谈论。

“没准英格丽·奥尔森就是这杀人犯。”哈马德对单调的翻找感到厌倦，不由脱口说道。

“你知道，她不在犯罪现场的证据无懈可击。”西奥伯格说。

“她自己肯定没问题，但她可以雇用杀手。”

“没准可以在当地报纸上登个广告：‘70岁老妪寻求职业杀手合作。’”

“你问过她有男友吗？”哈马德问。

“没问过。你这个提示是对的，真见鬼！说不定这老太太在别处有个男人呢。她独身一人，但并不一定是个寡妇哪。”

“要是有男人，咱们会得知的。要是那样，她也用不着住在玛吉特·奥洛夫松家，”哈马德说。

“那倒是。我看咱们得放弃这种假设。”

两个人花费了两个钟头搜查上面这层的房间，查看车库和地下室又花费了两个钟头，但返回地面层之前，没发现任何有意义的东西。哈马德站在一把厨房椅子上，翻看电冰箱上方的一个橱柜，西奥伯格坐在餐桌旁，检查抽屉中的东西。英格丽·奥尔森显然毫无系统地把各种东西丢在里面，有电池、手电、橡皮筋、一卷棉线、不少图钉、一盏自行车灯、几把钥匙、许多不同面额的单张邮票，此外，抽屉里还找到一捆文件。他慢慢翻看那堆文件，仔细研究各种收据、优惠券、账单、使用说明书、对账单、保修单等等。看到桑兹伯路一家杂货店的发票，他产生个想法。没准范纳伯格和奥尔森在同一个地方买东西，他心里记下这一点，供以后调查用。

“贾马尔，你记得派娅·范纳伯格在哪儿工作吗？”西奥伯格忽然问。

他手里拿着一张发票，证明英格丽·奥尔森几个月前去过牙科健康机构的达伦诊所。贾马尔·哈马德在警察局有个记忆超强的好名声，凡是听说过的或读过的东西，接下来几个月甚至几年都肯定忘不掉。在眼下这桩事情上，西奥伯格深信自己的记忆也错不了，不过，为保险起见，他想跟贾马尔核实一遍。

“她是国家牙科健康机构的牙科保健专家。”哈马德回答道。

“在哪个诊所？”西奥伯格问。

“那边的桑兹伯路诊所。”哈马德朝一个方向做了个手势，可西奥伯格一时辨不清具体方向。“我想，那诊所的名称叫达伦。”

“英格丽·奥尔森有一张那里开出的发票，”西奥伯格说，“也许这正是我们寻找的联系。”

“我说，”哈马德看了一眼手表，“咱们得明天再查这事。现在都八点二十了。”

“我的天哪！”西奥伯格说。“玩得开心，时间就转瞬即逝。咱们还没查看起居室呢。”

“那儿才是重头戏！”哈马德说，嗓音里带着盼望放弃眼下活计的余音。“她的照片都在那儿放着呢。”

西奥伯格忽然想起，忘记给阿莎打个电话了。他给妻子打电话，哈马德搞完冰箱上方的查找，从椅子上跳下来。两人继续默默工作，搜寻打开突破口的线索。

他们最后动手检查起居室的时候，时间已经是九点半。

“那些照片让我觉得非常好奇，”西奥伯格说，“可我不吃东西实在坚持不下去了。我去弄点吃的来。你想要什么？”

“什么都成，只要不是猪肉就行。”

“好吧，我去看看能找到什么。我尽快回来。”

西奥伯格离开房间，很快，哈马德听到外面房门砰地响了一声。

英格丽·奥尔森的照片没按什么顺序排列。有些整齐粘贴在相册中，大多数是装在洗印后交付照片的纸袋里。有些装在很大的牛皮纸信封里，有些直接堆放在柜子里的隔板上。他随手取过一个纸袋，翻看里面的照片。纸袋里面古老的黑白照片和新的彩色照片混装在一起，有些背面有记录。一幅古老的黑白照片日期是1938年6月，照片上，两个小姑娘坐在一把椅子上，小腿儿垂在下面，身后站着一个男人和一个女人。他猜想，小姑娘是英格丽·奥尔森和她姐姐，跟父母摆出姿势照相。如今，照片中这些人只有英格丽·奥尔森健在，后来与她共度余生的那个男人也死了。

很多褪了色的彩色照片上有个男人，猜测可能是她丈夫，拍照片的时候他大约有七十多岁，地点可能是在西班牙的一个海滨度假胜地。照片上，两人皮肤晒成古铜色，看上去十分幸福，虽然照片从摄影角度看可能不是特别好，不过画面还算漂亮。有十多张照片拍的是一条刚毛小腊肠狗，拍照的地方有的是在食盘旁边，有的是在哈马德此时坐的棕色沙发上，有的是在床上，有的在草坪上，有的是让男主人或女主人抱着。英格丽·奥尔森如今的模样与她在70年代时不很像，不过，哈马德知道那是她，能从照片上找到相似之处，不过感觉她如今比以前瘦了，以前留着长长的金发，如今成了剪短的花白头发。她当时也戴眼镜，只是按当时的流行时尚戴一种棕色塑料框的大眼镜。

他翻到一张黑白照片时停下来，照片上是一群孩子，看上去像个学前班，孩子们站成两排，从后面的几幅旧招贴画看，他认出他们身后是个古董店的展示橱窗。那老师站在孩子们后面的中间位置，神色与大多数孩子一样严肃。他把照片翻过来，见背面写着："65～66级，森林山。"他把照片整理成一摞，装回纸袋，开始翻看一个有浅棕色皮封面的漂亮影集。

他看了十几个纸袋中的照片，翻看了两个影集，西奥伯格才终于带着食物回来了。

"附近什么都买不到，只好去格罗本路的麦当劳。麦香鸡，你觉得行吗？"

"好极了。"

西奥伯格在咖啡桌上打开食品包装袋，两人分享炸薯条，喝饮料，他吃一份巨无霸。他完全知道，这种食物对他这么大年纪的人是有害的。他身体并没有超重，每周还要出几次外勤，部分工作内容等于锻炼两小时，他以此替代在警察局健身房做力量锻炼。另外，每个星期五早上七点钟，他还跟山登在埃里克斯戴尔街的海勒斯室内网球场打网球，从不间断，两人都尽力利用这机会保持体力。他已经四十八岁，必须保持身体的良好状态，预防心脏病。

"有什么发现没有？"他咬了一口汉堡包，问哈马德。

"没什么特别的。都是七八十年代的度假照片，很多照片上有条杂种腊肠狗。也许是他们不能生孩子。还有些古老的黑白照片。

与范纳伯格没关系。除非他们 1975 年都在西班牙度假。”

“还是把一切都彻底看一遍再说吧。就算找不到线索，至少能对英格丽·奥尔森这个人得到个整体印象。你在照片中看到她微笑的模样没有？”

“的确看到过。她当时不这么孤独，也许生活得还算幸福。”

“这么想想，倒也不奇怪。不过，要是见了周围的人们对人家露出微笑，结交新朋友的机会便会大大增加。”

“顺便说一句，我认为这个家在五六十年代没有照相机。”哈马德说。

“没有？”

“对。几乎没看到那个时期的照片，这太糟糕了。我只看到新娘和新郎在照相馆拍的照片，那是 1957 年拍的。”

“这么说，他们是在 1957 年结婚的。”西奥伯格沉思道。“这就是说，如果那老人是在 16 年前去世的，他们在一起生活过 37 年。”

“你觉得五十五岁就算老人了？”哈马德用顽皮的腔调说着，扫了西奥伯格一眼，往嘴巴里塞了几根薯条。

西奥伯格回瞪他一眼，没作回答。

“有没有最近的照片？”西奥伯格问。

“自从那老人死后就没有多少照片了。不过她跟她姐妹看来有过一些交往。我发现几张在布拉格和伦敦拍的照片，还有一些日常照片。看来她一个朋友都没有。”

两人吃完饭，西奥伯格收拾起垃圾，用一块湿毛巾擦干净桌子。接着，他们继续筛查一堆堆照片。西奥伯格浏览在一所小房子里拍的一堆照片，照片显然是在 90 年代拍的，英格丽·奥尔森和她姐姐在一起度过一个夏天。英格丽·奥尔森的所有照片中都没有孩子，这让他感到吃惊。她的生活周围根本就没有孩子。她和她姐姐都没孩子，在多年拍摄的照片中出现了她们为数很少的熟人，这个圈子里的人都没有孩子。西奥伯格心想，既然一个人和最亲近的人没有孩子，就不会跟孩子们在一起，这很正常。他以前从没想到过这种情况，但是瑞典社会是个极度以年龄划分群体的社会。孩子们去上学，去幼儿园，成人去上班，去餐馆吃饭。于是形成两个截然不同的圈子。一个成人的工作如果不是照顾或教育孩子，自己也没有孩子，就根本无法与孩子们接触。从来没有拥抱过孩子，从来闻不到孩子从幼儿园回家后明确无误的身体香味，从来不能捏一捏孩子胖乎乎软绵绵的小脸蛋，那该有多悲哀哪。

他的想法让哈马德打断了。

“科尼，看看这个。”他把一幅大约30年前的旧照片放在桌子上。

照片上是许多五六岁开始掉牙的小孩子。孩子们站成一排照相，站在左后方的是一个四十多岁的女人，这女人留一头长长的金发，戴着一副棕色塑料框眼镜。

“这是什么……”

西奥伯格的肚子仿佛忽然感到一阵刺痛。他把照片翻过来，见后面用铅笔写的记录：“森林山学前班 1974 ~ 1975 年”。他把照片重新翻过来，面朝上放在桌子上。

“那是英格丽·奥尔森！”他指着照片中唯一的成人，用激动的腔调说。

“当然是她！”哈马德的口吻急切。“另外，我还在60年代中期的照片中看到过一张类似的照片。我拿不准那张照片在哪儿，刚才也没意识到，照片中有英格丽·奥尔森。她当时的模样跟现在不同。”

“那就找到它。”西奥伯格说。“我查看这几堆还没检查过的，看看能不能找到跟这相像的。”

“也许她早先当过小学教师？”哈马德自言自语道，西奥伯格已经想到这一点了。

“这些孩子还没到上学年龄。看上去最多五六岁。她准是个学前班教师，要不就是个幼儿园的阿姨。当时，大多数瑞典女人都是家庭主妇，她们照顾自己的孩子，不过有些孩子每天去学前班待几个钟头。”

“没准英格丽·奥尔森是汉斯·范纳伯格的学前班老师。要是这样，我们就找到他们之间的关系了。”哈马德说。

“年代很久的关系，不过我肯定这正是我们要找的关系。”西奥伯格说。

哈马德打开一个又一个纸袋，从自己已经翻看过的照片中寻找，西奥伯格匆匆浏览剩下的几堆照片。午夜后过了十分钟，屋子里恢复了原先的秩序，英格丽·奥尔森的书架下面，柜子里的照片也都恢复了原来的位置。两人走出这所房子，外面已经是雪地明亮的寒夜了。西奥伯格的上衣口袋里，一个信封里装着三张照片，都是在森林山学前班拍摄的，照片中有三批孩子，分别属于1967～1968年级、1968～1969年级、1969～1970年级。很有可能，在某一张照片中有个小男孩，如今这个成年人在英格丽小姐家厨房遭人用椅子痛击致死，正躺在胡丁格市立医院的太平房里，等着人们为他举行葬礼。

星期五上午

西奥伯格一点钟过后才上床睡觉，但星期五早上七点整，便精神焕发出现在埃里克斯戴尔。山登先到。西奥伯格走进网球馆时，他正冲着挡球网练发球。

“下午好，警长！”山登不禁玩笑道，其实他不过早到五分钟而已。

“嗨，我说，你昨晚看着电视大嚼比萨饼，我可是一直干到午夜后才回来。”

山登跟西奥伯格年纪大致相仿。但山登保持体重的效果比西奥伯格差，他自己对此倒也并不关心。金斯·山登是个讲究美食和生活享受的人，喜欢吃什么就吃什么，从来不为后果感到担心。他从来笑话不断，脱口就说，可人们从来不会感到厌烦。他们俩是在警察学院相识的，两人性格不尽相同，不过一直相互支持，合作得很愉快。两人之间从未发生过争斗，这是长期保持亲密友谊的关键。

“情况怎么样？”山登发出第一颗球。

西奥伯格用了个轻柔的正手击球，把球打回到山登脚下。

“咱们待会儿再讨论吧。”西奥伯格回答道。“先打球。”

两人轻打了一会儿，为的是热身，相互发了几个没什么力度的球，然后才开始势均力敌的球赛。快到八点钟时，四位上了些年纪的女士陆续来到网球场边上，她们通常在他们之后抵达。这时两人两局的比分是6比3和4比1，西奥伯格领先，他们同意结束比赛，走向那几位女士，跟她们打招呼。然后坐在凳子上用毛巾擦去脸上的汗水，望着女士们两人一对练习击球。两位警官坐下来喘气的时候，经常会研究女士们的球路。他们心里清楚，假如在单打中与这些女士对垒，自己根本没有获胜的机会。不过他俩有时会琢磨，假如结伴双打，没准能跟她们抵挡一阵子，这想法不过是自己想着取取乐。

西奥伯格取笑山登的反手击球毫无杀伤力，山登就反唇相讥，说西奥伯格多次败在自己手下。后来西奥伯格换了个话题。

“孩子们都好吗？”他问。

“很好。几天前，杰西卡拿到个口试题，题目叫作‘傅里叶分析和转化理论’。你懂得这个题目的意思吗？”

“你也充其量没念错而已，”西奥伯格露出个挖苦的微笑。

杰西卡20岁了，正在瑞典皇家理工学院念电气工程专业。她姐姐珍妮23岁，有轻微的学习障碍。山登天性无忧无虑，不过他生活中唯一的担忧就是这个名叫珍妮的女儿。他总是说，要是女儿的问题严重，问题反而简单得多。结果，大家对她的要求多得超过了合理的限度。

“珍妮怎么样？”

“一说起她我就受不了。那个该死的男孩涎皮赖脸追她，让她开始考虑搬过去跟他住。”

“啊，男孩子。难道不是个好孩子？”

“你觉得呢？你觉得这小子找她想干吗？”

“你女儿不是爱上他了吗？”

“女儿爱他，是因为他对我女儿感兴趣。这倒没什么好奇怪的，不过他的目标只有一个，我对这事拿得准。将来只会有麻烦。”

“他也有残障吗？”西奥伯格问。

“他是所谓智力正常者，要不然我也不会这么担心。要是他也有残障，那就是坐同一条船了。可这小子，我看他要把我女儿当成个受气包，听任他摆布。珍妮实在太善良了。”

西奥伯格点了点头，显得若有所思。

“这小伙子长什么样？”

“是个讨厌的傻瓜，他就是那么个东西。他跟我们家人在一起的时候，他玩假装的把戏，好像真的爱我女儿，好像总是在保护她。”

这番话他说得咬牙切齿。

“你们跟女儿谈过没有？”

“当然谈过。可她现在是个大姑娘了，主意得自己拿。”

“我猜她会从自己的错误中学习的。”西奥伯格评论说。

“希望摔得不是太重。”山登用毛巾捂住脸嘟囔道。

他们俩利用一点时间洗个桑拿浴，西奥伯格就趁机通报前一天夜里哈马德在英格丽·奥尔森家的发现。

“我认为我们发现了范纳伯格与奥尔森之间的关系。”他说。“虽然还没有证实，不过我的直觉告诉我，我们找对路子了。”

“说吧。”山登说。

西奥伯格扼要讲述了找到那个学前班旧照片的事。

“证明了什么？”山登问。

“那老妇人曾做过学前班的老师。照我们分析，她管理那个森林山学前班前后至少有十五年时间。”

“你认为她是在那里遇到汉斯·范纳伯格的？”山登有点犹豫。

“没错。我感觉到了。这是关于英格丽·奥尔森的全新信息，我敢打赌，古恩·范纳伯格和汉斯小时候都在厄斯特罗克市住过。真希望这是我们需要的突破口。”

“你感觉到了？”

山登显得不怎么感兴趣。

“你是不是觉得我这有点冒险？”

“这个嘛，”山登回答的口吻中带着疑虑，“你们唯一发现的一点，就是那个奥尔森原来是个学前班教师。这可不怎么吸引人吧？”

“也许不怎么吸引人，不过总归是个新信息。”

“没错，但我们并不知道范纳伯格是不是在那所学前学校上过学……”

“的确不知道。假如他上过，那我们就找到他们之间的联系了！”

山登站起身，朝桑拿炉上浇了瓢水，屋里立刻充满了蒸汽，炽热的空气让他们鼻孔感觉发烫。

“就算我们找到了这个联系，”他说，“也不能证明英格丽·奥尔森不在医院。”

西奥伯格忽然觉得泄了气，也许自己一直在枉费心机。事先想指望某种东西，可这种东西并不存在。他的直觉从来很准，可这一次，他可能只算是抓住了一根稻草，到头来可能会证明，不过是一根毫无用处的稻草而已。

“但是，那个人没准当时就认识他们俩，没准那人就在照片中。也许我们有了杀人犯的照片！”

“我看该首先核查一下，看范纳伯格是不是上过那所学前学校，”山登就事论事地说，“然后我们才能继续追查这条线索，对不对？”

“你这家伙今儿可真会挑毛病，”西奥伯格说。他的话半开玩笑半认真，“以后我得在网球赛中设法击败你。”

两人再次为网球的事争论不休，不过西奥伯格心中的担忧在加重。洗完桑拿，两人穿好衣服，徒步离开这个体育场馆。

九点钟之前，西奥伯格再次坐在警察局自己的办公桌后面，呷着热咖啡，旁边放着两片玛利饼。他心想，打网球后，可以放纵自己吃两片饼干。他浏览着范纳伯格案迅速增厚的文件夹，发现其中有古恩·范纳伯格的电话号码，便拨打她家的号码，电话铃响了十声没人接，他才挂上电话。接着他拨打她的手机，仍然没人接听。西奥伯格在她的语言信箱中留言，请她尽快与自己联系。他决定去找哈马德。哈马德的办公室在走廊稍远处。没等他站起身，便听到有人敲门，是哈马德抢先来找他，进门后坐在来客的座椅上。

“早上好，”他的口吻欢快，“睡过觉没有？”

“睡了几个钟头。天没亮就起床，跟山登去赛网球。”

“结果怎么样？你赢了吗？”

“球赛不错。我赢了。不过山登觉得学前学校的事没什么大不了的。”

“是吗？”

“是的。我想跟古恩·范纳伯格通电话，没打通。金斯·山登认为，就算汉斯·范纳伯格在英格丽·奥尔森的学前班上过学，这条线索也没用。毕竟那是将近40年前的事了。”

“假如他们当时就认识，还住在同一个城市，”哈马德仍然怀有希望，“我们就能在他们和他们家庭的生活圈子周围寻找杀人犯。因此，首先得确认他们的这种关系。”

“这儿完事后，我马上联系英格丽·奥尔森。”西奥伯格说。

“那我去跟派娅·范纳伯格谈谈牙医开的发票。”

“我看最好让彼特拉去，彼特拉先前跟派娅谈过。没有必要的话，就别让派娅接触咱们太多的人。你可以替彼特拉去调查英格丽·奥尔森的邻居们。咱们去找她吧。”

西奥伯格起身，端着咖啡杯离开，饼干留在桌子上没动。两人走到韦斯特曼的办公室。门没关，他们走进门时，她坐在办公桌后面正在记事簿上写字。她抬起头，面露微笑与他们打招呼。西奥伯格坐在来客座位上，哈马德靠坐在办公桌的一角。

“我想请你帮个忙。”西奥伯格开口便说。

“那就说吧。”韦斯特曼回答道，口吻像往常一样充满激情。

“你知道，我们昨天去过英格丽·奥尔森家，彻底搜查了她家的物品。”

韦斯特曼用心倾听着，点了点头。

“除了其他发现外，我们找到一张发票，是桑兹伯路达伦牙科诊所开出的。就在这儿。”西奥伯格把那张发票放在她面前，接着说下去。“派娅·范纳伯格正好在这个诊所工作。能不能请你去联系她，了解一下她是否认识英格丽·奥尔森。另外，去一趟那家牙科诊所，看看能否从她的同事那里了解到有用的信息。要查看奥尔森的病历。我们还需要汉斯幼年时的一幅照片。你愿意做这工作吗？”

“没问题。”韦斯特曼说。“不过我得暂时搁置向邻居了解情况还有调查电话号码的事。”

“贾马尔帮你做邻居的事。你把进展情况向他做个介绍。你跟他们其中一些人谈过没有？”

“昨天下午跟能找到的人谈过。所有谈过话的人看了那些照片，反应都正常，谁也没提出什么新情况。英格丽·奥尔森看来是那个社区非常低调的人，迄今，跟我谈过话的人都说，他们跟她的交往仅限于点头问个好。”

“与电话公司联系的情况怎么样？”西奥伯格问。

“他们要发来个传真，报告范纳伯格家的电话、手机和公司电话的接听号码。他们发出传真后要给我打电话，我可以请卢腾把他们的电话转接给你。”

“好的。”

西奥伯格与两位年轻同事分手，离开这间办公室，既然开始四处了解情况，就去找艾纳·埃里克松询问情况。埃里克松不在自己的办公室，西奥伯格认为这是个好的迹象。埃里克松是个冷漠易怒的人，他外出走动至少说明他在做自己该做的事，不是待在办公室里百无聊赖。他忽然想起，早上与山登打网球时，心里想的都是自己的事，没顾上问山登的调查进行得怎么样了，就敲了山登的门。

办公室里没人应答，他扭了扭门把手，门锁着。他只好返回自己的办公室，开始执行自己的公务。

他匆匆把那两块饼干吃掉，喝光咖啡，把杯子放在一边，抓起电话听筒，再次拨打古恩·范纳伯格的号码，还是没人接听。他拿出写着玛吉特·奥洛夫松号码的那张纸，拨打后也是没人接听。与四位同事谈话没了解到她的下落，他决定去那儿跑一趟。他要接待台的卢腾接听他和韦斯特曼的电话，还要她把电信局来的传真放在他的桌上，然后乘电梯下楼去车库开车。

他走进医院门厅见到的第一个人竟然是山登。山登正在旁边的餐厅喝一杯咖啡吃着丹麦糕饼看报纸。西奥伯格心里责备自己，早该想到他的同事已经在这儿才对，本来用不着独自开车白跑一趟。山登正在看报纸上的瑞典手球比赛结果，抬头看到他，不由吃了一惊。

“嘿！你怎么上这儿来了？生病了？”

“我彻底忘记你在这儿了！”西奥伯格说着在桌子旁坐下。“我想跟玛吉特·奥洛夫松联系，其实是想找英格丽·奥尔森，可电话没联系上。她家的号码没人接听，我就想最好上这儿来。你知道她藏在哪儿吗？”

“谁？”

“玛吉特·奥洛夫松。或者英格丽·奥尔森。”

“得了吧。你到底要找谁？”

“别玩游戏了，谁都成。”

“我不知道。”

“那就直说，你这个滑稽大王。这么说，你今天没见到奥洛夫松？”

“没有。”

“那我猜，我得查明她上哪儿去了。你这儿情况怎么样？”

“什么新情况都没有。我询问过的人都不认识范纳伯格。很多人认识奥尔森，可谁也不了解她。”

“你跟医务人员交谈过吗？”西奥伯格问。

“当然谈过。接收那老妇人住院的几位都记得她，但大家看了范纳伯格遭杀害后的面孔都没有做出值得注意的反应。可以想见，他们见过更糟糕的情况。”

“你觉得你需要在这儿待多久？”

“我看得待到今天下班。这儿的人员来往不停，我想在离开前跟尽量多的人谈谈。然后我也下班走人。”

“周末有具体打算了吗？”西奥伯格问。

“岳父母们要来拜访，不能再糟糕了！”山登装出一副苦相说。

西奥伯格知道，其实山登跟他的岳父母关系处得很好。他自己也见过他们几次，知道他们都是很和善的人。

“我本打算请你家人都过来吃个饭，看来得另选个时间了。”西奥伯格说。“我们今晚要去阿莎的哥哥嫂嫂家，所以明天肯定会有点宿醉未消的感觉。”

“嘿，你把集体聚会的事忘了吧？”

“集体聚会？真见鬼，明晚有圣诞节晚宴。”

“生吃羊肝、羊睾丸。”

西奥伯格被逗乐了，他起身挥手告别。

“祝好运。”

“祝早日康复！”山登回答一声，重新看报纸上的体育版，吃剩下的面点。

在玛吉特·奥洛夫松的部门，他最初询问过的三个人都不知道她上哪儿去了。第四个是个矮个头男人，这人看来多年前就该退休了。西奥伯格奇怪，这人在这儿到底是做什么的。他以前从来没遇到过这么老迈的男护士。但这人消息灵通。他说，玛吉特·奥洛夫松带着全家和英格丽·奥尔森到芬兰游览去了，周一早上才回来。显然这位老年男护士与奥洛夫松非常熟悉，他介绍说，这趟旅行奥洛夫松已经计划多时，主要是为了她家的孙子辈，这次也带着英格丽·奥尔森同行，免得把她独自留在一所陌生的房子里。

西奥伯格听了这消息感到不快，不过还是感谢这人的帮助。接着，他乘电梯下楼去餐厅，买了瓶矿泉水和夹干酪香肠的脆皮面包，在开车返回警察局途中吃。

星期五下午

西奥伯格经过卢腾的接待台时，请她把自己和韦斯特曼的电话转回自己的分机。这天上午，电信局和古恩·范纳伯格都没有联系过，他感到奇怪，难道古恩·范纳伯格也去芬兰旅游了？其实，从马尔摩出发的人们，更多的是去德国或波兰旅游，甚至去英格兰。他以前从来没考虑过，去芬兰游览的瑞典人并不多，也许是斯德哥尔摩附近居民的当地特色吧。

他在自己的办公桌后面坐下，抓起电话听筒，拨打韦斯特曼的手机号。她立刻接听了。西奥伯格问她是否与电信局谈过要求提供来电号码的事。她报告了他需要的详细情况。他解释说，根据他多年的经验，在类似情况中，必须坚持才能得到所需帮助。彼特拉·韦斯特曼听了上司不耐烦的话，发出一阵笑声，显得有点失敬。她祝上司好运。他也祝她好运，然后给电信局打电话。这次接听电话的是个说话带哥德堡口音的年轻女子，她发誓说，那份材料就在她面前，正要动手传真到警察局。他连忙把警长的权威腔调换成富有人情味的温柔语气，为自己刚才可能造成的麻烦表示道歉，并向她致谢。他走到文印室，在传真机前等待。随着一阵嗡嗡声，那份盼望已久的文件终于一页页从机器中吐出来。

这份电话号码表以及对来电号码的解释很长，西奥伯格没想到一个正常家庭在三周内竟然接听这么多电话，不由感到惊奇。这还不算手机和公司的业务电话。他们看来一连几天在不停地使用电话。而且他面前这堆文件上列出的还仅仅是来电。他开始扫视这个列表，看看哪些名字出现的频度较高，可他很快就放弃了。他给电信局那位女士打电话，问他们能否帮他给列表上的号码分类，好让他得到每个来电人在此期间来过多少次电话。她没办法帮这种忙。西奥伯格便给国家警察署一位电脑高手熟人打电话，提出同样的问题，结果对方也帮不上忙。西奥伯格只好自己独自应付这桩艰巨的任务。

他盯着那些毫无意义的号码和姓名看了好一阵子，最后决定这天剩余时间用来研究公司电话线的来电号码，请约玛·莫林来帮忙。莫林接到他的电话后，表示愿意尽力帮忙。再次麻烦范纳伯格这位可怜的业务合伙人，西奥伯格感到一阵良心不安，这位合伙人现在得独自应付业务，而且还为失去朋友感到悲伤。可他还是乘地铁奔向那里。

弗莱明戈坦街的那间办公室还是老样子，但莫林比上次见面显得疲惫多了。他们没顾上寒暄，直接处理那桩需要花大力气的系统性工作，从头到尾一个个研究那三周给办公室打来电话的人。他们可以立刻从表上排除掉很多电话号码，而且绝大多数似乎都不相关，但为了保险起见，只是用括号标起来。四个小时后，他们终于从头到尾研究了一遍这份打印件，但仍然有将近 100 个电话是莫林不知道的。

这时已经六点钟，莫林该关门下班，西奥伯格也该赶回家换衣服，参加哥哥嫂嫂的晚宴。西奥伯格离开莫林的小办公室后，不禁打了个冷战。昨天，本来已经是降雪的冬天，今天却忽然转变成怒号的秋风和冰冷的冻雨。莫林是个让人怜悯的人，他一副诚惶诚恐模样，两只棕色的大眼睛露出悲哀，平静的嗓音显得虚弱单调。西奥伯格不由对他产生了同情心。

他正要踏上降到地铁站台的自动扶梯，这时他的手机铃响了。几个脚步踉跄的酒鬼正在瓦斯特玛姆商业街拱廊外乞讨，为了免得在地下失去信号，他靠着他们停下脚步。古恩·范纳伯格终于打来电话了。

“是我。我想到汉斯童年时，你们经常搬家的情况。”西奥伯格说。“我只是想问你，是否在厄斯特罗克住过？”

“没有，我们只住大城市。”古恩·范纳伯格回答。“你知道的，做我这种生意……”

“我记得你说过，你曾在豪斯伯格住过。”

“是的，我们在那儿住过一阵子。”

“可那儿也不是城市嘛。”

“肯定是城市的。”

“算不上吧。相信我的话。不过这没什么关系……”

电话里那个女人的声音打断了他的话。

“比厄斯特罗克大多了。”

西奥伯格不愿为此纠缠，便提出另一个问题：“那么，你们在斯德哥尔摩别的地区住过吗？”

“我们在斯德哥尔摩别的地区住过吗？真的没有。”古恩·范纳伯格回答道。“我们从来没到北边那么远的地方去过。汉斯跟我住在一起的时候，我们住过的地方有东约特兰、纳克，当然还有南曼兰，不过从来没在斯德哥尔摩地区待过。”

一个酒鬼推搡他，还冲着他的脸高声惊叫。古恩·范纳伯格的话斩钉截铁，西奥伯格想不出还该提什么问题，就匆匆结束交谈，失望地离开那地方，进入地铁。

哈马德和韦斯特曼在安斯基德区的阿克巴斯瓦根街上，两人把剩余的地址分了一下，分头去敲门了解情况。两人撑着哈马德的一把伞。韦斯特曼的伞忘在办公室了。雨点打在紧绷的尼龙伞面上，听上去好像雨下得比实际情况更大。韦斯特曼的手机响了，她用冻僵的手指把手机从牛仔裤兜里摸出来。

“我是韦斯特曼。”她简短回答道。

“你在哪儿？”来电的声音十分愤怒。

“在工作。”韦斯特曼的声调有点不确定。

雨伞下声音嘈杂，她没听出是谁。

“请问，你是哪位？”

“罗森。你在哪儿？”

“安斯基德。我们在敲每家的门……”

“我要跟你谈谈。你什么时候回来？”

这位检察官的声音听上去是真的动了肝火，她在雨伞下听着电话，不由感到畏缩。

“我今天回去就不早了，不过……”

“那咱们就只好在电话上说。”

哈马德好奇地端详她的面孔，她转身背对着他，不过仍然待在雨伞下。

“你到底想干吗？”哈达·罗森在电话里几乎是冲着她的耳朵吼叫。“我得到消息，说你滥用职权，逼迫经济犯罪部门搞犯罪研究项目。而且未经授权，不注册登记就利用内部网络搜索犯罪记录。”

对这种类型的麻烦，她已经做好了准备，不过原以为找她的人是西奥伯格，不是这个罗森。她知道如何应付西奥伯格，可这个身高六英尺六英寸暴跳如雷的检察官太可怕了，超出了她的想象。

“我可以解释。”韦斯特曼说。她感觉哈马德的眼睛死死盯在自己脖子上。

“你最好拿出个真正有理的好解释。我可不想听下属讲自己的个人恩怨。”

“这不是个人恩怨。”她结结巴巴道，可她立刻意识到，其实就是个人恩怨。

“我可以就此对你做警告处理。”

“请你别这样！”韦斯特曼振作起精神说。“他指望打擦边球避免受调查，我查到一些迹象，证明不是不能调查。我的研究证明了这一点。”

“我知道了。”检察官用冰冷的口吻反驳道。“不能证明有罪，没有逾期未付款，没有明显的商业交易，没有袭击网络。那个人的历史清白无瑕，见鬼。打什么时候开始，高尚的玛拉霍登社区变成安斯基德市郊的贫民窟了？”

“你知道得很清楚，我要做的……”

“你当我不知道你搞什么小动作，你想错了。”

罗森恶狠狠的话灌进她耳朵里，她心里明白，罗森说的没错。

“这宗调查的所有文字我都读过。韦斯特曼，这个调查我全都掌握。可是，对玛拉霍登，或者怀疑当地某个医生可能到处流窜，用厨房椅子杀人，我却一个字也没读到。”

“星期一……”韦斯特曼刚开了个头。

“星期一早上 9 点，你来我办公室。我要你把一份书面报告交到我手里。”

“交到手里……”检察官结束电话时，韦斯特曼喃喃重复道。

她长叹一声，把手机装起来，转向她的同事，露出愧疚的微笑。

“到底是怎么回事？”哈马德问。“西奥伯格对你发脾气了？”

“我倒真希望是他。不是的，是罗森。”

“什么？”哈马德着实吃了一惊，不由惊呼起来。“难道检察官办公室找你麻烦了？你到底怎么了？报复别人？”

“这事咱们以后再说吧。”

“嘿，快说吧！”

韦斯特曼只是摇了摇头，露出放弃的眼神，两人继续刚才的工作。

“言语是银，沉默是……是什么？”

她坐在那里低声说着，声音低得自己都几乎听不见。

“两个字母……准是个化学符号……”

化学从来不是她的强项。在学校，除了体操运动外，其他科目都不是她的强项，不过她在生活中还算应付得不错。她呷了一口葡萄酒，切了一段六寸长的黄瓜，放在案板上。也许是受到了纵横填字谜的启发，她先在浅绿色黄瓜表面横切了几刀，然后纵切两刀，黄瓜切成十几条落在案板上。她用菜刀把黄瓜条拢起来装进凉菜碗，又喝了一口红葡萄酒，开始从另一个角度对付这道字谜般的凉菜。

一般来说，做饭干家务不是她特别喜爱的事情。奇怪的是，最近她把大部分空余时间都用来做这类事情。她在社区大学上了两年，考试成绩平平，后来迁往斯德哥尔摩寻求出路。虽然没有教育背景也没有工作经验，可她不久便得到一份工作，在外交官酒店附近的一个流行酒吧工作。这得益于她的姣好长相和开朗的性格，或许态度中还有点挑逗人的特征，她也毫不掩盖。

夜里不工作的时候，她就在斯德哥尔摩夜生活圈子里到处走动，很容易就结识了很多朋友也收获了很多崇拜者。她站在吧台后面调制异国情调的饮料，为顾客斟啤酒。没过多久，按她自己的话说，猎头者找到了她。一个长相英俊，非常富有，嗜酒的律师给她提供了一份工作，是在他的办公室当秘书。她毫不迟疑就接受了这份工作。他支付的报酬不错，她白天的工作是做并不复杂的文书工作，煮咖啡，还按他要求做一些小事。在工作日的晚上，他们去豪华餐馆，然后睡在一起。到了周末，他大部分时间都回家陪妻子儿女，她就在流行酒吧谋个第二职业，在另一个社交圈继续招待她的男性熟人。那是经济繁荣的80年代，斯德哥尔摩是个多姿多彩的世界。

然而，过了一些时间后，就连斯德哥尔摩也开始让她感到厌倦，她决定在更富魅力的空姐职业中一试自己的羽翼。缺乏教育在这里照样不算个障碍，再说，这时她已经具有一些工作经验了。她在斯堪的纳维亚航空公司得到个工作，于是旅行遍及全球。旅客惹人苦恼，工作时间漫长，机舱过道狭窄，工作十分辛苦，但是，付出这些代价得到的补偿是丰厚的：参加迷人的聚会，见到漂亮的人们，在永无止境的香槟和冰镇果汁朗姆酒的浪潮中，结成汹涌而来的一波又一波关系。

浪潮退去，她遇到了自己的白马王子——斯堪的纳维亚航空公司的飞行员乔纳斯。乔纳斯肤色深浓，头发几近乌黑，眼睛清澈湛蓝。她从来没见过这么英俊的男人。女性崇拜者总是蜂拥在他身边，结果乔纳斯选择了她。为了乔纳斯，她也同样从苦苦献殷勤的崇拜者中迅速抽身。

将近两百名宾客参加的奢华婚礼过后，她忽然了解到，丈夫的家族在西格图纳镇子外面有块祖祖辈辈传下来的地产。乔纳斯想在那儿居住，梦想着在工作日飞行，空余时间骑骑马，打点小猎物。她打算辞去空姐的工作，待在庄园上，照料家，照顾马匹狗儿，照顾孩子。在两人的蜜月阶段，她并不反对这种前景，可现在却深感后悔。他们没生孩子，乡下的生活既孤寂又乏味。她习惯了享受生活中美好的事物，喜欢参加豪华晚会，在大的社交圈子里活动，如今，十五年过后，却膝下无子女，独自空守着一份感觉并不属于自己的产业。乔纳斯难得待在家里，这自然不会增加生孩子的机会。

虽然她对生活发生意外的突然变化感到失望，但她仍然保持着自己通常的好心情。她的身体仍然像二十多岁的女孩，为此也许该庆幸自己没生孩子。她的一头自然卷曲的金发保持着光泽，她的脸部显而易见没有一丝皱纹。虽然她自己对丈夫的依恋早已淡化了，但她清楚，丈夫仍然崇拜自己。只要她愿意，就可以离开这里，也许将来有一天她会离开的。

起居室的激光唱片播放器响亮地播放着浪潮乐队演奏的音乐和卡特琳纳唱的歌，卡丽娜心中忽然涌起一阵欢乐的感觉。这首歌让她心中涌起很多昔日的回忆，她一听到这歌声就坐不住了。她一口喝光杯子里的葡萄酒，重新斟满酒杯，跟着音乐唱那个叠句："我步入阳光，啊，啊，感觉心情舒畅……"

她跳着舞步旋转到烤炉前，戴上一副防热手套，打开炉盖，准备从里面端出烤好的驼鹿肉排。炉子里冒出热腾腾的蒸汽，她眯缝起眼睛，将脸转向一旁，等蒸汽消散。她两手紧紧抓住烤盘，把香喷喷的肉排放在橱柜台面上，往一个不锈钢小量杯里灌上肉汁，往烤肉上浇了几遍，然后把肉放回烤炉里。

喝下的葡萄酒开始上头了，她感觉两颊温暖，脸肯定涨红了。她走到厨房窗前，透过淅淅沥沥的小雨，望着外面的黑暗，望着路灯照亮的道路，希望看到公共汽车带回乔纳斯。当然，他没有打来电话，也许飞行延误了。不过他有时会忽然回家给她个惊喜。看了几分钟后，终于看见公共汽车来了，停了片刻才继续向前，消失在弯道尽头。借着汽车站微弱的灯光，她看到一个孤零零的身影匆匆穿过大路，拐进他们这条小道，被树影吞没了。她感到高兴，过去这一星期的孤寂终于要结束了。她回到烤炉旁，把放好土豆的电炉开关打开。此后，她重新在餐桌旁坐下，呷了一口葡萄酒，继续尝试做那个让她头疼的纵横填字谜。

杀人凶手的日记4
2006年11月，星期五

公共汽车停下，我下车走进雨中。这是乌普兰平原上一条空荡荡的乡村道路。我从来不喜欢乌普兰，可我小时候却对这地方充满幻想。按我当时的想象，这地方景色荒凉，乌普兰城镇的居民也许欢迎我这种不合群的人，这里的城镇中有同样模式的工人阶级，有同样心胸狭隘的居民。毕竟这里不同于南曼兰，没有那里如梭的车流，也没有让人目眩的霓虹灯。

我横穿道路，走上一条通往农庄的卵石小径。11月份的冷雨和四周的黑暗将我拥入它冰冷的怀抱，我知道，人们从楼宇明亮的窗户里看不到我。风在树梢上呼啸，但现在什么也吓不住我，你们该害怕的是我。我泰然自若地向前走去，经过几道树篱，穿过一小片树林。

马厩里泻出柔和的光亮，不过里面没有人声。附近有几条狗在吠叫，我并不在乎。我悄悄绕过房子，透过漂亮的玻璃窗，能看到里面摆设着家具的宽阔房间，屋里色彩柔和温暖，镶嵌着护壁板，摆设着木质家具。楼上的房间没有灯光，有个女人独自坐在楼下现代样式的大厨房里，正在做纵横填字谜游戏。炉子上的锅里正在炖菜，桌子上放着一瓶打开的葡萄酒。肉香和佐料的香味透过气窗散发到外面秋夜的寒风中，我忽然觉得饿了。

我小心抓住门把手，发现门上了锁。惊喜的时刻消失了，我不得不按下门铃。稍等片刻，门开了，卡丽娜·阿霍宁那双蓝眼睛望着我，露出惊讶神色。虽然她从小就是个非常漂亮的女孩子，可我不能说我没感到吃惊，我知道她已经四十四岁了，可她看上去要年轻得多。更让我吃惊的是，本来那张漂亮面孔、波浪式金发、匀称的身材、骄傲的姿态是拥有尊严的，但她一张嘴，所有尊严立刻丧失殆尽了。她原来显著的南曼兰口音已经换成比较标准的瑞典官方语，但元音的吐字让人联想到丹德吕德市或利丁厄市郊区的中产阶级。她立刻给了我一个愚蠢的印象。她盯我的眼神显得不自信，谈吐则暴露出伪善和傲慢态度。总之，她的外表全都掌握在我手心里，几分钟后，我拥有了执行第四次谋杀所需的工具：满腔的仇恨和一把切肉刀。

"你是什么人？"卡丽娜·阿霍宁端详了我片刻后问。毫无疑问，我的模样早已改变，这时还浑身湿淋淋的。

"我来得不是时候吧？你正在吃晚饭？"我狡黠地问。

"没有。我正等着丈夫回家。你是乘公共汽车来的？"

"是的。"我实话实说。"不过，如果你想知道的话，在这儿下车的没有别人。"

"知道了。"她叹息一声，掩饰不住心中的失望，我看得出，眼下的情况没有影响我动手的因素。"那么，你想要什么？"

"我可以进来说吗？"我的口吻十分礼貌。她迟疑片刻后回答："当然，来做我的客人吧。"

她关上门，上了锁，我挣扎着把外套脱下，傲慢地递给她。她显得吃惊，用狐疑的目光观察我，然后接过湿漉漉的防雨外套，挂起来。

"咱们很久以前就认识。"我说。

"是吗？"

"在学前学校。"

她没打算带领我从门厅走进房子里，我只好自己迈出第一步。她跟我走进厨房。我拉出一把椅子，在长长的粗制橡木餐桌旁坐下，她带着怀疑的目光望着我。餐桌上放着印有纵横填字谜的报纸和一支圆珠笔，旁边有块粗笨的案板和一把切肉刀。

"你说的学前学校是什么意思？"她的问话口吻带着敌意。

当时我有一种感觉，就算我告诉她买彩票中了百万大奖，她也会用同样让人厌恶的口吻跟我说话。并不是我的话刺激了她，而是说话的人刺激了她。我是个惹人讨厌的人，长相丑陋，体态一般，发型可笑，衣服不入时。我的呼吸冒出失败者的气息，身体散发出失败者的感觉，长相一看就是个失败者。卡丽娜·阿霍宁一打开门就感觉到了这一点，没等我开口就能感觉到这一点。这让我怒不可遏。

“我们上的是同一所学前学校。在卡特琳纳霍尔姆的森林山学校。”

“我不记得你。”

“难道你根本不记得学前学校的事了？”

“当然记得，可我不记得你。”

她说话的时候不看我的脸，只看我的衣服，这加深了她对我的蔑视感。我本来可以当下杀掉她，要是那样，我对她就太仁慈了。我心里斗争着，不知下一步该怎么进行，后来决定，先喝杯葡萄酒。

“你该请我喝一杯吧？”我问。

她感到吃惊，也许是对我的粗鲁感到惊讶吧。不管怎么说，她瞪着我看了一阵子，好像觉得难以置信，后来，她摇了摇头，从酒柜里取下一只葡萄酒杯，斟了半杯，放在我面前的桌子上。然后坐在我对面，自己呷了一口葡萄酒。

“干杯！”我说着举杯，然后把酒杯靠向嘴唇。

她神色忧郁，望着窗外。

“干吗这么不友好？”我问。

“你到底想要什么？”

“我只是想告诉你，我们当时上同一所学前学校，还冒着凄风苦雨跑到这儿来，可你甚至连个微笑都不给。请原谅我这么说，你这可算不上好客吧。”

烤炉的炉门里露出一点亮光，我感觉到里面冒出香喷喷的气味，脑子里开始形成一个计划。

“没人邀请你来这儿。现在告诉我你是谁吧。”

我从牛仔裤后兜里抽出那张 1968 年拍的黑白照片，照片已经磨损，我把照片展开，放在她面前的桌子上。

“这是我。”我指着盘腿坐在前排的一个孩子说。

她的面孔竟然绽出笑容，很快就在右边后排那老师旁边找到她自己。

“这是我。”她说着感觉愉快了。“我不知道自己有没有这张照片。”

“你还记得其他孩子吗？”

“我认得她。”她指着安—克莉丝汀说。

“死了。”我呷了一口葡萄酒说。

“死了？”卡丽娜露出点惊慌神色。

“安—克莉丝汀死了。”我解释说。

“没错，她的名字是叫安—克莉丝汀。怎么会死呢？”

“她上个礼拜在自己公寓里窒息而死。死前曾受过折磨。不过她是个妓女，因此，大概没人真正在意。”

“天哪！”卡丽娜嚷起来，嘴唇上露出一丝捉摸不定的微笑，但两眼却暴露出心中感受到的震动。

她望着我，好奇的目光中带着谦恭的微笑。我让她内心最丑陋的东西流露出来了。

“还有这一个。”我接着说。“你认出他没有？”

我指给她看的是汉斯，他在前排中间，一条腿跪着，笑不露齿，两眼望着镜头。我两大口灌下葡萄酒，卡丽娜的态度缓和多了，没过多久便给我重新斟上葡萄酒，自己仔细想着他的名字。

“瓦登斯特朗……瓦伦伯格……范纳伯格！他的名字叫汉斯·范纳伯格，对不对？”

“对极了。”我说。“他也死了。”

“他也死了？跟咱们一样年纪的人都开始离世，这感觉太糟了，对不对？”

“说实话，不那么糟糕。要是他们活着才更糟。”我干巴巴地说。

“你这话是什么意思？”她问道。但是，没等听到回答，她便接着问：“他怎么死的？”

“让厨房椅子砸死的。鼻子碎了，‘扑哧’，鼻梁骨戳进了脑子里。”

我把手攥起来，假装拿着椅子挥舞一下，演示当时的过程。

“你这是开玩笑吧……难道这种事有传染性？”

“是在英格丽小姐的厨房里。”我指着我们的老师解释说。

“不会吧！不过别开玩笑了！到底是怎么回事？英格丽小姐也死了？”

她眼睛里闪烁出幸灾乐祸的光芒，咯咯笑了两声，给自己又斟了一杯葡萄酒。

“没有，她还活着。”

“接着说说！接着说！”卡丽娜·阿霍宁热情地说。“多跟我说说！我想了解所有人的情况。”

先前那种冷冰冰的面孔不见了。我忽然想到，要想找到简单途径直抵人的内心，花费40年光阴实在太长了。

“丽丝洛特。”我说。“你能认出她吗？”

“我认不得了。”卡丽娜摇了摇头回答。“不过，等一等……该不是卡特琳纳霍尔姆那位两个孩子的母亲吧？就是几天前淹死在洗脚桶中的那个女人！”

“猜对了。”我说。

她突然转向我，两眼露出狐疑的神色，稍稍带着点警惕。

“你怎么全都知道？”她谨慎地问。“你是个警察还是什么人？

所以才上我这儿来？”

“不是的，我不是警察。”我回答。“我全都知道，因为他们是我杀死的。”

她怀疑地看了我一会儿，忽然放声大笑。没想到，眼前这个人用了这么长时间才对我露出一丝微笑，现在却突然嘲笑我说的一切！

“你真会逗乐。”她嗤嗤笑着，在我脊背上友好地打了一拳头。

我动作快得就像蜥蜴，一把抓住她的手腕，站起身，把她的胳膊扭到身后。多谢汉斯当年的忠告，他管这一招叫作肩膀锁。她惊叫起来，我闪电般从案板上抓起厨刀，把刀刃抵在她喉咙上，把她逼向冰箱。冰箱门的镜面正符合我的需要。

“你还是想不起我是谁？”我威胁道。

“想不起，我……嗯，也许……”

“这就太可笑了。假如你认出了我，假如你偶然想到那个让你不断欺凌的孩子后来生活会怎么样，没准今晚的结局会有所不同。”

她开始喘粗气，身子忽然开始颤抖，仿佛着了凉似的。她的声音变成惊叫，近乎刺耳了。

“我没有折磨你！我从来没打过你！”

“很多方式可以把一个小孩子的生活折磨得痛苦不堪。你选择了最简单的一种，你鼓动旁观者，喝彩叫好。没有你的鼓劲呼喊，没有你的狞笑，恐怖活动就没有繁衍的土壤。你不是手举板斧的人，不过是你决定了该砍谁的脑袋。你掌握着害人的节奏，定下了正确与谬误的基调。卡丽娜，是你认定，我生来就是个最丑陋、最讨厌的小孩，这个标志永远不可能洗刷干净。在卡特琳纳霍尔姆那个小城里，就是这么个传统。只要有人胆敢朝美味诱惑迈出几步，像你这种滥用权力的家伙就会出面，把人踩到社会阶梯的底层。要是有人胆敢向上爬一级，马上就会被爬在高一级的马屁精一脚踢下去。

你呢，趴在最高一级指挥别人，谁也够不着。你原本可以放过我，就算你不喜欢我，也可以不理睬我。可你非施展自己的淫威不可，要让所有人都知道，我是个典型的倒霉蛋。你一定要让别的孩子关注我的瑕疵，为的是突出你自己的优秀。至于为什么一定要选择折磨我，我至今也不明白。我甚至不知道自己是什么人，或者我本来可能成为什么人。假如你和你那帮同党没有把那个幼小的我碾碎，让我在柔嫩天真的小身体中发育成长，我本来可能有所作为的。结果，你摧残了我，你把我打得鼻青脸肿，在上面戳窟窿，让我变得粗粝坚硬。你折弯我本来笔直的脊背，把我期待的目光压向黑乎乎的沥青路面。你不但毁了我的童年，也夺走了我的整个生活。你当时做的事情，是在毁掉一个人的生活，你宣判我终生没有朋友，终生没有喜悦，终生完全孤独。那可是严重的摧残，难道你不明白？现在，咱们俩谁都没有未来了。你我还是有差别的。你可以回顾过去的生活，可我过去和未来什么都没有。这全都因为你。”

她的两只蓝色大眼睛睁得老大，从冰箱门的镜面反射中瞪着我。我感觉到她手腕的脉搏在狂跳。我忽然产生个冲动，要在杀掉这个女人前，毁了她的漂亮容颜。

“我……我现在意识到，当时错了。”她竭力讨好我。

“可惜现在才清醒，实在有点太迟了！”我说着放开她的胳膊，一把抓住她波浪般泻在肩上的金发。

我用那把餐刀锯割她后脑勺上的头发，最后一绺头发从头皮上割下后，她的脑袋耷拉下去。我立刻用刀抵在她喉咙上，锋利的刀刃让她一动也不敢动。她气喘吁吁，望着镜中自己的模样，眼睛里涌出泪水。

“我该怎么做？”她绝望地抽泣着。

“现在做什么都太晚了。我来做，你感觉。看你变得多丑陋！”我微笑道。她并不回答。“烤炉里是什么？”

“一块驼鹿肉排。”她回答道。泪水滚落下来，睫毛膏染黑了她的两颊。

“驼鹿肉排？啊，多谢！我感觉饿得厉害。咱们看看这肉排吧？”

我把她推在前面，走向烤炉。

“打开炉门。”

她小心翼翼砰的一声把炉门打开一道缝，让蒸汽冒出去，然后才把炉门整个打开。烤炉中齐胸高的炉架上有个长烤盘，我使出蛮劲，猛然把她的脑袋塞进去。长长的烤盘边缘戳伤了她的鼻子和脸颊，她的下巴抵在炉架上。火热的金属烧焦了她柔嫩的面孔，发出嘶嘶的烤肉声，但难听的声音马上被惊恐的嚎叫声淹没了，连厨房窗玻璃都随之震动起来。她纯粹出于反射动作，从烤炉中挣脱出来，浑身发抖疼痛越来越剧烈，她只能歇斯底里跺脚，双手捂住烤烂的面孔，惊叫不已。

我倒退一步，欣赏眼前这迷人的一幕。接着，我手持利刃走向她，她不顾一切挥舞双臂乱打。我被迫砍向她的胳膊，她注意到自己在流血，变得稍稍平静一点儿。我用胳膊勾紧她的脖子，再次把这个扭动的可怜虫拉向镜子一样的冰箱门，逼她看自己的面孔。她看见自己脸上两道宽宽的平行烧伤疤痕，拼命号啕起来。

“这模样可不够漂亮啦，”我用柔和的声音说，“一点儿也不漂亮。你意识到自己变成个丑陋的人啦，对不对？”

有一瞬间，我拿不定主意。心里认真考虑是不是把她就这样撇下，知道她后半辈子会深感不幸福，没准还会感到恐惧，我心里觉得喜悦。不过，我最后还是向理性屈服了，认定这桩活计得有始有终。

“想想看，留下这样的残疾可怎么生活呢？”我带着世故的口吻说。“只要走出家门，就得忍受别人好奇的眼光，没准还得忍受人家厌恶的目光，听人家咯咯发笑，从眼角看到人家不敢跟在你身后，不敢靠近你，感觉到别人戳你的脊梁，压低声音谈论你。还有那些孩子，不用说都是天真无邪的孩子，他们当着你的面问你怎么是这副模样。听我说，卡丽娜，就是对你的死敌，你的希望也不过如此了吧？你还有什么话说？”

卡丽娜什么话也不说，只是站在那里浑身发抖，拼命喘气，两手捂住眼睛。脸上的烧伤疼得厉害，不敢触摸。

“那咱们现在最好结束这事，我好赶快吃饭。对你的折磨实在太简短了，卡丽娜，你该感谢才对。”

我没有半点踌躇，迅速用厨刀深深刺进她的喉咙。深红色的鲜血喷泉般射出来，冰箱的镜面门反射出拱形的水滴状图案。她死气沉沉瘫倒在橡木镶花地板上。最后，一切都归于平静。

照我想，我不该为自己的行为负全部责任。我走向炉子，用一把叉子查看土豆是不是烤熟了。我见土豆已经熟了，就放了一些在盘子里，还把喷香的驼鹿肉排取出来，切了一大块肉汁沸腾的粉红色烤肉。我在冰箱里发现有新鲜的凉菜，与烤肉是个完美的搭配。我在餐桌旁坐下，喝剩下的葡萄酒，享受卡丽娜·阿霍宁计划好的星期五晚餐。吃饭时，我一眼都没看地板上不久前还是活生生的那个人。

我现在比以前的感觉更深刻了：我基本上不是个善于做体力活动的人。在实际生活中，我一向知道，自己根本不适于搞体育活动，我尤其不适于做个刽子手。要说杀死汉斯那事，其实在很多方面让人失望，不过也算是一系列大事的开端吧。杀死安—克莉丝汀或许该看作我这段生涯中的顶峰，是我愿意回顾的一次杀人。不过嘛，事后我有一种强烈的感觉，认为自己再也不能继续做那种事了。杀人是一码事，折磨是另一码事。反正有点太费劲。中国式水刑也许很了不起，不过我有些不耐烦。我要的是结果。再说啦，随时都有别人闯进来的风险。

不管怎么说，杀死丽丝洛特是个大失败。那头愚蠢的母牛什么也不理解，也没法子让她明白。她倒是受了点儿罪，可我看，她甚至不知道我是谁。现在呢，我坐在这里，双手再次沾满了鲜血，这个说法这次既有比喻意义又符合实际情况。

我不能不承认，这事让我感到紧张。以前几次，我是按照自己的心愿从事，但这次我其实已经无心这么做了。处死卡丽娜·阿霍宁纯粹是个合乎逻辑的决定，符合我做的某种哲理性假定。具体说，奉承讨好、不加抵抗、幸灾乐祸都与邪恶相关。她一味讨好伤害别人肉体的人，还赞扬人家采取的行动，由于她被动在场露面，她其实属于恐怖活动的积极参与者，她幸灾乐祸的态度反映出，她其实在伤害他人的过程中起的是推波助澜作用。此外，是她为大家确定了规范：外表、行为、词语、兴趣。她不动声色就显示出自己的权威，她那张布娃娃式的小脸蛋上露出一丝不满神色，就能让士兵们向敢于冒犯不成文规则的人发起进攻，那些规则都是在她那一头银色闪亮的卷发下形成的。这种人毫无疑问是邪恶的，难道不是吗？因此她不该活下去。然而，我在执行这桩任务前，心里却想不出任何真正让我感到仇恨的事实。真的，根本没有什么具体感觉，也许只有一点点陈年的轻蔑而已。

不过几个星期之前，以如此微不足道的借口杀人，我想都没想过。但如今这已经成了我的家常便饭。现在该住手了，免得我对这种享受感到审美疲劳，到头来精神都变得迟钝了。

星期五晚上

星期五晚上，西奥伯格回到家已经将近七点钟了，他回家很晚，浑身透湿，一副悲惨模样。星期四早上到这时，他只看到过妻子睡熟后的模样，根本就没见到孩子们。这时，他还没来得及脱掉湿漉漉的裤子，妻子就叫他打发两个小儿子上床睡觉。两个姑娘围在他腿边，迫不及待要把这天发生的事讲给他听，西奥伯格给克里斯多夫换尿布时，乔纳森在尖声惊叫。孩子们的响亮吵闹声就像一层密不透风的篷布，遮盖住了这天一无所获的失望感。二十分钟后，两个小姑娘坐在电视前，边吃爆米花边看一部 DVD 影片；两个孪生儿子吃饱了全麦粥，躺在婴儿床上牙牙学语；西蒙坐在电脑前；阿莎在洗淋浴。他终于有机会脱掉湿裤子了。就在这时，门铃响了。他只穿着内衣，就跑向门禁电话，让保姆走进楼梯间。卫生间的门锁着，他拿不着浴衣，只好再次穿上湿裤子。

保姆是个十六岁的姑娘，名叫安娜，是西蒙的朋友约翰的同父异母姐妹，住在这条街上与他家只相隔一座房子，每两周来度一次周末。安娜是个有主见的可靠姑娘，孩子们都非常喜欢她。有她帮忙让人有一种安全感，毕竟她就住在附近，要是家里有事，很快就能找她来帮忙。

这是他们头一回把两个孪生儿子留在家，让安娜来照顾，不过发生任何麻烦的可能性很小，因为两个孩子通常晚上都不会醒的。两个姑娘听到门铃，都奔向门厅，西奥伯格开门让她进来后，两个姑娘伸出双臂欢迎安娜。西奥伯格返回卧室迅速梳洗一下，换了衣服。然后要乘预订的出租车出门。坐进出租车之前，西奥伯格和妻子还有一点空闲时间。

一看到拉西和阿莎，立刻就看得出拉西是阿莎的哥哥。兄妹俩都是身材高挑细长，不过拉西开始有了点啤酒肚，他身穿束腰外衣和宽松的毛衣，努力掩饰小肚子。两人都是纯粹的白皙皮肤金色头发，都是一样的绿眼珠，几乎像猫眼睛。西奥伯格的嫂嫂米娅却皮肤黝黑，身材矮小，有点肥胖，笑起来十分开心，能感染所有人。他们虽然热爱孩子，但自己却没孩子，所以成了最理想的保姆。阿莎相信，是他们自己选择不生育的，不过她从来不敢跟他们俩谈这个话题。西奥伯格疑心比较重，但由于这涉及妻子的亲哥哥，便顺从妻子的意见。拉西是位装修设计师，但他的职业没有反映在自己随意装修的住房中。米娅在一家信息技术公司担任经理。两人经常出差旅行，阿莎便以此认为，他们是自己选择不要孩子的。

西奥伯格在稍有点破旧但十分舒适的沙发一角坐下，喝了一口拉西的招牌饮料：伏特加配红牛。烈性饮料立刻开始发生作用，这时他才忽然感觉到自己实在太累了。过去几周的紧张开始一点点释放出来。古恩·范纳伯格否认她家曾在厄斯特罗克住过，想到这一点，他不由长叹一声。他听到兄妹俩在厨房交谈的声音，米娅靠着他在沙发上坐下，手里端着个装着硕大绿橄榄的小瓷碗，请他吃。

“干吗灰心叹气？”她感到好奇。

他取了一只橄榄，丢进嘴里。

“在社会渣滓中紧张工作了一礼拜，得长呼一口气才成。”他开了个玩笑，把橄榄核吐出来，丢进一个烟灰缸。显然这烟灰缸是从附近餐馆顺手牵羊偷来的。

“唉，伙计！”米娅说。“你手头是个什么案子哪？”

“在安斯基德的谋杀案。一位四十四岁的房地产经纪人在一位老女士的厨房被打死。”

说这话时，他碰巧想到了另一个四十四岁的人，而且米娅就是在卡特琳纳霍尔姆长大的。

“顺便问问，你听说过卡特琳纳霍尔姆那位两个孩子的母亲吗？”他问。“就是几天前显然让人淹死在水桶里的女人。”

“我读过那篇报道，”米娅回答，“真是阴森恐怖哪。”

“你认识那女人吗？”

“不认识。她比我年轻三四岁，所以我们上高中不在同一时间，没遇到过。那个名字我也不知道。叫什么来着？”

“不知道。”西奥伯格又吃了一枚橄榄。

“我想，我母亲说过，她名字叫丽丝洛特或者是类似的字眼。我不记得叫这个名字的人。你办的这个案子报纸上有报道吗？”

“有的，其实已经有很多报道了，不过那是几周前的事。”

“你认为能抓住他吗？”米娅的口吻中满怀期待。

“也许迟早能抓住，但眼下好像并不乐观。”

“那咱们就不谈这事，享享乐子吧。过个周末思路就清晰了，到了周一准能破案！”

“那咱们为此干一杯！”西奥伯格说着大喝一口，几乎把一个橄榄核卡在喉咙里。

拉西在厨房叫他们，说晚饭准备好了。两人起身，端着酒杯离开沙发。大型圆餐桌上摆出非同凡响的大型面食自助餐盆。有一盆腌肉奶油蛋酱意大利通心粉。一只平底锅盛着自制的马铃薯丸子，浸在添加了奶酪、猪肉丁的奶油卤汁中。一只炖锅里盛着意大利干面条，沙司散发出大蒜的香味。一只平底锅盛着自制的卤汁面条。另一个盆里盛着通心粉，沙司是用奶油、葱头和鸡肝烹制而成。摆放成一排的还有一大盘三种色彩的沙拉，里面有番茄、鳄梨、马苏里拉奶酪，还有一桶刚磨碎的帕尔玛干酪。拉西站在满桌的美食后面，正在开启几瓶产地不同的意大利红葡萄酒。西奥伯格不由惊呆了，问他们是不是丢了工作，有时间准备这么丰盛的晚宴。他们本来是请他们星期五晚上过来吃顿“便饭”的。

大家围着桌子坐下，动手对付这些令人惊异的美食。西奥伯格一直吃到肚子都快要胀破了。随着葡萄酒瓶里剩下的酒渐渐减少，人们的谈兴随之高涨。餐桌周围讨论的话题越来越丰富，内容转换得越来越快。主菜吃完后，又端来甜味的柔和鲜奶酪，上面浇了桑莓汁，点缀着覆盆子和蓝莓。大家边吃这道甜点边喝葡萄酒，一个个喝到酒后微微醺。

大家把厨房大致收拾好，来到起居室，坐在柔软的沙发上。煮咖啡过程中，米娅提议玩她最拿手的游戏“国家百科全书”，人们开始讨论，是分组对抗，还是个人单独玩。西奥伯格是个争强好胜的个人奋斗主义者，自然建议个人单独玩。

“都 11 点了。”米娅说，“我们都知道，要是个人单独玩，准是你赢。不过嘛，要是不分组玩，那就得在这儿坐上整整一个周末啦。”

西奥伯格心中一动，忽然变得清醒了。又听到这种方言了。自从那天电视新闻播出卡特琳纳霍尔姆那个女人遇害的报道后，这种方言就一直萦绕在他心头。

“周末。”西奥伯格平静地重复着，其他人听到他在说话，望着他，露出吃惊模样。

卡特琳纳霍尔姆的那个警察说话用的就是这种方言，还有谁用过？马上就要想起来了，就在他清醒的脑子里，呼之欲出。是在什么情景中听到过？而且是在最近。

“周末。”他再次重复这个字眼，这次声音更响亮了。

另外三个人面面相觑，然后再次把目光投向西奥伯格，咯咯笑了，期待他做出解释。但他并不注意他们，他就要想起来了，非常接近了……他知道这是个重要线索。潜意识中，他感觉到，这是个至关重要的线索，他凭直觉知道这一点。

忽然他想起来了。记得那是他头一次跟古恩・范纳伯格交谈。那位身穿奇怪服装的悲伤母亲在他办公室里坐在对面的椅子上，要求看看她儿子的遗体。

“我知道他们希望我们四点以后再去，可我还是想问问。”

“是吗？”古恩·范纳伯格当时用了这个字眼。电视采访中，那位警察用的也是这个字眼。

“你最后一次见到儿子是什么时候？”

“上个周末。他带着最小的女儿穆娃去我住的马尔摩看望我。”

忽然想起这一点能给他带来什么思路？

“你这是怎么啦，亲爱的？”阿莎打断了他的沉思。

“我得去趟卫生间。”西奥伯格从沙发上站起身，迅速走出房间。

其他人摇着脑袋笑了，感到莫名其妙，开始准备做游戏。

西奥伯格走进卫生间，坐在浴缸边上。这么说，那位警察是卡特琳纳霍尔姆人。他心想，他嫂嫂和古恩·范纳伯格也是那儿的人。如今，米娅的卡特琳纳霍尔姆口音已经变得多了，但他拿得准，古恩·范纳伯格的口音跟那个警察一样。这么说，汉斯·范纳伯格在卡特琳纳霍尔姆生活过？既然是这样，他母亲为什么要向西奥伯格隐瞒这一点？要是西奥伯格现在见到山登，山登准会嗤笑他，但他能肯定，自己抓住一条决定性的线索。他有一种直觉，这一次他要依赖自己的直觉。但英格丽·奥尔森在其中扮演着什么角色？

他起身返回起居室，三双好奇的眼睛都盯在他脸上。

“我需要一本地图册！”他的话声音激动。

“地图册？”

拉西看着他，露出一脸迷惑。

“不管是什么种类的，只要是瑞典地图就成。”

“我不知道我们的地图册搁哪儿了。”米娅说。“我看找不到……”

“我一定要看一看。马上就要看。”

“也许邻居有一本。”拉西说。

米娅见西奥伯格的眼神十分严肃，连忙站起身。

“我去跟邻居谈谈。”她说完走进门厅，穿了双鞋走出门外。

“科尼，这是怎么回事？”拉西问。“你看上去像发了疯。”

“他在想事儿呢，”阿莎替他回答，“他想到了跟谋杀案有关的某种重要线索。”

“谋杀？”

拉西望着他露出迷惑的眼神。

“你坐在这儿边喝酒边想着破谋杀案？”

“我真希望能破案。”西奥伯格心不在焉回答着，脸上浮出微笑。

这时门开了，米娅拿着一本《汽车驾驶员瑞典公路交通图》走进来，把这本册子递给西奥伯格。西奥伯格立刻翻到后面的字母顺序索引页。

“你在找什么？”米娅问。

“卡特琳纳霍尔姆。”西奥伯格回答。“我想看看卡特琳纳霍尔姆的位置……”

“这个我可以告诉你。”米娅说，但西奥伯格此刻根本不注意别人在说什么。

他用食指顺着一栏往下滑，嘴里喃喃念着：“卡托普，卡特琳纳伯格，卡特琳纳戴尔，卡特琳纳霍尔姆，在这儿，第62页……”

他翻到那一页，仔细研究了一两分钟地图，两眼扫视湖泊、城市、城镇和乡村的名称。他的目的性明确，继续查找，最后找到了要找的地名。在卡特琳纳霍尔姆和豪斯伯格之间，有个清晰醒目的黑体字地名：厄斯特罗克市。

西奥伯格啪的一声合上地图册，望着自己亲爱的妻子，表情中露出些许歉意。

“恐怕这个周末我得工作了。”他的声调带着一丝悲哀。

但是他内心中感到越来越强烈的激动。

星期六上午

星期六早上，西奥伯格醒来时，感觉脑袋一阵阵胀痛。前一天晚上他有了那个惊人的发现，11点钟后没再喝酒，后来还服下两片阿司匹林，上床前至少喝过十杯清水，可他仍然没有逃过宿酒未消的难受感觉。随着年纪增长，每次喝酒后恢复正常越来越困难，于是，他这时再次做出决定，要彻底戒酒。不过他心里对自己的决心知道得很清楚，到了星期六晚上，这个决定就会被抛在脑后。

他让阿莎多睡几个钟头。毕竟他要把孩子们留给她照料一整天的。虽然他清楚，接下来的任务非常紧急，但他意识到，这儿待几个钟头那儿待几个钟头对事情不会有什么不同。反正汉斯·范纳伯格已经死了，他强加给自己在星期六做的工作不会改变这个事实。

10点钟，他把妻子从酣睡中唤醒。他起床后已经陪着五个孩子待了差不多四个钟头，所以自己良心不会感到不安了。他爬上床，在妻子身旁躺下，享受几分钟，体会妻子柔软身体的温暖。接着，他向妻子道歉，保证尽快回来，估计在两个孪生儿子午睡醒来前能回来。

他拥抱孩子们，打发他们上楼找仍在睡觉的妈妈，自己溜出门，免得两个小男孩光着小脚丫跟他走到肮脏的楼梯间。

西奥伯格来到街道上，注意到沉沉乌云已经散开，几个星期来太阳头一回露出面孔，这让他感到惊奇。风刮得很猛，气温大概在冰点，不过他决定还是要步行去警察局。尼图盖特小区的游戏场上已经到处是孩子了，他们的父母坐在周围的长凳上，望着他们玩耍。他并不羡慕他们。坐在游戏场周围盯着孩子们，这可不是西奥伯格喜爱的消遣方式。

他没有沿着厄斯格加坦路去警察局，而是顶着风经过埃里克斯戴尔沿着步行道走去。他后悔没戴条围巾。桥下，两个酒鬼坐在那里嘶喊，身上穿的衣服太单薄。西奥伯格看到他们后，连忙把自己的双手深深插向衣袋。不过，他正需要这种步行活动，等到坐在自己的办公桌后面，他感觉精神多了。

他先给玛吉特·奥洛夫松家打电话，想要跟英格丽·奥尔森谈两句。可惜不出他所料，没人接听电话。接着，他拨打古恩·范纳伯格的两个号码，结果哪一个都没人接听。最后，他给派娅·范纳伯格打去电话。她在家。他问她现在过去短时间拜访一下是否方便。她回答的声音平淡，说不反对。

他带着装有英格丽·奥尔森那所学前学校旧照片的纸袋，离开警察局，步行返回斯堪斯图尔，搭乘向南行驶的地铁。他在安斯基德车站下车，步行走了最后一段路。派娅·范纳伯格的母亲为他开了门。他注意到，这位新守寡的女人并不是独自待在家里伤心，他心里稍感安慰。

派娅·范纳伯格没有化妆，显得疲惫憔悴，动作和话语都很缓慢，西奥伯格便认为她服用过镇静剂。房子里十分平静，没看到孩子们，也没见到他们的外公。西奥伯格猜想，这天是个不错的秋日，准是外公带着孩子们到外面去了。母亲和女儿坐在沙发上，西奥伯格像上次来访一样坐了把扶手椅。他取出那几张照片，放在两个女人面前的茶几上。

“我只有一个问题。”他面对汉斯·范纳伯格的寡妇说。“我知道这对你是困难的，不过我想知道，你能否从这些照片中认出汉斯。”

她长时间看着照片中的两张，上面的孩子她一个也认不出来。第三张照片的背面文字描述了那群孩子是 1968 ~ 1969 届的，她一眼就认出了汉斯，指着前排一条腿跪着的小男孩。只见那个小男孩一头蓬乱的浅色头发，脸上浮出开心的笑容，露出嘴里掉了几颗乳牙，仿佛看得出，他十分自信。他上身穿一件大格子图案的法兰绒衬衫，袖子捋到胳膊肘以上，小肚子露出在衬衫下面。毫无疑问，凡是看这张照片的人，第一眼准会受到他的吸引。

“这是他！”派娅·范纳伯格用颤抖的声音说。“这是汉斯，毫无疑问。”

“汉斯在卡特琳纳霍尔姆生活过吗？”西奥伯格问。

“他在那儿出生。我知道他在那里住过，不过不知道有多长时间。他小时候经常搬家。你得去问问古恩。”

“我想也该问她，”西奥伯格的语调中带着神秘口吻，“但其中准有什么误解。”

他站起身，伸出自己的手。

“谢谢，派娅。你对我帮助极大。我为打扰你表示道歉。”

“没关系。”派娅·范纳伯格没起身，只是伸出手有气无力地与他握手。

他收起照片，装回信封里，装在上衣口袋里，离开范纳伯格家。

地铁站台上风很大，西奥伯格只好躲在一道墙后面避风。星期六列车密度小，下一趟车要等10多分钟才能来。他双手插进衣袋，在站台上跺着双脚，想让自己保持温暖。他回想起对厄斯特罗克市南曼兰发生的误解，咒骂自己思路不够开阔。当时在英格丽·奥尔森家厨房地板上发现汉斯·范纳伯格的尸体时，英格丽·奥尔森说过，她迁到安斯基德来之前，曾在厄斯特罗克市住。他当时假定她指的是斯德哥尔摩郊外的厄斯特罗克市，没就这事多加思索。粗心大意！他还记起，前一天下午与古恩·范纳伯格的对话。

“你在厄斯特罗克市住过吗？”他问。

“没有，我们只住大城市。”古恩·范纳伯格回答。

“你说你在豪斯伯格住过，那可不是大城市。”

“比厄斯特罗克大多了。”她回答。从她的角度看，这个说法当然是对的。

按照他原来的想象，她这话是随意说的，但她其实说的是实话。

“那么，你们在斯德哥尔摩别的地区住过吗？”西奥伯格当时接着问。

“我们在斯德哥尔摩别的地区住过吗？”她反问，西奥伯格以为那不过是个“第一人称是谁”的说法。

虽然的确有这个问题，但这个错误该由他自己负责。

他掏出手机，再次拨打古恩·范纳伯格的号码。这次她接听了。

“请原谅我周六早上打扰。”西奥伯格礼貌地说。“把你吵醒了吧？”

“的确把我吵醒了。”古恩·范纳伯格的声音中带着困倦。“我昨晚工作了。”

“我只是想知道，你和汉斯是不是在卡特琳纳霍尔姆住过？”

“你真的在搞调查，对吧？没错，我们在卡特琳纳霍尔姆住过。而且还住了相当长的时间。我是在卡特琳纳霍尔姆长大的，在那儿一直住到汉斯就要上小学。然后我们迁往库姆拉。”

“你为什么以前不告诉我这一点？”

“我想我罗列了我们住过的所有地方。”

“可你没提卡特琳纳霍尔姆。”

“有关系吗？”

“有关系。”

电话里沉默了片刻，后来古恩·范纳伯格接着说话了。

“记得当时谈论了我们怎么从一个地方迁到另一个地方。我们从来没有迁到卡特琳纳霍尔姆，而是从那个地方迁出去的。我觉得那对我是自然而然的，因为我们一直住在那里。”

“我明白了。这么说汉斯在卡特琳纳霍尔姆上过学前班？”

“我猜是的。不错，我记起来了，他在那儿上过学前学校。学校名叫‘绿山’还是‘阳光山’……反正名字里有个‘山’字。”

“是叫‘森林山’吧？”

“听起来是对的。”

“你还记得学校老师的名字吗？”

“不记得了。也不记得是不是见过她。”

“是叫英格丽·奥尔森吧？”

“这名字听起来耳熟。不行，我记不得了。我……”

“你还记得那所学前学校的其他人吗？比如其他孩子的名字？”

“不可能。那是很久以前的事了。上学前学校的是汉斯不是我。”

“最后一个问题：你也许记得，我问过你是否在厄斯特罗克市住过。”

“当然记得，这事你昨天问过我。”

“当时你认为厄斯特罗克是卡特琳纳霍尔姆的郊外，对吧？”

“当然啦。难道还有别的地方叫这个名字？”

“全国准有很多地方叫厄斯特罗克。我就不打扰你了。谢谢。”

西奥伯格心中顿时产生一种无法抵御的渴望，想要打电话给一位同事，谈谈自己的发现，可他还是平静下来，分析过后认为，可以等到明天早上再说。这天是星期六。大家过去几周工作辛苦，周末都需要好好休息。平时他有事总是头一个打电话给山登，但想到向他提出汉斯·范纳伯格与英格丽·奥尔森的联系，他反应冷淡，但如今这条线索得到了证实，他心里仍然感到有点难受。至于罗森，他并不急于给这位检察官打电话通报，不过他其实应该首先向这位长官报告调查进展的。

星期日，英格丽·奥尔森旅游返回后，他无论如何也要找她谈谈。他决定，让整个案子暂时搁置一下。他要休个周末，至少也要休息一天，星期六这天剩余时间陪家人度过。

星期五夜里，彼特拉·韦斯特曼辗转难以入眠。下午与检察官交谈后，她心中焦急，直到凌晨两点钟，她在黑暗中躺在床上，脑子里一再回顾自己的尴尬处境，辗转反侧，怎么也睡不着。后来她肚子饿了，就更难以睡着，干脆起床到厨房，吃了两片三明治，喝了杯牛奶。这下肚子饱了，睡意也全消了。她躺在床上阅读，直到早上四点半，这才终于睡着。

到了午饭时间她才醒来，不过是让电话铃叫醒的。

“我把你吵醒了吗？”

“没有。”彼特拉说，可她仍然没有完全清醒。

她看了一眼床头柜上的钟：12 点 15 分。她使劲晃动一下脑袋，让自己清醒过来，心中告诫自己：彼特拉，清醒清醒。她整个一星期都在等这个电话。是哈坎·卡尔伯格从林彻平打来了电话。

“是不是现在不方便说话？”

“是的。不，现在没什么不方便，不过你把我吵醒了。”

他笑了。

“我四点半才睡着。”彼特拉给自己找借口。“检察官打算给我个警告，因为我未经批准就利用警察的计算机记录搞调查。这个周末，我只好对自己的行为和理由写检讨。”

“那么，也许我告诉你的事能减轻你的痛苦。”哈坎·卡尔伯格说。

彼特拉在床上坐直身子，睡意忽然全消了。

“你的血液中含有酒精，不过取样时酒精含量极少，本来可以开车的。”

“可我认为开车还是不行。”彼特拉说。

“我看也的确不行。你体内含有的氟硝西泮超量，多得能让一个体重两百磅的人倒下。”

“你当真？那是什么东西？”

“是一种迷奸药，邪恶男人约会时强奸女子用的药。你体重多少？”

“大约130磅。”

“跟我想的差不多。你肯定服用了6片含量0.5克的药片，一般失眠症使用这种药的开始用量是一片。你竟然在四小时后醒来，而且头脑还那么清醒，真让我惊讶。”

“头脑清醒。”彼特拉苦笑一声。“当时我几乎站不起来。”

“体质好，意志像钢铁般坚强。”哈坎的声音中带着钦佩。“咱俩见面时你肯定仍然在药物的强烈作用下。”

“那指纹呢？”

“有两种指纹，每个瓶子上有一种。两种指纹不相符。一种确定是你的，这并不奇怪。不过我原来就说过，指纹库中没有对应的。”

“我知道他从未被证明有罪。所以以前肯定没有在犯罪现场留下过痕迹。”彼特拉叹了口气。

“算是缓解了一下痛苦。”她心想。我星期一不去见罗森，要告诉他说，我正在追踪一个强奸犯，罪犯是个医生，据假设强奸过许多女人，不过没有留下任何痕迹，也从未受过指控。

“不是指纹这种形式。”哈坎·卡尔伯格说。

“你是指什么？”

“我用一个避孕套做了一种DNA测试。”

“结果呢？”

“发现外面是你的DNA，里面是他的DNA。”

果然不出所料。但是她听出，他的语气中好像有下文。

“他的DNA以前曾经在两个犯罪现场发现过。一个女人1997年在马尔摩遭强奸，另一个女人2002年在哥德堡遭强奸。”

“干得好！”彼特拉说。“真是太感谢你了。”

“保证让你把这家伙关进监狱。我是你的秘密特工，除非你要求我出面。”

星期六下午

这一次，西奥伯格离开家前，没忘记戴条围巾。他坐在哈玛比体育场看台上观看一群八岁男孩在人造草坪上比赛足球，寒风中为戴着围巾感到惬意。不过，他扫视一眼其他父母和观众，意识到自己戴的围巾颜色跟别人不一样。

西蒙·西奥伯格整个秋天都在哈玛比运河边踢足球，几个星期前，练习活动才转移到埃里克斯戴尔学校的体育馆。这场友谊赛是与玛丽伯格学校的五人球队对垒，由于天气晴好才在室外比赛。西奥伯格便认为，所谓“天气晴好”在足球赛中与气温和风力无关，仅与天空的颜色相关。

他的两个女儿萨拉和玛佳也陪他看比赛，不过两个女儿对足球比赛毫无兴趣，这时各自拿着任天堂游戏机玩游戏。阿莎带着两个孪生儿子去了埃里克斯戴尔游泳池，西奥伯格倒宁愿自己去游泳池也不想在这儿挨冻。

他对足球的兴趣其实仅限于瑞典队在主要锦标赛中的比赛，照他看，眼下球场上的男孩子都成不了未来的足球明星。不过，这些孩子奔跑追逐足球时，一个个的表情无比严肃，呼喊的也是足球词语：“闪躲，闪躲！”，“控球！”，“传球！”不论是自家球队还是对手，只要有个孩子踢出好球，西奥伯格都会大声鼓掌喝彩。

在缩小的比赛场地上，两队孩子踢着球来回奔跑，很长时间过去后，玛丽伯格队的一个球员凭借一点运气，终于把球掠过哈玛比队的守门员踢进球门。西奥伯格心里承认，他并不觉得很扫兴，只是礼貌地鼓掌。忽然，下面看台上一个身穿套装的男人跳起身，冲向下面的球门线。

“早该把那个小杂种换掉了！”他冲着主场球队教练嚷道。西奥伯格认出，那位吃惊的教练是球队中一个孩子的父亲。“快换下那个红头发废物，他根本不会阻挡！”

那个“红头发废物”是西蒙的一位同学，虽然西奥伯格并不认识这孩子。这孩子踢右后卫，在比赛中看来并不比别的孩子差。教练身穿便装，本来是义务指导孩子们的，这时惊得目瞪口呆，望着那位盛怒中的父亲，眼睛里露出恐惧。西奥伯格注意到，陪着那个男人的女人也站起身，好在留在看台上没动，只是愤怒地比手画脚。过了几秒钟西奥伯格才做出反应。他看到西蒙在足球场上的迷惑神情，心中产生长期没有体会到的一种庄严。

他站起身，果断地朝下面的运动场走去，他当时那种权威风度让自己也感到惊讶。看台上顿时鸦雀无声，旁边场地上的比赛也中断了。他使出浑身力气，扳住那个人的肩膀，把他扭过来面对自己。两人身高相当，但西奥伯格感觉此刻比他高大得多。他用克制的话语冲着那人说：

“你这是给孩子树立什么榜样？你当着所有孩子和父母给自己丢脸，也让体育运动蒙羞！一个成人咒骂小孩子。我认为你是个怯懦的可怜虫。”

接着，他把那个哑口无言的人带回看台，把他按在原来的座位上。

“你也坐下。”他用鄙夷的口吻对那个女人说。那女人这时似乎想找个地洞钻进去。

他把目光转向足球场，见那个红头发男孩哭了。接着，他看到自己八岁的儿子走向这段插曲的焦点人物，搂住那孩子的肩膀。西奥伯格感到，这是自己生活中一个骄傲的时刻。球队的其他孩子也仿效他的榜样。对方球队的教练对他的一个球员低声说了几句，玛丽伯格球队的孩子们也过来安慰那孩子。

观众一齐鼓掌表示支持，西奥伯格走回看台上自己的位置，避免看到众人的目光，却扭头看赛场上那一圈孩子。但是，他的目光落在孤零零站在自家队球门前的守门员时，忽然觉得自己的心好像让一只冰冷的手攥住了。

这天下午晚些时候，科尼·西奥伯格系着围裙，一边思索这次事件，一边在厨房削土豆皮，与孩子们一道准备晚饭。忽然山登打来电话，邀请他出去喝啤酒。

“去酒吧？”西奥伯格吃了一惊。“我还以为你岳父母要来看望你们呢。”

这话刚出口，他忽然想起前一天在医院自助餐厅的谈话，立刻浑身感到不自在。

“见鬼！”他喊起来，连忙鬼鬼祟祟朝阿莎偷看一眼，阿莎正在餐桌上跟小孩子们做拼图游戏。

她抬起头看了他一眼，那眼光凶得足能要人的命。

“对你这个要求，我的回答是无论如何都不行。”西奥伯格的口吻严峻。

“嗨，伙计！”山登的口吻恶毒。“你又要丢脸？再见。希望能见到你。”

西奥伯格挂上电话。他全然忘记该死的圣诞节聚餐了。他一时在考虑打电话取消这次聚餐，但这种事简直无法想象。整个活动都是他组织的，他也向来积极提倡培养团队精神，这是当前的时髦提法。不错，他不赞成星期六举行圣诞聚会，也不赞成11月份就举行，不过，这总比迟得无法举行好。是他指定哈马德负责安排的，所以他只能咬紧牙关应对。

“我们今晚要举行圣诞晚宴。”西奥伯格低声下气对妻子说。“我把这事全忘了。”

“我看是要陪第三者吧。”阿莎挖苦道。

“你知道这是不可能的。”

“嗯，我们办公室今晚也要举行圣诞晚宴。所以我猜，你得找个保姆才行。”

“别犯傻了，阿莎。我明白这事的确讨厌，而且也把周六晚上给毁了，可我该怎么办呢？我是头儿，见鬼。”

“你今天一直在工作，明天也要工作。你不能整整一礼拜都工作，周末也工作，然后周六晚上还去参加聚会，把一切都丢给我！我也有工作要做，也有自己的生活要过。”

“这些我知道得很清楚。”西奥伯格说。“我承担该自己做的部分。可你知道，有时候会有这种事的。有时候的情况是反过来。遇上你有很多工作，我并没有觉得压力重，照样当后勤嘛。”

“是吗？那种情况多久发生一次？我的工作总是压力很大，我是教师，见鬼。”

孩子们望着父母，露出惊慌神色。现在连妈妈也张嘴说脏话啦。这可不是个好迹象。

“出去看电视，要不就做点别的事。”西奥伯格对三个大点的孩子不耐烦地挥了一下手。“妈妈和我在谈话呢。”

孩子们连忙逃走，西奥伯格把门关上，两人继续压低声音争吵。

“假如决定星期六下午五点钟跟朋友们出门的是我呢，嗯？你会怎么说？”

阿莎的眼睛像在喷火，西奥伯格觉得，自己也真的开始光火了。

“那我会说，‘多好哇！你需要跟朋友们平静地交往，用不着负责任啦。祝晚上过得愉快！’我看我自然会这么说的。”他的屈尊口吻把阿莎惹火了。

“你这么说倒容易，因为这种情况从来没有过！”

“那是你的错。”

“不，是你的错！我没机会陪朋友们外出，因为你总是不在家，我只好待在家里照顾孩子。还得打扫，做饭，做所有家务。”

“我看现在系着围裙的是我。可你呢，坐在餐桌旁手里端着一杯饮料。”

西奥伯格喝了一大口啤酒，阿莎接着说下去。

“我一个礼拜只有一天晚上不做饭，应该为此表示感激？另外六个晚上可没见你表示感激哪。”

“煮煮通心粉，用微波炉加热冷冻的拼盘有多难？”

他心里清楚这话有点不够公平，他的优越态度把阿莎逼到墙角了。可他又该怎么办呢？她开始咒骂了，可他非去参加该死的圣诞晚宴不可。

阿莎站起身，愤然离开厨房，去陪大点的孩子们看电视。克里斯多夫和乔纳森不小心把拼图片都碰到地板上，蹒跚着跟在她身后走出去。西奥伯格本希望几个大孩子能来帮他做晚饭，可他们没来。他从地板上捡起拼图板，在餐桌上摆好六个人的餐具。接着，他去卧室换了条好看的牛仔裤，穿了件干净衬衫和以前没穿过的运动外套。他心想，要是当着阿莎的面穿这身衣服，她会更加恼火的。

西奥伯格做好饭后，厨房变得秩序井然，就连炉子都清理得干干净净，上面只放着三只盛着饭菜的炖锅。他走进电视间，亲吻了每个孩子，宣布说开饭了。最后，他还在阿莎头发上亲吻一下，说他不能不去。据说，冰冷的情感会从人的头发根里散发出来。他此时就有这种感觉。半个钟头以后，他跟山登坐在尼布鲁街的圣安德鲁酒店里，面前摆着一品脱艾丁格啤酒。

星期六晚上

十五分钟后西奥伯格和山登漫步到来时，大家都已经坐好了。

“喂，科尼，我给你保留了一个位置。”卢腾叽叽喳喳道。

座位安排好了。山登坐在西奥伯格对面彼特拉右边的空座上。

“你得对上司好一点，他刚才跟老婆吵了一架。”山登对卢腾说。

西奥伯格恶狠狠地瞪了山登一眼。山登对坐在桌子另一头的哈马德冒失地大声说：“羊睾丸”。

“事情严重吗？”卢腾问他，那声调好像在哄小孩儿。

彼特拉对西奥伯格的反应也感到奇怪。

“我把圣诞晚宴的事搞忘了，那个啰唆鬼打电话提醒了我。”西奥伯格说着朝山登的方向努了努嘴。“现在家里人不怎么喜欢我了，不过到明天就没事了。干杯。”

大家呷了一口黎巴嫩产的红葡萄酒，感觉味道非常好。

哈马德用叉子轻敲自己的酒杯，对大家致辞表示欢迎。

“我抱歉让某些人失望了，厨房眼下没有羊睾丸。不过就在此刻，他们正在为金斯准备上生羊肝。”

大家一齐鼓掌欢笑，山登很高兴成为中心人物。

“不喜欢吃这道菜的，各种其他菜肴会依次上桌。首先是凉菜，面包、蔬菜和各种黎巴嫩蘸酱。接着有沙拉、冷肉、油炸奶酪、生牛肉、牛舌等等。那是为你特别准备的，山登。以后要上的菜有烤肉，餐末有甜食。我向大家保证，人人都能发现适合自己口味的菜肴。圣诞节愉快！”

大家举杯祝酒，欢笑声一浪高过一浪。餐桌上摆满了美味佳肴，山登吃生羊肝的动作夸张，让大家乐不可支。卢腾很快就不再对西奥伯格示好，转而与坐在斜对面的门卫米奇谈起两人都养的狗儿。彼特拉靠米奇坐在卢腾对面，起初想参加他们的谈话，但很快便失去了兴趣，参加了山登与西奥伯格的交谈，但她是中途插进去的，并没有贯穿始终。

哈达·罗森堂哉皇哉独自坐在桌子一端，为的是有地方插下两条长腿。艾纳·埃里克松坐在他一侧，哈马德坐在他另一侧。埃里克松起初没怎么开口，但哈马德与他交谈过几句，认为即使是他这天晚上也享受到了乐趣。他吃得很开心，喝了一些葡萄酒，并没有为此大惊小怪。哈马德注意到，彼特拉在晚会期间不时朝这个方向偷偷瞅一眼，但拿不准她看的是罗森还是自己。几巡葡萄酒过后，他开始试探罗森。

“听说你狠狠打了韦斯特曼的屁股。”他平静地说。

“可以这么说。”罗森的口吻冷淡。

“到底是怎么回事？”哈马德试探着问，但这位检察官态度并不缓和。

“我能肯定她会在合适的时候告诉你的。”

检察官接着开始跟埃里克松交谈，好像与他忽然有了很多共同语言。哈马德并不在意，转而与坐在他另一侧的贝拉·汉森交谈。他转了个身，只好不情愿地听卢腾和米奇喋喋不休地谈论狗，努力装作感兴趣的模样，显得挺高兴，那两位则继续自己的谈话。彼特拉注意到，这天晚上卢腾和米奇一直在谈狗经。

差一刻 11 点的时候，西奥伯格收到阿莎发来的一条短信：“原谅我发脾气。希望你晚会愉快。我们的饭菜好极了。爱你胜过全世界。”西奥伯格回复短信：“是我不好。我是头笨驴子。很快就回到你身边。吻你。”埃里克松宣布说，他该回家了，罗森也趁机告辞。彼特拉起身嘟囔两句，说要去卫生间，但谁也没听见。不过哈马德注意到，她离开桌子正好跟检察官离去是同一时间。

她跟随罗森下楼，见他站在更衣间穿外套，鼓起勇气朝他走去。

“哈达，我想跟你谈谈。”她竭力不表现出紧张。

艾纳·埃里克松迅速扫了她一眼，接着戴自己的围巾。

“现在？”罗森看了一眼手表。

彼特拉不知道他这个动作是不是在拒绝她，满怀希望地点了点头。

“再见。”埃里克松说了一句，动身离去。

他们都跟他道别，彼特拉建议去吧台坐一会儿，罗森同意了。

“这次谈话内容只能限制在你我个人之间。”彼特拉说。“你可以处理我，不过我不想让你把这事告诉任何人。”

罗森用狐疑的眼光打量着她，说听完她的陈述前不打算就这事做决定。彼特拉愿意冒这个险，就把她一个星期前的惨痛经历和盘托出。罗森听得很仔细，并没有打断她。十分钟后，他脱下外套，搭在腿上。又过了五分钟，她讲完了。

哈马德和贝拉·汉森走下楼梯时，彼特拉抬头看了一眼。哈马德一只手搭在汉森肩膀上，与彼特拉的目光相对时，他把手抽回去，朝她眨巴一下眼睛，从他们身后经过，外套也没穿就走出餐馆。

“这就是我已经知道的情况。”彼特拉对罗森说。“这个男人是个强奸惯犯，但也是个上流社会成员，他将自己狡猾的性侵犯行为掩藏在一本正经的外表下。他在自己家强奸妇女，她们醒来后，以为自己不过是酒醉后待了一夜。我的看法是这样的：他成年后一直在强奸妇女。我认为她的女儿不过是他强奸女人的结果，但他即使是在那时也十分精明，将强奸行为用婚姻掩盖起来，因此没有留下任何证据。他对爱情不感兴趣，他的兴趣是暴力。一个女子将自己献身给他并不会引起他的兴趣，驱动他行为的因素是暴力。还有什么环境比战争更便于他施行强奸？所以他加入了外籍军团。这样，他可以一连多年随意蹂躏妇女，谁也不会因此挑起眉毛表示质疑。后来他厌倦了军旅生活，回国后以不同的方式继续自己的勾当。所以他的手法更加细致。再说他还是位医生，便于得到药物。你明白了吗？他宁愿跟失去意识的女人上床，而不找心甘情愿的女人。”

“你想要我怎么做？”检察官问。他此前一句话也没说过。

“首先，我想要你别追究我未经授权使用计算机文件。把这事掩盖在这次谋杀调查中。这事只有你我知道，对谁也不会有害。”

罗森隔着酒杯端详着她，沉思着。

“另外，我想要你逮捕这个佩德尔·弗莱克。”

“以什么罪名？我们没有报案文件，也没有证据，因为你想要置身事外。”

“以1997年在马尔摩的一次强奸和2002年在哥德堡的另一次强奸。”彼特拉说。

“你怎么知道的？”

“因为我掌握了强奸我时的DNA测试结果。他的DNA与作案者在那两次强奸案中留下的DNA相符。”

罗森默默思索了一会儿。彼特拉望着窗外，见哈马德身体倾斜向前，显然一只手掌撑在墙上。她便认为，汉森背靠墙面对着哈马德。

“假如你不报案，你遭强奸时得到的精液就不能用作证据。”检察官说。“再说，由于你没有严格照章办事，即使你报了案，我们能否立案也值得怀疑。”

“我不打算报案，也清楚这次DNA测试不能用作证据。但是我们知道，他犯过那些强奸罪。将他作为嫌疑人逮捕起来，取样做DNA化验，根据化验的各种规则作比对。”

“我们以什么罪名逮捕他？”

“以公众的指证或你需要的其他东西。把他的照片拿给受害人看，让她们指证他。这个问题你自己也能解决。”

“你为什么这么害怕报案呢？”罗森问。

彼特拉不得不思索片刻，后来她回答道：

“我是个警察，不想成为同行的调查目标，不想让他们知晓这桩事。这你能理解吗？”

哈达·罗森沉思着点了点头。

“假如由于某些原因不证明他犯过那些罪行，我会感到自己受到了威胁。”彼特拉接着说。

“这是为什么呢？”

“因为我是个警察，也因为他是在我跟他回家后直接进监狱的。”

“他知道你是个警察吗？”

“我认为他不知道。我的警察证藏在钱包里的驾照后面。不过我并不能保证他不知道。假如他彻底翻找过我的东西，或许已经发现了。”

“你清楚，即使他进监狱，几年后也会释放的，对吧？”

彼特拉点了点头。

“你认为他会获几年徒刑？”她问。

“最高刑期是六年。他会释放的……”

“反正一样。”彼特拉说。“车到山前自有路。与此同时，我们至少会盯住他。”

检察官默默端详了她一会儿。彼特拉讲出自己的经历后，现在平静多了，不过受到仔细研究总是感到极不自在。

“你觉得怎么样？”她掩盖不住心中的疑惑。

“我尽量想办法。”罗森回答道。“假如你是错的，就只有上帝可怜你了。”

“那么原定星期一的见面……”彼特拉刚开了个头。

“……还是按原定时间。”检察官嘟囔着说。“不过，你暂时用不着递交书面检讨了。”

他脸上掠过一丝微笑。

检察官离开餐馆时，哈马德和汉森再次返回来。彼特拉在台阶上见到他们，哈马德把一只手搭在她肩上，请她再坐一会儿。刚才她不在的时候，山登和西奥伯格端着酒杯挪到埃里克松和罗森空下的座位上，彼特拉就走到桌子一角，坐在哈马德和西奥伯格中间。米奇和卢腾仍然在不知疲倦地谈论他们的狗儿。

“他说什么了？”哈马德跟彼特拉耳语。

“谁？”彼特拉低声反问。

“哈达。”

“关于什么？”彼特拉逗他。

“关于宿怨。”

“宿怨？”

“你知道我的意思。”

柔和的灯光下，他的眼睛闪烁出好奇的光芒。

“他说我可以保留自己的工作。”

“快告诉我吧！见鬼，别这么躲躲闪闪！”

她把头发弄得乱一点儿，感觉像个小孩子。

“你好像已经够忙了吧。”彼特拉只说了这么一句。

“你在那边，可以娶几个老婆？”山登故意大声说。

哈马德隔着桌子看了他一眼，摇了摇头。彼特拉感觉被激怒了，看了一眼西奥伯格。西奥伯格则竭力表现出不关心。贝拉·汉森则装作对狮子狗多长时间剪一次毛感兴趣。

“没错，一个在家里，今晚又套住两个新的。”山登接着说。

“别说了！”彼特拉喊起来。“别再用种族主义腔调说这种话。接下来大概要说到骆驼啦。”

山登伸手捂住嘴巴，装出尴尬模样，西奥伯格知道，其实他当真尴尬了。他用握紧的拳头轻轻砸了一下他的胳膊。

“要是你感兴趣，告诉你，我要离婚了。”哈马德一本正经看着山登说。

“哦，天哪！”山登说。“这事我不知道。抱歉。”

彼特拉和西奥伯格看着哈马德，露出一脸惊讶。

“但是贾马尔，你怎么原来什么也没说？”彼特拉问着，把一只手搭在他胳膊上。

“我猜，早上上班的时候，这种事不会首先脱口而出吧。”

“但是……”

“上个周末最后结束了。虽然悲哀，但事情就是这样。干杯。”

彼特拉的杯子放在原处没动，西奥伯格把哈达·罗森喝了一半的杯子递给她，好让她跟大家一道干杯。

几分钟后，山登说了几个笑话，把桌子周围的人全逗乐了，就连卢腾和米奇也笑了。声音嘈杂，两人谈狗经根本相互听不见。在山登引导下，大家交谈的话题一个接一个，人人都参加进来，情绪忽然比开始的时候更加热烈，大家谁也不愿离去。最后餐馆主人客气而坚决地请大家离开。这时已经凌晨一点半，其他客人早已散去。

星期日早上

这天早上，报童没来送报，西奥伯格感到失望，只好看昨天没时间看的《瑞典晚报》。他坐在餐桌旁，一边看报，一边吃早饭，还得照顾两个孪生儿子吃小块三明治，喝酸奶，避免他们制造卫生灾难。几个大点的孩子坐在电视机前，观看重播的昨晚的少儿节目。阿莎在洗淋浴。两个孪生儿子同时大嚼肝酱三明治顾不上说话，西奥伯格趁着半分钟的平静时光，迅速翻阅报纸。一个醒目的标题映入他眼帘：《聚会上，朋友惨遭杀害》，他连忙阅读那篇报道：

四十四岁的女子卡丽娜·阿霍宁·古斯塔夫森周五晚上在西格图纳区一处偏僻的庄园家中遇害。她丈夫出国旅行归来，晚上10点发现妻子被杀。她曾受到野蛮袭击，因刀伤致死。凶杀犯罪时间尚未确定，警方对犯罪者行踪也没有做出声明。

这篇报道的主要部分是采访记录，受采访的是个二流名人，是被害人的老熟人，她讲述了二十年前跟遇害女人的友谊关系。

克里斯多夫把一只胳膊肘伸进碗里，酸奶溅得到处都是。乔纳森见了大笑。西奥伯格只好放弃读报，赶紧应付两个孩子。一种挥之不去的忧虑让他腹部感到抽紧了，可他眼下既没时间也没精力，顾不得思索是什么打扰了自己星期日本来很好的心情。他吃完自己的饭，照料孩子们赶紧吃完，然后去刮胡子。

他站在镜子前，把剃刀贴到脸上时，注意到自己的手还没有完全恢复稳定。他又一次在凌晨惊醒，出了一身冷汗，心怦怦直跳，连忙走向卫生间，好忘掉刚才的可怕梦境。那个梦境可怕吗？梦的本身并不可怕，但他在其中的体验是可怕的。他感到其中有一两处让他惊心动魄。站在窗前的那个女人变成玛吉特·奥洛夫松的模样，让他开始怀疑自己的推理。天哪，阿莎是他生活中最美好的女人，什么也不能让他离开这个女人。其他女人根本不能与之相提并论，他全心全意爱着自己的妻子。

然而，那个梦境好像激发起他的性欲望，他觉得自己一次又一次渴望看到梦境中的那个人。玛吉特·奥洛夫松。这简直是病态。不过她相当漂亮，留着迷人的漂亮头发，这是无法掩饰的，不过她比阿莎胖，年纪也大得多。她有成年子女，甚至有几个孙子了。当然她有迷人的开朗性格，但他几乎没跟她交谈过。从外表上看，阿莎远远胜过她。然而，这个女人激发起他内心中无法言表的东西，那是引诱和温存，但是仍然让他感到战栗，感到不舒服。

哈马德接听西奥伯格的电话，得知他的发现后，感到十分欣喜。

"这正是我们说过的！"他嚷道。"我们知道是这样，从一开始就知道！你是怎么想到的？"

"那种方言口音。"西奥伯格说。"我注意到古恩·范纳伯格跟那天在电视上接受采访的警察有相同的口音。你知道，就是在卡特琳纳霍尔姆发生杀人案后的电视采访。那里有个女人让人淹死在水桶里。"

"口音？"

"我忽然想到，在调查中根本没提到过卡特琳纳霍尔姆这个城镇。另外，还出现了厄斯特罗克。我在地图上找到了卡特琳纳霍尔姆，这个厄斯特罗克就在附近！那地方是个小村子或小镇，在卡特琳纳霍尔姆郊外大约二十英里的地方。英格丽·奥尔森曾住在卡特琳纳霍尔姆郊外的厄斯特罗克，而不是斯德哥尔摩郊外的厄斯特罗克。汉斯·范纳伯格在那儿上过学，当时她当学前学校老师，这一点古恩·范纳伯格现在已经证实了。她先前没有提到这个城镇，因为她就是在那儿长大的，所以那不是她后来迁去的地方，而是迁离的地方。可以说，这一点填补了一个空白。我还去见过派娅·范纳伯格。她指认出照片上幼年时的汉斯。"

"哦，老天。你跟英格丽·奥尔森谈过这事没有？"

“没有。她随玛吉特·奥洛夫松一家去芬兰旅游了，没联系上。她预计今天要回家，所以我想，我们现在可以去跟她谈谈。今天是星期日，你能抽出身来吗？”

“当然能。我非常高兴去。”

这位年轻同事的激情让西奥伯格感到安慰，但他仍然没有完全赶走那种不舒服的心情。

昨天开始刮起的清新微风已经减弱了，但是短暂露过面的太阳再次消失在厚厚的乌云后面，大有乌云压城城欲摧的势头。西奥伯格绕了一段路，到阿斯塔区的亚森瓦根路一座公寓楼外面接哈马德，两人一起去了古老的安斯基德那所熟悉的老式木房子。

开门的是玛吉特·奥洛夫松。西奥伯格没有心理准备，露出尴尬的笑容，显得有点不得体。她愉快地跟他们打招呼，做手势请他们进屋。西奥伯格觉得她能看透自己的心思，不过，他感到自信，认为自己拥有合理的精神优势，便摆出高高在上的表情，好像很随意地对她关心已经出院的病人表示赞扬。玛吉特·奥洛夫松神采奕奕地表示感谢，告诉他们说，英格丽·奥尔森在楼上，正在打开行包。两位警察顺着一道狭窄的楼梯上楼，见那老妇人正坐在卧室的一把椅子上，不由感到惊奇。他们没看到她的拐杖，便认为英格丽·奥尔森在恢复期受到了很好的照顾。他们并没有期待会看到老人的微笑，不过她还是礼貌地跟他们打了声招呼，他们走进屋子时，她起身离开椅子站起来。他们坐在她床上，西奥伯格解释说，有两个问题需要她澄清。

“首先，”西奥伯格说，“我想知道，你先前说离开厄斯特罗克迁到这里，你说的是卡特琳纳霍尔姆郊外南曼兰的那个厄斯特罗克吧？”

“当然是。”她说。声音显得有点吃惊。“难道这还有什么不清楚的吗？”

“没有。”西奥伯格有点发窘，“我自己是个斯德哥尔摩人，便以为是这个城市郊外的厄斯特罗克。我承认自己粗心了。不过好在我们终于澄清这一点了。”

“难道这有什么重要吗……”

西奥伯格打断她的话，又提了一个问题。

“如果我理解得不错，你曾经在卡特琳纳霍尔姆一所学前学校当过教师？”

“对。那所学校名叫森林山。”

西奥伯格从上衣口袋掏出装着照片的那个信封，查找1968~1969年的照片。

“你认识这张照片上的人吗？”西奥伯格问。

英格丽·奥尔森接过那张照片，几乎伸直了胳膊，把照片放在远远的位置看。

“不认识了。天哪，准有四十年了吧。当然，我能认出我自己，但这些孩子我一个也认不出了。”

“不认识？”西奥伯格狐疑地问。

“根本不认识。”

她把照片翻过来，证实自己对这张照片的拍摄年代猜得不错。

“1968年。那可不是近在昨天。”

她的眼睛扫视着这张黑白照片，目光停在一个孩子身上。

“但是这个小姑娘我还记得。”她纠正自己刚才的说法，指着照片右上角的一个小姑娘。那小姑娘留着浅色辫子，面带微笑，身穿整洁的长裙。“我能肯定，她名叫卡丽娜·阿霍宁。”

西奥伯格心中一颤，拼命回忆着，不知在哪儿听到过这个名字，可他没想起来。

“真是个小宝贝。”英格丽·奥尔森接着说。西奥伯格头一回注意到这个老妇人流露出情感。“我记得，她唱歌的声音非常可爱，是个甜蜜可爱的孩子。”

“别的都记不起来了？”西奥伯格劝她想想，心里有一种不安的感觉。

“不行，记不起来了。”

“这孩子叫汉斯·范纳伯格。”西奥伯格指着照片中间的一个小男孩说。“他就是在你家厨房遭杀害的那个人。”

他盯住她的面孔，想看到她的反应。哈马德也紧张期待着。

“我不记得他。”她摇了摇头回答道。“他看上去像个顽皮的小家伙，我对他们这种孩子没耐心，我只能说这么多。”她说着撅起了嘴唇。

他们继续让英格丽·奥尔森辨认照片中的其他孩子，她都认不出，甚至对这个班级的任何事情都想不起来。他们觉得只好离开。虽然英格丽·奥尔森对这些孩子缺乏记忆让他们感到吃惊，也让他们的工作变得更加困难，但他们的理论得到了证实。

他们返回楼下时，哈马德把脑袋探到厨房里，用愉快的声音对玛吉特·奥洛夫松大声说“非常感谢你。再见。”西奥伯格在同事的遮掩下感到浑身发抖，嘟囔着说了声再见，并不朝她那个方向看。

他们离开阿克巴斯瓦根街，拐到对面一条同样富有诗情画意的街道上。“咱们现在怎么办？”哈马德在汽车里问。

“咱们得查明这些孩子的名字。去见见他们，看有谁能记起童年往事。你对英格丽·奥尔森有什么看法？”

“奇怪的女人。”哈马德说。“有人在她家厨房遭杀害，她似乎无动于衷，别说还是她过去的学生。他对这个受害者的唯一评论是说，他看上去像个顽皮的小家伙，她显然不喜欢这种孩子。就因为他在1968年的照片中看上去调皮捣蛋，好像遭杀害是活该他倒霉。什么都想不起来。嗯，只记得一个名叫卡丽娜·阿霍宁。这小姑娘显然是老师喜欢的小乖乖。你有什么看法呢？”

“的确让人产生这种印象。”西奥伯格嘟囔着，心里再次努力回忆，不知道是在什么情景下听到过那个名字。

他的手机响了。西奥伯格回话时已经 12 点钟，天变得明亮了，开始下起了大雪，但两个人谁都没留意。来电话的是西奥伯格的嫂嫂米娅。

“谢谢那天晚上的盛情款待。”西奥伯格说。“当时有点忙乱，不过十分愉快。游戏获胜最让人高兴。”

“那才叫好客嘛。”米娅玩笑道。但她的声音里有一丝严肃，很快便改变了话题。“听我说，科尼，我不知道这事是不是重要，不过我觉得还是马上告诉你更保险。”

“请讲。”

西奥伯格认真听他嫂嫂不太连贯地讲自己意识到的一个情况。

“礼拜五你问我，是不是了解卡特琳纳霍尔姆的那个女人。就是那个礼拜早些时候遭杀害的女人，丽丝洛特·尼尔森。”

“对，她怎么样？”

“你一定记得，我说过根本不认识她。她跟你的调查有没有关系？”

“没有。”西奥伯格不耐烦地说。“我不过是感到好奇而已。怎么啦？”

“这个嘛，你看……我不想让你觉得我又傻又大惊小怪。”

“没事，说吧。到底是怎么啦？”

西奥伯格感到一阵莫名的紧张，心跳不由加快了。

“上个礼拜五，这儿也有一个女人遭杀害了。”

“是吗？”

“那天我认出她了。是个四十四岁的女人，家乡是……报纸上说的不对，报纸上说她家乡是西格图纳，可我知道她原来住在卡特琳纳霍尔姆。她的名字叫卡丽娜·阿霍宁。”

西奥伯格猛踩刹车，也没先从后视镜看看后面。幸亏后面没车。他感觉自己的心跳骤然停止了，坐在车上抓着手机直喘气。哈马德紧张地瞪着他，不明白电话里到底在谈什么。

“喂？”米娅说。“还在吗？”

“多谢，米娅。”西奥伯格终于呼吸平静后说。“这是个无比重要的信息。我过会儿打给你。”

结束通话后，他把手机装进衣袋。哈马德仍然睁大眼镜望着他。

“这是怎么回事？”他终于开口问道。

“我不知道。”西奥伯格说。“我得想一想。”

“你把车停在路中间了。”哈马德提醒他。

“我知道。等一等。”

“得了快说吧！谁来的电话？”

“我嫂嫂米娅。她说卡丽娜·阿霍宁遇害了……”

“卡丽娜·阿霍宁？见鬼，她不正是那个老师宠爱的小乖乖！”哈马德喊起来。“她怎么知道的？”

“其实我也知道，只是没有把线索联系在一起。今天整个上午我都在为这事苦恼。”

西奥伯格现在似乎清醒了，恢复了正常语音，变得充满渴望。

“来自卡特琳纳霍尔姆四十四岁的汉斯·范纳伯格，两周前在他学前学校教师英格丽·奥尔森家中被杀害。昨天，她以前的学前学校同一个班的学生卡丽娜·阿霍宁遭杀害。前几天，来自卡特琳纳霍尔姆的另一个四十四岁女人丽丝洛特·尼尔森被杀害，我说过，是按在水桶中淹死的。你可以肯定，这个女人也在那张照片中。没准还有更多的人遭杀害。两个礼拜中三个四十四岁的人遇害，都来自卡特琳纳霍尔姆。贾马尔，”西奥伯格一字一顿地说，“我看咱们追踪的是个连环杀手。”

“你这是开玩笑吧？”哈马德想也没想就脱口而出。“连环杀手？你疯了！瑞典有过几个连环杀手？”

“不多，不过我坚信，咱们追踪的就是这么个杀手。”

还有别的受害者吗？他隐约记得读过类似的东西，但想不起是什么事了。还有更多受害者吗？现在，迅速采取行动至关重要。他从衣袋里再次掏出手机，拨打山登的电话，同时向哈马德下令，要他打电话找彼特拉·韦斯特曼和艾纳·埃里克松。山登接听西奥伯格的电话时，哈马德执行了他的命令。

“嗨，金斯，我是科尼。半个钟头后来办公室，事情有了突破。”

他立刻结束通话，接着给哈达·罗森打电话，留下同样简短的信息。然后他再次发动汽车，迅速开回警察局，哈马德向埃里克松和韦斯特曼通报召开紧急会议。

星期日下午

12点30分，他们六个人都聚集在厄斯格加坦路的警察局的会议室。谁也没表现出烦躁，就连通常总是阴沉着脸的艾纳·埃里克松也没表现出不耐烦。大家全都紧张地期待着，注意听他们果断的上司开始讲话。

“我们一直关注汉斯·范纳伯格与英格丽·奥尔森之间可能有联系，这一调查已经有了结果。”西奥伯格这样开了头。接着他讲述了最近的调查活动，直至今天的突破。

与会者们聚精会神倾听他的讲述，谁也没有插嘴。

“这个星期前几天，一位四十四岁名叫丽丝洛特·尼尔森的女人在卡特琳纳霍尔姆遇害。报纸报道称，她是让人按在水桶中溺水而死的。我们还没有证实那个事件与范纳伯格案的关联，不过，假如得到了证实，我不会感到惊讶。我还没有机会向卡特琳纳霍尔姆或者西格图纳的同行联系证实这一点，这次会议后，我要办的头一件事就是与他们取得联系。可能还有我们并不了解的其他受害者，更糟糕的情况是，可能还会有更多受害者，因此我们必须马上做出判断。总之，我相信我们要应付的是个连环杀手。”

西奥伯格讲完后，环视大家一圈，期待大家的反应和提问。头一个开口的是检察官。

“干得好，西奥伯格。正如你所说，这些调查结果让这个案子性质不同了。现在我们必须迅速采取行动，必须将焦点集中在这所学前学校的其他孩子上，识别他们，找到他们，不但要发出警告，显然还要找到罪犯，查明他的作案动机。我们还必须与不同地区合作，搞相关的调查。”

“报界呢？”山登说。“我们该向新闻媒体发布什么信息？”

“现在先什么也不发布。”西奥伯格回答道。“那会干扰调查的。

假如我们找到其他相关人员有困难，或许可以请报界协助，不过那是最后的手段，要等到需要时再考虑。”

“好吧，我们现在该怎么办？”哈马德问。

“为了抓紧时间，我建议，金斯立刻与卡特琳纳霍尔姆市的人取得联系，他们可以向我们提供那所学前学校的信息。我们需要所有那些孩子的姓名和住址。彼特拉，你跟人口统计局紧急联络，他们可以帮助我们了解这些人目前的信息。找到一个给我们一个，我们不能等到所有信息都收集完成。每找到一个人的信息，我们就尽快开始寻找。我联系卡特琳纳霍尔姆和西格图纳两地的警察局负责人，看他们截至目前了解到多少情况。艾纳和贾马尔待命，一旦我们抓住极细微的线索，马上投入侦查。艾纳，你联系各地区，了解上个月在瑞典有案底的所有杀人犯记录。贾马尔，你先为大家每人弄块三明治来。”

“你知道，我需要了解不断更新的情况。”罗森对西奥伯格说。

“会向你报告的。”西奥伯格做出保证，说着站起身。“大家听我说，现在要努力工作。等这事结束，会给大家补偿休息时间的。”

五把椅子一齐刮擦镶木地板，三名警官和一名检察官离开会议室，个个神情坚定。山登耽搁了一会儿，在西奥伯格肩膀上拍了一巴掌表示鼓励。

“你这种讨厌的直觉还真管用。不过你的网球球技可是一塌糊涂。”他笑道。说完也离开了会议室。

西奥伯格回到自己办公室，关上门。他还没坐下，就抓起电话拨打了他嫂嫂家的号码。接听的是拉西，两人愉快玩笑几句后，他请哥哥让米娅听电话。

“现在进展怎么样了？”拉西问，可他立刻把听筒交给妻子。

西奥伯格相信，拉西对这天早些时候的交谈内容十分清楚。

“快告诉我吧。”米娅说。“我好奇得要命呢。”

“我现在要对你说的事是高度机密。”西奥伯格说。“你千万不能对任何人吐露半个字。明白吗？”

“绝对没问题。”米娅说。

“我要查找的杀人犯跟你今天早上告诉我的情况有密切联系。显然也跟咱们上个星期五谈论的情况有关。我们好像在应付一个连环杀手，跟卡特琳纳霍尔姆有非常密切的联系。”

“哇！”米娅说。

“如果你不反对，可以为我帮点忙。是特别非正式的帮忙，你明白我的意思吗？”

“当然明白。”

“你要理解，警察一般不采用这种方式。但是，假如你有机会，我想要你为我做一点社会研究。毕竟你在卡特琳纳霍尔姆有人缘。”

“你想要我做什么？”

“你熟悉森林山吗？”

“当然熟悉，我小时候那是个学前学校嘛。”

“对极了。在1968到1969学年，那所学校的教师名叫英格丽·奥尔森。那个班的孩子中有卡丽娜·阿霍宁和汉斯·范纳伯格，就是我这个谋杀案的受害人。除了这两个人外，我还没得到那个班其他孩子的名字，不过将来会找到的。等我有了更多消息再与你联系。我想请你向周围的人们小心询问，了解那个班的孩子有什么特殊情况，他们的家庭社会情况如何，是不是有个孩子在某些方面与众不同等等。你明白我的意思吗？”

“我尽力而为吧。”

“不过咱们说的话千万别透露给任何人。”

“我守口如瓶。”

“好。我会与你联系的。”

西奥伯格接着拨打信息台，接通了卡特琳纳霍尔姆警察局。值班警官接听电话后，建议他与托斯腾森警长联系，但这位警官度周末去了。值班警官向他保证说，要告诉那位警长尽快给西奥伯格回电话。西奥伯格又以同样的方式与西格图纳警察局取得联系。完事后，他去走廊端回一杯咖啡，刚在自己的座位上坐下，哈马德就送来了当午饭吃的三明治。

肉丸三明治吃到一半，电话铃响了。首先打来电话的是西格图纳警察局的霍斯特警长。他听了西奥伯格的介绍感到非常震动，转而报告说，他们已经在犯罪现场找到了几乎肯定属于杀人犯的指纹。他还报告说，从杀害卡丽娜·阿霍宁的现场看，受害人曾受到野蛮折磨，头发被割断，死前还受过严重烧伤，最后喉咙被割断，现场非常血腥。西奥伯格保证说，与卡特琳纳霍尔姆警方交谈后，再与他联系。西格图纳警察同行提供的信息让他感到恶心，让他吃不下剩余的三明治。接着他坐了很长时间，分析听到的内容。

一切情况都显示，这是一宗报复杀人案。问题很简单：为什么？第一个杀人案受害人是汉斯·范纳伯格，现场看来更像是冲动犯罪，不过整个计划看来十分周密。后来，这个杀人犯似乎变得狂热了。根据他的了解，丽丝洛特·尼尔森是让无情溺死的，卡丽娜·阿霍宁被处死前受过残酷折磨。这些人做过什么事，该受到如此惩罚？罪犯准是个心理扭曲的人，有可能在幼年受过严重的虐待。他了解到，汉斯·范纳伯格以前是个顽皮的孩子。但是，难道他儿时的恶作剧真的那么严重，让一个人憎恨了他将近四十年，最后，竟然到了要谋杀他的地步？这个想法让西奥伯格感到眩晕。那种仇恨准是到了难以忍受的地步。他以前听说过，精神的创伤往往会在十年后回到心中。难道四十年后还会发生？难道这有可能是所谓“中年危机”失控的结果？

他的沉思再次让尖利的电话铃打断了。这次是卡特琳纳霍尔姆警察局的托斯腾森警长。西奥伯格再次讲述了自己的推理，但托斯腾森显然难以相信自己的耳朵。他一再问了同样的问题，似乎需要额外证实这位斯德哥尔摩同行的可信性，最后才相信了。接着，托斯腾森完整描述了丽丝洛特·尼尔森遭谋杀的详细情况。这个案子也有清楚的指纹可供追查。显然，这个杀人犯要么毫无经验，要么毫不畏惧，也许这两种情况兼而有之。正如媒体所报道的，丽丝洛特·尼尔森溺亡在一只水桶中，准确地说是溺死在她自己的洗脚桶中。按照托斯腾森描述，身体没有明显的受折磨迹象，不过西奥伯格有一种明确的感觉，认为受害人遇害前受到的精神折磨无疑同样痛苦。验尸报告并没有说明受害人被按到水下的次数，不过西奥伯格根据了解到的该杀人犯的作案手法，可以假定受害人溺亡前曾受过长时间一再溺水折磨。难道杀人犯幼年曾受过类似的对待？

西奥伯格离开自己的办公室，去找山登。山登正在与卡特琳纳霍尔姆市进行电话联系，已经联络了好几位度周末的人员，那些人停止休假，正在翻阅旧文件。此时，他只好等待。

接着，西奥伯格去找韦斯特曼。她刚刚与国家档案馆的人取得了联系。西奥伯格进门后，她按下了电话的免提按钮。接听电话的女子爽快地答应帮忙，通报说要在中央资料库查找，在斯德哥尔摩地区目前有记载的信息中找到相关个人的信息。她不能在当地记录中查找，不过她提供了当地相关税务机构人员的电话号码。她还提出，可以联络卡特琳纳霍尔姆和诺克平的相关人员，以便找到正在查找的一些人。

西奥伯格急不可耐，沿着走廊到了埃里克松的办公室门外敲门。埃里克松正在计算机上翻找旧的国内报道，西奥伯格跟着看了一会儿，觉得晕眩。

“发现什么情况没有，艾纳？”他把目光从闪烁的屏幕转向自己的同事。

“没多少。”埃里克松回答。“我正在等全国各地警方的回音，与此同时我在网上查找。找到的东西都打印出来，不过还没有看出这些是不是有价值。要是你有兴趣，可以到外面的打印机上看。”

西奥伯格对艾纳·埃里克松忽然用生气的口吻说话感到有点惊讶，出来走进文印室。打印机上印出十多份报纸的摘录，他站在打印机旁边，开始浏览印出的内容。一页页黑白打印件揭示出一系列悲剧人生：纳卡市一个种族主义杀人犯在香肠贩卖车前作案；谢莱夫特奥市因公寓受打扰而引发了持刀搏斗；马尔摩市一个“地狱天使”组织的成员在一次聚会上遭毒打致死；伯特拉斯克市一个女人被勒死，凶手是嫉妒心重的前男友；一个波兰籍草莓采摘者失踪，尸体在安格曼兰市被发现；斯德哥尔摩市中心，一名有三个孩子的塞尔维亚人在餐馆遭枪杀；装在塑料袋中的一具无名尸体漂浮在埃德斯维肯湖面上，尸体上有多处刀伤；在一节地铁车厢里，一个十九岁男孩遭一伙光头青年持刀捅死。

打印机开始嗡嗡作响，西奥伯格拿起新打印出的一页，内容正是他冥思苦想的那条新闻，那是一周前的新闻报道：一个有三个孩子的妓女在斯卡霍门公寓中遇害。假如遇害的妓女还年轻，也许不会引起轰动，但引起西奥伯格关注的是她的年龄，她也是四十四岁。他再次阅读那篇报道不禁感到沮丧，她遇害前也遭受过折磨。

他正要离开文印室去找山登和韦斯特曼，把自己的发现告诉他们，忽然，机器又一次嗡嗡响起来，这一次是接受传真。他停下脚步，等待机器完成打印。整整一页缓缓印完——他终于拿到了汉斯·范纳伯格那个学前学校同班同学的名单。他快步走向山登的办公室，进门时，山登刚与卡特琳纳霍尔姆市的官员通完一个电话。两人把韦斯特曼叫来，三个人围着看那页梦寐以求的文件，西奥伯格害怕的事情马上得到了证实。除了汉斯·范纳伯格，名单上有卡丽娜·阿霍宁和丽丝洛特·约翰森，西奥伯格相信，她后来与尼尔森结婚后改姓丈夫的姓氏。名单上还有另外二十个孩子的名字，但他们都不熟悉。

“连环杀手。”山登叹了口气。“我还从来没见过这种情况。”

西奥伯格把埃里克松准备的打印件放在两位同事面前。

“你们看看这个。艾纳的工作真是富有成效。”

“奇迹总是接连不断。”山登嘟囔着说，不过西奥伯格假装没听见。

“一个多星期前，斯卡霍门的一个妓女在自家公寓中被勒死。这个女人有三个孩子，现年四十四岁，遇害前曾受折磨。”

“马上给斯卡霍门打电话。”山登说。

“我去办。我们让艾纳继续研究报纸内容，你们两人和贾马尔开始办这事。我去打电话，完事后回来。”

离开这间办公室的时候，他确信，接下来的工作会突飞猛进，问题是这案子是不是到此就不再发展了。不到两个星期内，三个四十四岁的人确认遭谋杀，也许是四个。现在，至关重要的是马上奔赴现场采取行动，预防进一步发生流血事件。

斯卡霍门警察局听了他介绍的情况也惊讶不已。他们向他通报了遇害女人的姓名：安—克莉丝汀·维德尔，不出所料，她也是出生在卡特琳纳霍尔姆，结婚前姓安德森。他们向他详细介绍了那场野蛮谋杀的情况。这番介绍让他得到个明确的印象，觉得这次暗杀比前三次更加野蛮残忍。这个女人被捆缚在床架上，也许强奸过，不过考虑到这个女人的职业，这一点很难确定。后来头发甚至眉毛都被割去，皮肤用香烟头烧过，阴道用剪刀戳伤，最后被勒死。西奥伯格清楚，当务之急是找到并逮捕这个疯子。

四个小时后，斯德哥尔摩登记机构的那位女工作人员联络了各地税务机关人员，在大家的帮助下，他们终于找到了 1968 ~ 1969 学年英格丽·奥尔森任教的那个学前学校所有孩子的地址。

伊娃·安德森，卡特琳纳霍尔姆市斯贝柳加坦街 9 号

彼得·布罗曼，卡特琳纳霍尔姆市龙加坦街 7B

卡丽娜·克利夫顿，哈革士坦市胡撒比瓦根街 9 号

厄班·埃德林，哥德堡市哈格利克加坦街 18 号

苏珊娜·斯约·埃德文森，斯德哥尔摩市西贝柳加坦街 46 号

斯塔凡·埃克隆德，泰比市洛克瓦根街 57 号

安妮特·格利普，斯帕勒霍尔姆市文萨普庄园

卡丽娜·阿霍宁·古斯塔夫森，西格图纳市斯托拉别墅

肯特·哈格伯格，卡特琳纳霍尔姆市艾德罗兹加坦街 9 号

卡塔莉娜·哈林纽斯，松德比贝里市洛兹约瓦根街 1A

利娜·哈玛斯蒂希，卡特琳纳霍尔姆市斯科纳葛楚兹街 27 号

斯特凡·海克维斯特，诺克平市阿姆斯塔加坦街 6 号

古尼拉·卡尔森，挪威奥斯陆市帕尔伯格路 23 号

托马斯·卡尔森，斯德哥尔摩弗莱明戈坦街 26 号

简·拉森，萨尔兹约布市克隆瓦根街 3 号

余卡·曼塔利，卡特琳纳霍尔姆市萨默加坦街 25 号

丽丝洛特·尼尔森，卡特琳纳霍尔姆市瓦拉瓦根街 8 号

克里斯特·斯普林菲尔德，隆德市桑南瓦根街 10K

玛丽塔·萨利莱农，卡特琳纳霍尔姆市亚嘎加坦街 21A

伊娃莱纳·萨维克，诺克平市朱普桑德加坦街 24 号

安妮卡·索德龙，卡特琳纳霍尔姆市哈加伯格北别墅

汉斯·范纳伯格，安斯基德花园特拉兹克利瓦根 46 号

安—克莉丝汀·维德尔，斯卡霍门市埃克霍姆瓦根街 349 号

这些人中四个已经死了，八个仍然住在卡特琳纳霍尔姆和外围地区的家中，六个住在斯德哥尔摩地区，两个在诺克平市，根据登记，其余三个在哥德堡市、隆德市和挪威首都奥斯陆市。

西奥伯格与其他涉案地区同行达成协议，立刻联系曾在这个学前就读的斯卡霍门居民；卡特琳纳霍尔姆警方照看他们的那六个居

民外加住在诺克平的人；西格图纳警方暂不活动。奥斯陆、隆德和哥德堡在目前的调查中暂不优先考虑。西奥伯格有一种强烈的直觉，认为可以在斯德哥尔摩找到这个家伙，因为最初遇害的两个人在斯德哥尔摩，而且英格丽·奥尔森住在这里。他虽然不能肯定，但他认为，杀人犯也在斯德哥尔摩。鉴于这种情况，奥斯陆、隆德、哥德堡看来距离太远，目前还用不着采取行动。

鉴于大家认为嫌疑人非常危险，便决定警察要结伴拜访名单上的人，而且要佩带武器。西奥伯格要与一位斯卡霍门的同行去泰比市做上门拜访，山登和埃里克松要结伴去萨尔兹约布，哈马德和韦斯特曼前去弗莱明戈坦街。

这天已经是星期日，明天要上班，又要面对现实，面对孤寂。那是真正的孤寂，是在与其他人共存下的孤寂。他偶然想到了不久前开始在收发室工作的年轻女人索菲。她身体极为肥胖，如今这似乎无关紧要了。但是，在他年幼的时候，一个姑娘长成那样就简直不值得活下去，托马斯出于本能为她感到遗憾。

她第一天上班那天中午，吃午饭排队时，她碰巧排在他后面。他为自己挑选的生菜布丁付款后，端着托盘走向自己平时坐的位置，在能坐 16 个人的长桌尽头。让他奇怪的是，那女子跟他走来，脸上挂着友好的微笑，问能不能坐在他对面，他自然不反对。但是，她还没放下餐盘，一位名叫布里特玛丽的工友就走来，态度友好地把手搭在她肩上，问她是否愿意跟他们坐在一起。托马斯知道，他们是收发室八到十个人结成的团伙，午饭时通常在远处一张桌子上聚在一起。他们从来不邀请托马斯。这一次，布里特玛丽甚至不肯赏光朝他多看一眼，但他很清楚索菲心里是怎么想的。布里特玛丽受到工友邀请感到荣幸，也觉得好奇，她感谢邀请，端着餐盘跟着走向他们那张桌子。她离开前扭头问托马斯，是不是愿意跟其他人聚在一起。他欠身准备离开椅子，忽然又改变了主意。“不啦，我向来就坐这儿。”他回答的模样显得很傻，索菲轻轻耸了耸肩膀。他们毕竟从来没说过什么话。他常常见她跟其他工友谈得十分热烈，不过只要他露面，他们马上压低声音，变成耳语了。

回家后，他至少有电视、书籍、报纸做伴。电视中的愉快声音和欢笑尤其能让他从床上爬起来，带着他在世界上漫游，看到别人家的起居室。他热爱家庭秀节目，其中有歌唱，有游戏，有观众的喝彩，有节目主持人的插科打诨，还有身穿闪亮服装的漂亮演员。看着电视，他会忘记自己的孤寂。他们从电视中盯着看他的眼睛，直接对着他讲话。真实生活中的人难得这么做的。他们似乎难得注意到他那点小小的自我意识。

马上就要重播“老同学聚会”节目了。一个知名人物多年后要再次见到他的同班老同学，与同学中的另一位知名人物面对面。托马斯觉得，同班老同学再次坐在一起的感觉非常好，大家回忆起以前上学时的种种乐趣，全都兴致勃勃。是不是每个班都有一个像他这样的人？也许不是。没准他在这方面是独一无二的。他绝对不在“老同学聚会”这种节目中露面，再说，谁也不会想念他。大家甚至不会记得他曾经在他们班上过学。但是，他记得所有同学，记得学前学校的所有孩子。他可以坐在那里看着同班同学的照片，毫不迟疑地说出每个人的姓名。可他敢肯定，他们谁都认不出他。真的很奇怪，当时他是个出众的孩子，是个大家都注意的孩子，他的步态最滑稽，身上穿的衣服最难看，说的话最傻，踢足球表现最差，也是所有男孩中身体最瘦弱的。

那个电视节目还没有开始，他便观看三分钟的新闻节目。忽然，一张面孔再次对着他微笑。那是一张晒成古铜色的微笑面孔，留着一头浓密的金色卷发。

“四十四岁的空中乘务员卡丽娜·古斯塔夫森，”新闻主持人说，“星期五晚上在西格图纳郊外的家中遭杀害。”

“古斯塔夫森？”托马斯喃喃道。“卡丽娜·阿霍宁……”

“她遇害前曾受到暴力攻击。”主持人继续说道。“警方称，受害者曾饱受折磨。作案嫌疑人仍然在逃，但是调查组已经掌握了证据，希望在未来几天将罪犯抓捕归案。犯罪动机仍未查明，不过警方认为，由于犯罪过程野蛮残忍，可能属于仇杀。”

接下来播放的是犯罪现场的一些图像，也有对警察局发言人所做的现场采访。

一阵不安像浪潮般涌上他心头，他忽然感觉到自己浑身没有一点儿力气，几乎像是麻痹了，好像脚下的大地忽然开始崩裂。他得采取点行动，不能只是坐在这里等待。他的两眼茫然地在电视和电视机后面冷冰冰的布纹面白色壁纸之间来回漂移。他低头看了看双手，只见两只手在颤抖。他的耳朵随着脉搏嗵嗵直响。他头一次感到害怕了。他不记得上次害怕是多久前的事了。既然已经在社会的最底层挣扎，就没什么可害怕的。凡是能影响他的各种不幸，都已经沉入悲惨生活的洪流中了。但是现在，他的心让恐惧紧紧抓住了，恐惧中他有一种行为的冲动。这时候，他决定，从他过去的影子中寻找另一个人。

忽然门铃响起来。他吃了一惊，从床上跳下，好像被炮弹击中一样。他没谨慎考虑就打开了门，门还没有全打开，他就后悔了。星期日晚上什么人会来找他呢？他心里完全清楚，自己不想跟任何人交谈。但现在已经太晚了。身穿便服的一个男人和一个女人站在门口，手里举着警察证。他怎么会如此愚蠢呢？

“我是哈玛比警察局反暴力犯罪处的警探助理彼特拉·韦斯特曼。”那女人用权威口吻介绍说。

“我是警探助理贾马尔·哈马德。”那个男人说。

托马斯什么也没说。他两眼呆望着来人，惊得发不出声音。

“我们在找托马斯·卡尔森。”女人说。“是你吗？”

托马斯静静站了片刻，只用眼睛瞪着他们。

“是的。”他终于回答，可他的声音细微，好像是从牙缝发出的。

整个周末他都没说过一句话。他清了一下喉咙，结果把脸憋得通红。

“是的。”他重复道。这次自我控制得比较好。“是我。”

他真想找个地洞钻进去，可他站在那里动不了，两只手在发抖，目光漂移不定。

“我们能进来吗？”男警官表情庄严。

托马斯没有回答，只是倒退几步，好像在执行一道命令。在他看来，任何人的话听上去都像是对他下命令。两位警官走进狭窄的门厅，用怀疑的目光环视一圈。那女人进门后把门关上。

“首先，我们想要了解你在以下这几天当中都做了什么。”女警官说。

她列出许多日期和时间，但托马斯无法集中注意力听她的话。不过他机械地做出了回答，连他自己也感到奇怪。

“我在家待着。”他说，两眼望着门厅的擦脚垫子。“不是在家就是在上班。”

“奇怪你知道得这么清楚。”女警官说。“请原谅，不过你这么脱口而出让人感觉不是特别可信。是不是最好看看你的日程表？”

“我没有日程表。”托马斯露出羞愧神色。“工作日早六点到下午四点，我不是在上班，就是在上班或回家途中。其他时间我都待在家里。周末我从来待在家里。”

就这个话题双方交谈了几句，托马斯结结巴巴做出回答，最后重复了同样的话。

“有谁能证实你说的这些信息吗？”男警官问。

“这个嘛，工作的时候准有人知道，我从来都在班上……”

“其他时间呢？”

“我看我回家后很难证明我自己在家。”

“你什么人都不见吗？”

“不见。”托马斯承认。“我大多数时间是独自一人。”

“大多数时间？”

“我该说是从来。我从来是独自一人！”托马斯忽然提高声音，十分清晰地回答。他自己也不知道为什么会这样。

两位警官匆匆交换一个眼色，女警官在一个小记事簿上书写。

“你们为什么问我这个？”托马斯问。

“我们可以到屋里看看吗？”男警官问。

托马斯点了点头，带头走进厨房。女警官待在门厅里，认真在记事簿上做笔记。他们在厨房桌子旁坐下，托马斯无奈看着自己的双手。这双手好似脱离了他的控制，在他腿上不由自主地乱跳。

“你没有家人？”警官问。

“没有。”托马斯回答。

“你能说说自己的事吗？”

托马斯觉得这位警官态度友好，不过他的两眼十分警觉，在环视他厨房的个人物品。门厅里一点儿声音也没有。难道他的事有很多值得记下来的吗？

“说说好吗？”男警官重复道。

托马斯不敢正视他的眼睛，再次清了清喉咙，结结巴巴说，自己的生活乏味，没什么好说的。

“说说学前学校吧。”警察鼓励他。

托马斯心里彻底冷了。

“学前学校？”

“对。我想了解你上学前学校的情况。”

“我不知道。学前学校？那是很久以前了……”

“你在那儿愉快吗？跟什么人玩耍？当时跟什么人接触吗？”

“接触？不，没有接触。”

托马斯双手绞在一起，两只手的手心都出汗了。他该怎么说？对警察说谎是不愉快的，但是又不能用词语描述真相，那个真相就像一条灰色的毯子，覆盖着他的全部生活。

“我必须请你回答我的问题。”警察用命令口吻说。那声音像刀子一样割向托马斯的耳朵。

“童年时代……是个美好的时间。上学前学校有乐趣。我们画画儿……做游戏。跟我玩耍的孩子……不行，我记不得了。”

“你为什么不看着我的眼睛？”警官问，这时口吻不再友好了。“你不是在对我撒谎吧？”

“撒谎？没有。跟我玩耍的孩子有……有个小女孩名叫卡塔莉娜。”托马斯说了个谎。

他们从来没在一起玩过，在他记忆中，他们甚至从来没说过一句话。但他该怎么说呢？

“我要取你的指纹。”这位警官说着，把一盒像印台一样的东西放在他面前。“所有手指，每个手指在这个框里按一下。”

他指着一张纸上十个印刷的方框说。托马斯把一只手放在桌子上，那警官接触了一下他的手，但立刻把自己的手缩回去了。托马斯的手汗水淋淋，脸再次涨红了。他的耳朵听到嗵嗵的脉搏声，心里真希望他们赶紧离开，让他独自静静待着。不过他顺从地伸出手指，一个个在印台上蘸一下，然后在那张纸粗糙的表面上压下。

托马斯觉得，自己想要放声痛哭，感觉喉咙里有一团痛苦的东西在哽噎。他什么都没说，尽量看着警官的眼睛，这时，那双眼睛几乎充满了威胁神色。

“过去两个星期中，你那所学前学校的同学中，有四人遭杀害。”警官接着说，“我们有理由相信，你处在危险之中。为此，我们请你保持警惕，别让陌生人走进你的公寓。我们的公务结束了，不过我们会与你保持联系的。”

警官站起身，在托马斯背上轻轻拍了一下。很难说这一巴掌是表示友好，表示同情，还是威胁。但让警官接触的感觉一直不曾消散，仿佛他把自己烫伤了似的。他坐着没动，直到他听到两个警官离去，关上外面的门，这才站起身，脚步蹒跚走进卧室，躺在床上。他躺在床上长时间啼哭，等到紧张终于过去，他一动不动和衣睡着了，姿势就像母亲肚子里的胎儿。

星期一上午

星期一早上八点钟，调查组全体聚集在会议室，讨论星期日晚上的工作。哈达·罗森和加布里埃拉·汉森也到会，他们在卡特琳纳霍尔姆、斯卡霍门和西格图纳的同行通过电话参加会议。大家心怀期待，保持着沉默，不时有人打个哈欠。韦斯特曼设法捕捉罗森的目光，最后终于捕捉到了，可他的目光中没有任何表示，也没有透露心中的想法。最后，西奥伯格开始讲话。

“欢迎大家参加这次会议。我是哈玛比警察局的警长西奥伯格。大家讲话声音要响亮清晰，因为这是个电话会议。你们都能听到吗？卡特琳纳霍尔姆警察局、西格图纳警察局、斯卡霍门警察局？”

桌上的喇叭发出几个刺耳的声音，远处的同行做出肯定回答。

“首先，我希望哈玛比地区以外的同事已经通过快递将所有需要的指纹寄往斯德哥尔摩了。”

这一点得到了确认，这天早上汉森就能在实验室收到这些指纹文件。

“其次，我建议，我们按顺序逐一讨论名单上的人，请具体负责的警官报告昨晚发现的情况。大家同意吗？”

没有人反对，与会人员按名单顺序，逐一提出口头报告。名单上的每个人都有警官介绍。最后发现，几乎所有人都在家。那年在英格丽·奥尔森那个学前班就读的二十三个人里，四个当然已经死了。没有派人去联系住在哥德堡、奥斯陆和隆德的三个人。有两个仍然在卡特琳纳霍尔姆登记居住，还有一个住在斯德哥尔摩，但这三个人联系不上。总之，前一天晚上有十三个人受到询问，六个人没有找到。

警察询问过的人绝大多数完全是普通人，对警察访问的反应与预料相同，似乎毫无隐瞒。有几位对学前班时期有零散的记忆，但大多数受到提问时记不起那段往事或只有极少的记忆。一直住在家乡的几个人仍然认识同学或了解同学，但是谁也记不得曾经上过同一所学前学校。

住在卡特琳纳霍尔姆的一个男人是个酒鬼，这人名叫彼得·布罗曼，住在龙加坦街。警察进他家时，有二十多个人在他家公寓开派对。警察上门不受欢迎，发生了打斗，幸亏谁也没有受伤。这个人常有小偷小摸行为，还有其他类似的违法行为，不过从来没有暴力犯罪。

顺着名单谈到托马斯·卡尔森，哈马德起初代表他自己和韦斯特曼发言。

“托马斯·卡尔森对我们的访问反应非常奇怪。他一时表现出惊恐，过一会儿又浑身瑟瑟发抖，浑身冒汗，回答语无伦次。理解和回答我们的问题显得很困难，不敢看我们的眼睛。我们离开前，他好像要开始痛哭。开始，他说完全记不起那所学前学校，但是后来，他又说，以前曾经跟一个名叫卡塔莉娜的孩子玩耍过。他说的一定是哈龙伯根的卡塔莉娜·哈林纽斯。”

“我们还没有联系上她，一旦联系上，要与她证实这一点。”山登插话说。

“我的感觉是他在撒谎，”哈马德继续说，“但还不仅仅有这种感觉，他这个人就像……真的很怪，你觉得呢，彼特拉？”

“这人的确很怪。”韦斯特曼说。“我看他脑子不是很正常。我真有这看法。”

“而且他一个朋友也没有。”哈马德说。“没有家人。没有人能证明发生谋杀案的时候他在哪儿。他在接受提问时几乎惊叫着说：‘我从来是独自一人。’”

“这人有工作吗？”西奥伯格问。

“他在耶尔费拉一家公司的收发室工作。我们要去询问一下那里的人对他有什么看法。总之，这个托马斯·卡尔森是个非常古怪的人。”

“我们取了他的鞋底印。”韦斯特曼说。“他在门厅只有一双鞋，几乎没有其他财产。他的公寓房里简直是家徒四壁。墙上没有挂照片画片，窗台上没有花草，窗户没有窗帘，什么都没有。虽然有几样家具，但仅仅是生活必需品，只有几本书和几本杂志。此外什么都没有。”

“他看上去是个危险人物吗？”西奥伯格问。“有杀人可能吗？”

“绝对没有一丁点儿危险性。”哈马德回答道。“恰恰相反，他给我的印象是吓得要死。有杀人可能吗？我怎么知道他心里在想什么？恐惧可能是杀人的原因。我说不准。”

“好吧，反正他看来有嫌疑。我们要等汉森对指纹和鞋底印的分析结果。与此同时，我们要继续核查其他人，西格图纳警察局要与奥斯陆、隆德和哥德堡取得联系。现在咱们休会。多谢各位。”

西奥伯格宣布电话会议结束，汉森收集起与会警官们前一晚取得的指纹。韦斯特曼老练地取得了鞋底印，这时也跟着汉森去实验室。其余警官和检察官罗森在会议室多待了一会儿。

“现在，我们还得等几个钟头，贝拉才能从实验室送来最初的化验结果。”西奥伯格说。“我建议，埃里克松根据犯罪记录对比这些人，看看能发现什么结果。韦斯特曼再拜访一次英格丽·奥尔森。既然我们有了她当时所有学生的名字，没准能让她唤醒早已休眠的记忆。一个个介绍她当年这些学生，设法让她想起那年发生的一些事情。哈马德和山登继续调查剩下那个人，就是哈龙伯根的卡塔莉娜·哈林纽斯。”

“对这个托马斯·卡尔森，”罗森说，“我们难道不该派两个人盯住他吗？”

“我觉得现在还为时过早。”西奥伯格回答。“我们等实验室出来结果再做决定。我们对他什么都不了解。也许他只是胆怯，不自信。”

罗森表示赞同。会议结束了。彼特拉再次试图接触检察官的目光。检察官头也没抬，收拾自己的文件。等到会议室只剩下检察官和彼特拉两人，他默默看了她几秒钟，开口说：“眼下的事情更重要。做你的工作吧。5点钟来办公室见我。”他的表情和声音丝毫没有表露心中的想法。

第二天早上，他醒来后，一时拿不准自己身在何处。梦中，他在一条长长的码头上步行，码头下面想来是水，但由于浓雾遮盖，什么也看不见，而且那浓雾像浓烟一样冒上来，把他包围其中。好像当时暮色已经降临，感觉寒冷，他身穿红色棉衣、滑雪裤，脚上穿一双有蓝色花边的黑色滑雪靴，显得有点笨拙。他每喘一口气，鼻孔都喷出气雾。只听到身后有孩子们的声音。浓雾中他们看不到他，但知道他在哪儿，他们的声音越来越近。脚下的码头特别长，他走啊走，怎么也看不到尽头。忽然，他脚下什么都没有了，踩了个空，跌落下去，两条胳膊乱舞，落入湿漉漉冷冰冰的空虚中。他睁开眼睛，惊奇地发现已经是大白天。他静静躺了一会儿，慢慢恢复对现实的感觉。梦境渐渐消逝，他这才发现，自己是和衣躺在被子上。屋子里的灯都亮着，没有拉上窗帘。他一动也不动，甚至不去看时钟，就这么长时间躺着，感到浑身彻底放松，心里在审视着自己。

最后，饥饿袭来，肚子咕噜噜闹着要吃早饭。他伸了个懒腰，在床边坐起身。窗外已经大亮，他上班会迟到的。没关系，他反正不准备去了。今天，他要去看一个很长很长时间没见过的女人。只要想想这事，他肚子里就像坐过山车一样翻腾起来。

那个女人在湿漉漉的人行道上脚步迟疑地步行，好像在等待什么事，也好像每走一步脚就疼一下。她不时停下脚步，用一只脚踩踏一下落在地上的枯叶，或者踩踩已经变成黑色的小片积雪。这些散落的小雪片让人想起昨天冬季已经降临。她竖起衣领抵御寒风，一只手提着个小皮箱，另一只手深深插在外套衣兜中。她穿过那道熟悉的黑色铁门，停下脚步，长时间站在那里，仔细窥视长满果树的大园子。虽然这时已经到了中午时分，门外的灯光仍然亮着。这所旧房子周围环绕着高大浓密的树篱，不过看上去仍然亲切温暖。她再次迈开脚步，用同样缓慢的脚步走去，不过并没有走多远。走出五十码后，她转身缓缓走回到铁大门，再次站在那里思索起来。

托马斯紧紧跟踪着她。他多年没见过她了，不过这没什么差别。他很快会鼓起勇气走过去，做自我介绍，不过，他得先观察她一阵子。

他隐蔽得很好。这时蹲下来藏身在一辆汽车后面，即使那女人意外朝这个方向看，也根本不会看到他。她又踌躇地转了好几回身子，终于吃力地推开沉重的铁门，踏上通向房子的卵石路。托马斯蹲得两腿酸困，这时从藏身的地方站起身，穿过那条小街，毅然顺着人行道朝那扇大门走去。他正要低头躲过低垂的树枝，忽然听到身后有汽车发动机的声音。他灵活地转身看那汽车，却惊奇地发现，驾驶汽车的正是昨晚见过的那个女警察。她降低车速，开到他身旁，摇下车窗玻璃。昨天感到过的恐惧再次回到托马斯心头，他不由自主拔腿就跑。

彼特拉·韦斯特曼正开车驶往英格丽·奥尔森在斯德哥尔摩安

斯基德老城区的住宅，担心着这天下班前去哈达·罗森办公室会听到他的什么说法，心里对他的反应完全没底。他不是那种有话直说的人，只有在他大发雷霆时是个例外。他要么会向纪律审查委员会建议给她个警告处分，要么会接受她的要求逮捕佩德尔·弗莱克。两种可能性都能让她紧张得想咬指甲，虽然她并没有咬指甲的习惯。另外，她肚子不舒服，这天上午比平时一整天去厕所的次数都多。

她开车拐上景色如画的阿克巴斯瓦根街，一时把焦虑抛在脑后，心想，将来自己能住在这种地方该多好。一所带有成熟园林的漂亮老房子，墙上爬满了藤本月季，园子里有一片可供主人摆弄的菜地，还有一片能让狗儿到处奔跑的草坪。要是她有了孩子，还可以让孩子在草坪上嬉戏。这里还有好邻居，可以一道坐在果树下喝葡萄酒，也可以组织烤肉聚会，打打门球。在11月份，园子里一个人都没有，显得空荡荡的，但是到了春天和夏天，这地方会充满活力，这是毫无问题的。人们身穿夏装，孩子们踢足球，在小巷里跳绳。

忽然，她看见一个人蹲在人行道上，这人的面孔有点熟悉，但她还没来得及想出是怎么认识他的，这人便转身面对着她的汽车，望着她的眼睛。是昨天见过的那个人。是托马斯·卡尔森！他来这个居民区做什么？她本能地把车靠过去，摇下车窗玻璃。没等她开口说话，他忽然拔腿就跑。她跳下汽车尾随他跑去。他在前面十五到二十码，她想也许该开车追赶，但这时已经来不及了！他沿着街道飞跑头也不回。虽然他是个男人，但她身体素质好，一直是赛跑选手。尽管身上衣服笨重，但她已经开始缩短与他的距离。至于赶上后该怎么办，她还拿不准。她把军用手枪留在警察局的柜子里，因为她并没有得到携带武器拜访英格丽·奥尔森的命令。她有一副手铐，不过留在没有警察标记的汽车工具箱里，她现在怎么能拿到那副手铐呢？

没等跑到山丘最高处，她就赶上他了。她扑向他，把全身重量都压上去，他脸朝下倒在湿漉漉的沥青路面上。她跨骑在他身上，把他的双臂扭在身后。她拼命喘息片刻，这才从口袋中掏出手机，拨打西奥伯格的号码。没等她听到信号音，西奥伯格便接听了。

“是彼特拉。”她气喘吁吁冲着电话喊。“我在英格丽·奥尔森房子外面抓捕到托马斯·卡尔森。需要增援，要快。”

说完她结束通话，把手机塞回衣袋。

“你被捕了。因涉嫌杀害汉斯·范纳伯格、安—克莉丝汀·维德尔、丽丝洛特·尼尔森和卡丽娜·阿霍宁·古斯塔夫森。不许动，乖乖躺着。听明白了吗？”

托马斯什么也没说，丝毫也没有动，但是泪水顺着他脸颊淌下，他感觉到沥青路面的冰凉顺着脸上的皮肤向全身蔓延，挤向他的心田，到头来他自己仿佛变成了一小片寒冷的冰。

十二分钟后，他戴着手铐，浑身冷得发抖，坐在一辆警车后座上。

星期一下午

西奥伯格坐在办公桌后面，面前摆着一片三明治。吃这一点点可怜的午饭过程中，又一次遭遇了艰难时刻。有几位警官这时正开着车在城里跑，后座上带着个连环杀人嫌疑人。这个人四十四岁，从来没有犯过案，从来没有触犯过法律，在任何方面的表现都不突出，一向在国王岛区的一所小公寓里过着平静孤寂的生活。他从来按时付账单，从来与社会当局或精神健康系统无涉，却涉嫌多达四宗残酷虐杀罪。

这让人深感惊讶。到底发生了什么事，竟然激发出他内心中如此强烈的阴暗面？那些受害人很可能自孩提时代后就从未谋过面，而且当时还是非常幼小的孩子。

西奥伯格得知逮捕嫌犯的消息，为韦斯特曼派出增援，然后打电话叫山登和哈马德从哈龙伯根返回。这两位仍然在寻找名单上唯一没找到的人。这时，他们估计在车上，正在返回警察局，要为初审托马斯·卡尔森做准备，对他的指控是涉嫌杀人。西奥伯格在尚未面对卡尔森时，态度十分坚决，但如果卡尔森声称自己出于恐惧和紧张，他拿不准该如何处理。也许他们该请个心理学家？不，这种事先不忙。现在的主要矛盾是防止更多的人受害，要保证逮捕的人确实是那个罪犯。

电话铃又一次响起。整个上午他都在应付洪水般涌来的电话，来电的是全国各地参加调查的同行、想了解范纳伯格案调查进展的记者、检察官、警长等等。这次，他依然尽职地接听了电话。结果打来电话的是他嫂嫂米娅。

“我按上次咱们说的，做了一些研究，现在得到一点儿信息，我想你也许会感兴趣。”

自从彼特拉·韦斯特曼上气不接下气要求增援后，西奥伯格经历了一阵混乱，忘了请求嫂嫂帮助的事。现在看来，设法体会四十年前英格丽·奥尔森那所学前学校的气氛，似乎成为多余了。

“请讲。”他礼貌地说。“我们已经逮捕了一个杀人嫌疑人，不过还是请你告诉我吧。我过一会儿就要去见这个人，所以拿到一点实在的东西也许是件好事。”

“你们逮捕的该不是托马斯·卡尔森吧？”

西奥伯格沉默片刻，然后回答。

“我不能回答这个问题。”

“你当然能，要不然我就不告诉你我发现了什么情况。你会感兴趣的，因为我知道他的名字，对吧？”

“好吧，好吧！”西奥伯格叹了口气。“现在告诉我吧。”

“我跟卡特琳纳霍尔姆那个朋友谈过，我喜欢跟那人谈论记忆中的孩提往事，因为他的记忆力实在太好了。他跟我是同龄人，我得知，他弟弟名叫斯塔凡·埃克隆德，原来恰好在这所学前学校的这个班上过学。我这位朋友和他母亲都记得当时的事情，可他弟弟却什么都不记得了。警察跟他联系过，可他脑袋里只有一片空白。”

“请你说正题吧。”西奥伯格不耐烦地敦促她。

“好吧。事情是这样的。当时他们住在一个相当糟糕的地方，正在建一所房子，等新房盖好就搬过去住，可当时小弟弟在那儿的学前班上学。当时有一帮非常调皮的孩子，他妈妈很讨厌那群跟他玩的小伙伴。他们经常打架，行为粗野，其中有两个孩子很出众，成了真正的小霸王。猜猜他们叫什么名字？”

“不行，还是你告诉我吧。”

“一个叫汉斯，另一个叫安—克莉丝汀。”

“你不是说……”

“汉斯和安—克莉丝汀完全支配着那帮孩子，煽动其他孩子欺负两个可怜的小东西，把他们踩到最低层。其中一个名叫托马斯·卡尔森，另一个是个小姑娘，两个可怜的孩子每天都遭到毒打。全班都参与这事，斯塔凡也不例外，这让他母亲感到极为失望。斯塔凡根本分不清对错，按要求行事，也许是由于受到压力才动手的。他们欺负那两个孩子的手段特别可怕，每次都比上一次更严厉。除了把他们打得鼻青脸肿外，有一次几乎把其中一个淹死。他们割他们的头发，撕扯他们的衣服，把一个孩子捆起来丢在马路中间想让汽车碾死，不但打掉他们的牙齿，还对他们搞身体和精神虐待。你能想象出吗？他们当时才六岁！”

“受过那种对待，会让孩子未来变成什么样的人啊？”西奥伯格问。

“在卡特琳纳霍尔姆那个小城镇，就是这么个传统。”米娅接着说，“一旦被别人当成欺负对象，就永远也翻不了身。我猜想，受欺负不会就此打住，上了小学还会继续以不同形式受欺负，直到搬家离开才会结束。要想恢复正常生活就很难。往往是这些孩子开了个头，其他人会接手，继续这个传统。”

“那么，说说卡丽娜·阿霍宁吧。她在那种情景中扮演什么角色？”

“她似乎一直是在幕后操纵。这小姑娘是个精明的漂亮小妞，自己从来不动手，可她是个精神恐怖的制造者。是她决定谁好谁坏，由她判断对错。不论成人还是儿童，人人都崇拜她，但是在实际活动中，她是最重要的啦啦队队长，也是个成见决定者。当然是负面意义的。”

“听上去我们谈论的好像是个黑手党组织，不是一群六岁的儿童。”西奥伯格叹息一声说。

“人都一样。世界的秩序是由权力和暴力决定的，哪个层面都一样。”

“那么丽丝洛特呢？”

“是个真正的无赖，也是个特别想受人关注的马屁精。我猜想，她跟其他孩子一样也动手打他们，只是更加厉害。”

“那么，我猜想英格丽·奥尔森什么都不做？”

“说得太对了。”米娅回答道。“斯塔凡的母亲多次跟她谈起孩子之间的不愉快气氛，可她什么反应也没有。英格丽·奥尔森认为，她的工作只是照看在学校上学时的孩子。只要在学前学校里没有麻烦就行，她无法控制孩子们相互之间说什么。至于孩子们走出校门后发生的事情，就不是她职责范围内的事情了。她认为该由孩子们和父母自己去处理。可怜的托马斯什么权利都没有。最后，几乎四十年后，我猜想他决定该自己动手解决问题。可他又该怎么做呢？”

“他什么也不该做。”西奥伯格说。

托马斯·卡尔森中等体格，略低于普通人的平均身高，长相也许可以说是平凡的。他有一头棕色头发，看来上次理发后已经过了几个星期，头发已经长了。他身穿蓝色牛仔裤，上身穿一件蓝色棉衬衫。西奥伯格走进审讯室，自我介绍后坐下，在等山登到来的空档默默打量这个嫌疑人。此人似乎并不注意对方审视他，只是坐在那里低头看着自己的双手，神情显得并不特别害怕，也不是很紧张，这让西奥伯格稍感意外。如果说他有什么特别，就是有点沮丧。他的一对蓝眼睛露出悲哀，姿态表现出顺从。

山登走进审讯室后，他抬头望了一眼，在椅子上稍稍挪动一下，坐直身子。

“这么说，你的名字叫托马斯·卡尔森。”西奥伯格开始说。“这位是金斯·山登警长，我们来这里的目的是调查杀害汉斯·范纳伯格、安—克莉丝汀·维德尔、丽丝洛特·尼尔森和卡丽娜·阿霍宁·古斯塔夫森的一系列案件。你认识我说到名字的这些人吗？”

托马斯抬起头，头一次看着他的眼睛。

“认识。”他回答。“我们在同一所学前学校上过学。”

“你为什么杀害他们？”

他没有回答。西奥伯格接着说。

“现在我们是在做所谓预审，是逮捕嫌疑人后立刻做的首次讯问。以后还会做更多讯问，你有权请一名律师或法律代表陪伴你。你明白我说的话吗？”

“明白。”

“你是否承认自己在这些犯罪案件中有罪？”

托马斯迟疑片刻，然后回答：

“不承认。”

“那么你认为我们为什么逮捕你？”

“不知道。”托马斯回答。

“你当时在英格丽·奥尔森的房子外面做什么？”西奥伯格问。

“我担心她会发生不测。”

“真的？”西奥伯格说。“可我不担心，因为你已经被拘留，跟我们坐在这里。不会再发生谋杀案了。你为自己在学前学校的朋友们死去感到难过吗？”

托马斯没有回答，两只手的指尖抵在一起相互敲打。有人敲门，山登起身去开门。韦斯特曼挥手示意他去外面走廊，能听到他们低声在交谈，但听不清谈的内容。

“我明白，那对你来说是备受煎熬的日子。”西奥伯格接着说。

托马斯望着他，眼睛里露出迷惑，可并没有开口。

“我是说学前学校，”西奥伯格说，“我听说你在那儿过得不愉快。你能告诉我他们怎么对待你吗？”

“他们打我。”托马斯说。

“孩子们都会打架。听上去不是太糟糕嘛。”

托马斯脸红了。西奥伯格默默观察着他，山登返回屋里，跟他耳语两句。

“现在你反击了。”西奥伯格平静地说。

他看到，眼前这个人脖子上青筋暴露。也许在不稳定的表面下，潜在的愤怒在酝酿。

“两个星期前那个星期一的夜晚，汉斯·范纳伯格在英格丽·奥尔森家遭杀害。告诉我，你当时在那儿做了什么。”

没有回答。西奥伯格露出狡黠的微笑，接着用温和的声音说。

“我们有明确的证据，证明你当时在那儿。我们在花园发现了你的鞋印，很快我们还能证明作案工具上有你的指纹。我们也抓住了你说谎的把柄。你坚持说，你那天晚上在家，但是我们知道你在安斯基德区阿克巴斯瓦根街上。你当时在那儿做什么？”

托马斯的脸涨得通红，但他强作镇静，回答了这个问题。

“我在跟踪汉斯·范纳伯格。”

“好。你在跟踪汉斯·范纳伯格。后来呢？”

西奥伯格露出得意的微笑。

“后来什么事也没有。他走进那所房子，我在外面等候，可他再没出来，所以我就回家了。”

“嗯，这个解释倒也说得过去。”西奥伯格用挖苦的口吻说。“但是我们马上就能识别作案凶器上的指纹，到时候你做何解释？”

这个问题没得到回答，但是对方的眼神近乎恐惧。西奥伯格并不放弃，接着问另一个问题。

“首先，你为什么要跟踪他？”

“我在街上偶然遇到他，感到好奇。”

“那么安—克莉丝汀·维德尔呢，你也跟踪她了？”

西奥伯格清楚，这是在冒险，结果却打中目标了。

“我去见她。”

“只是去见她？而且是在她遭谋杀的夜晚？”

托马斯点头作答。

“也是对她感到好奇？”

“是的。”

西奥伯格不敢相信自己的耳朵。在此之前，他们根本没有发现托马斯·卡尔森在斯卡霍门的行踪，也没有目击报告，现在他自己承认曾去过那里。

“那么你看到什么了？也许是一场野蛮的谋杀？你自己犯下的一场谋杀吧？”

托马斯搭在腿上的手指紧张地绞在一起。

“客人。”他回答。“那天晚上有很多人去拜访。”

“他们是什么样的客人？都是杀人犯？”

托马斯迟疑片刻后，看着西奥伯格的眼睛。

“顾客。”他简短说了两个字，垂下目光。

西奥伯格什么也没说，审视着这个平静的人。山登此前没开过口，这时接着审讯。

“接下来，我们谈谈丽丝洛特·尼尔森。你对她有什么了解？”

“她死了。”

“她遭谋杀的时候，你也是碰巧在那儿，对吧？”

“我没去。我是从报纸上看到的。”

“你一张口就是谎话。”山登说。“很快我们就能识别出你在四个谋杀现场留下的指纹。到时候你想说什么随你的便，不过等待你的是终身监禁。你能不能说点合情合理的话，结束这场毫无意义的审讯？”

他没有回答，只是摇了摇头，西奥伯格宣布讯问结束，叫人把托马斯·卡尔森转送到拘留所。

托马斯不清楚自己哪儿来的平静心情，但乘车前往拘留所途中，他忽然意外体会到一种安全的感觉。即使他刚才坐在空荡荡的审讯室，受到许多非常严重的犯罪指控，也总算有人关心他，为他感到担忧。警察们看守着他，承担起对他的责任。他们与他交谈，照料他的饮食和睡眠，让他穿干净衣服，而且并不害他。不错，他们都鄙视他，但他是激起他们兴趣的人。他感觉就像个小婴儿躺在安全的怀抱中，让人摇晃——除了他自己，谁也不会加害于他。警方轻蔑的屈尊态度和曲意暗示的问题让他产生了自我价值感。他现在成了个重要人物啦。

他走向拘留所牢房，律师到来前，他要在那间牢房里待上几个钟头。走向牢房的过程中发生的事让他不得不重新考虑了。在克鲁努贝里拘留所的走廊里，一位粗鲁的狱警在前面带路，托马斯戴着手铐跟随，两名警察在后面押送。他们穿过一间活动室，只见几个年轻人在里面打扑克。一个人大声叫那位狱警，问后面跟的是什么人。

狱警并不停下脚步，只简短回答一声："新朋友。"

托马斯跟那年轻人目光相遇，虽然只有一瞬间，可他马上意识到事情不妙。没等大家明白过来，那人就一头扑向托马斯，把他撞倒在地板上。狱警体魄比攻击者庞大得多，毫无困难就把他制服了，两名警察动作粗鲁地把托马斯从地板上拉起来，并不考虑他是不是受了伤。鲜血从他鼻子里喷出来，流淌到衣服上。等到一切重新恢复正常后，他这才意识到，在他们眼中他至少跟袭击他的人一样危险。他还意识到，自己应付不了监狱里的生活。几乎可以肯定，这里的情况比学前学校要糟糕十倍。

西奥伯格离开审讯室后，感觉不满意。他没能驾驭这个怪人。这家伙既不防卫，也不做解释。也许他想住监狱。难道他跟其他罪犯一样，想以邪恶行为表现自己，作为吹嘘的本钱？他的说法非常奇怪。他承认自己跟踪汉斯·范纳伯格到了英格丽·奥尔森的房子是一回事，毕竟他们有证据证明他去过那里，但他为什么承认自己见过安一克莉丝汀·维德尔？再说，他为什么也承认见过丽丝洛特·尼尔森和卡丽娜·阿霍宁·古斯塔夫森？他这么说完全没道理。一切似乎都清楚了，但是托马斯·卡尔森在审讯室的行为是个谜。

“是个让人恶心的杂种。”山登说。几分钟后，两人坐在西奥伯格的办公室，每人面前摆着一杯咖啡。

“你这么看？”西奥伯格问。

“他杀了四个人，当然叫人恶心。”

“假如不是他杀的呢？假如指纹不符呢？”

“当然会相符的。难道你还有疑惑？”

“没有。”西奥伯格回答。“当然是他的。不过我觉得，他在审讯室的行为真怪。”

“你指哪方面？”

“他承认自己在发生谋杀案的时间在两个谋杀现场，但是不承认在另外两处。”

“也许他感到迷惑。也许连他也不清楚自己干了什么事。”

“这话你自己都不会相信。”西奥伯格不屑地说。“他这人一方面感到害怕，表现出紧张，一方面又不做逃避指控的陈述。至少为了减轻罪责对我们说谎。”

“我猜他还没有找到他的‘真实自我’。”山登说。

“显然没有。”西奥伯格沉思道。“他是在一个困难的环境中成长的。”

“你打哪儿了解到的？”山登吃惊地问。

西奥伯格把他嫂嫂私下了解到的情况讲给山登听，山登做了个手势，表示自己的嘴唇贴了封条。

听完西奥伯格的介绍，他不禁感叹道："倒霉鬼！真不知道另外那个倒霉的姑娘是怎么应付生活的。这个人变成个连环杀手，不知道那女人会变成什么。"

"也许不过是个平静的正常人。"西奥伯格沉思道。"许多孩子都有过痛苦的经历，但大多数都能以某种奇怪的方式转变成正常人。"

西奥伯格桌上的电话铃声打断了他们的谈话。打电话的人是英格丽·奥尔森的邻居雷纳德·约瑟夫松。这人曾作证说，发生谋杀案那天晚上，目击到两个男人从他家窗外经过。这一次，他报告说，这天上午有个陌生女人多次在街上徘徊，最后走进英格丽·奥尔森家的铁门。约瑟夫松还看到警察逮捕托马斯·卡尔森，这让他踌躇了很长时间，不过最终还是决定打电话报告。西奥伯格感谢他的提示，不过认为这事与调查无关。也许是玛吉特·奥洛夫松去看望英格丽·奥尔森，想看看她长时间后回到自己家能不能正常生活。

电话很快再次响起。这次是汉森从法医处打来的，报告说，托马斯·卡尔森的指纹与谋杀现场的所有指纹都不吻合。她已经认定，所有指纹样品都属于同一个人，但这个人不是托马斯·卡尔森。这个结果像是给警察和整个调查组泼了一瓢冷水。刚刚与雷纳德·约瑟夫松交谈过，西奥伯格立刻做出结论，认为发生谋杀案那天晚上，在英格丽·奥尔森房子外面目击的两个人一定是托马斯·卡尔森和另一个与他合谋的人。

在接下来等待托马斯·卡尔森的律师到来的几小时中，法医处陆续发来报告。四个谋杀现场发现的指纹与英格丽·奥尔森那所学前学校的所有人的指纹均不相符。

卡塔莉娜还没有脱掉外套。她在门厅里坐在自己的提箱上，在脑子里再次玩味这个场景。她不记得自己在脑中玩味过多少次了，不过有一样是肯定的：这与她想象中的情景不同。结局不该是这样的，她再次感到孤独，再次感到被误解。

她在街上徘徊良久，最后鼓起勇气，穿过那扇铁门，走到房门前，按响了门铃。她的心跳得像打鼓，但她心里感到乐观。她的所有希望都寄托在过去这位学前学校老师身上。英格丽小姐喜爱孩子，应该也会喜爱已经长大的孩子。她会理解的，会给人慰藉和理解。过去几周的变故发生之前，如果第一次来找英格丽·奥尔森时她在家，一切自然会完全不同。也许英格丽会制止她，让她走上不同的道路。那位老师本来可以给她宽恕的力量，让她得到重新生活的勇气。但她不在家。这所房子卡塔莉娜已经观察了好几天，但英格丽并未露面。于是她不得不自己动手，但没有得到英格丽小姐的同意。因此，门打开后，她心里还是有点疑惑。

“谁呀？”

她多漂亮啊。她把一头长发剪成年轻人的短发型。英格丽小姐露出探询的神色，一副眼镜与轮廓分明的雅致面庞搭配恰到好处，清澈的眼睛望着她。年轮般的皱纹让她看上去有一种高贵的表情。

“我叫卡塔莉娜。卡塔莉娜·哈林纽斯。多年前你是我的学前班老师。我特别想跟你谈谈。”

英格丽审视着她，什么也没说。

“我可以进来稍待一会儿吗？”卡塔莉娜问。

“我不知道。我生过一场病，再说……”

“我可以帮助你。我一直盼望能见到你，英格丽小姐。”

她遇到的注视目光中稍稍有点怀疑，但过了这么多年，这并不奇怪。她必须得到表现自己的机会，于是她朝那老妇人靠近一步。英格丽后退一步，卡塔莉娜把这理解为一种邀请，便走进门厅。英格丽继续倒退了几步。

“你哪儿不舒服？”卡塔莉娜问。

“我摔断了髋骨。老年人……”

“可你并不老，”卡塔莉娜微笑道，“不过我可以照顾你。”

她小心关上门，把手提箱放在地板上，然后从提箱外面的一个夹层中抽出一张老照片。

“看这个！”她的声音愉快，靠近她的老教师。“这是我。你记起我了吗？”

她感觉到英格丽·奥尔森注视的目光仍然盯着她而不是那张照片，便对老师再次露出微笑。

“看！”

英格丽照她说的看去。

“不行，我不得不承认，我认不出你。我就是不能……”

“等一等，我来帮你。”卡塔莉娜打断她的话，帮英格丽拖来凳子，放在她身后。“坐下吧。”

卡塔莉娜与她面对面坐在自己的手提箱上。英格丽迟疑着，也坐下来。她什么也没说，对卡塔莉娜的微笑并不报以微笑，卡塔莉娜便决定给她讲起往事。

她谈起汉斯和安—克莉丝汀和所有其他孩子。讲述离开学前学校后，自己体验到的恐惧，受到的不公平对待，过的孤独生活。对自己遭受的可怕经历，她一句也没责备这位学前班老师。在卡塔莉娜一个小时滔滔不绝的独白中，英格丽只扼要做了一句评论。

“发生在学前学校以外的事不是我的职责。在我的班上，并没有发生打斗。”

卡塔莉娜设法让她这位昔日的老师明白，她说的并不仅仅是拳打脚踢，而是整个生活。她竭力忍住眼泪，有一次还把手搭在英格丽的手上，但这位老师露出厌恶的表情，坚决把她的手拨开。

渐渐地，卡塔莉娜开始担心，恐怕无法让英格丽小姐对她说的话感兴趣。最后，卡塔莉娜为了得到她的反应，做出一个绝望的尝试，谈起是什么迫使她杀死汉斯·范纳伯格，然后讲述在那之后，她接着去寻找安—克莉丝汀、丽丝洛特和卡丽娜·阿霍宁。

英格丽僵坐在凳子上，像根拨火棍一样一动不动，默默观察着她，并不改变自己的面部表情。

“我可以睡在这儿吗？”卡塔莉娜讲述完后问。“我实在累得厉害。”

“不行。”英格丽小姐说。“你不能睡这儿。”

门厅里陷入长时间的沉默。两个女人静静坐着，相互对视。坐在手提箱上开始感觉不舒服了，箱子里只有个化妆包、两件换洗的内衣和几本日记。卡塔莉娜慢慢感到，她在这儿什么也得不到。没有温暖，没有慰藉。她热爱的学前班老师不记得她，显然对减轻她的心理负担并不感兴趣，显然对卡塔莉娜的生平往事漠不关心。然而，冷漠可是一桩罪过。

英格丽躺在起居室的沙发上。她的手腕被紧紧捆住，绳子把皮肤勒得生疼，青紫的手指随着脉搏跳动一阵阵胀痛，双脚也给捆在一起，但疼痛本身还不怎么引起她的注意。让她难受的是身子下面变得很湿，她躺在越来越冷的尿液上，浑身一阵阵颤抖。

“我并不想伤害你。”卡塔莉娜说。“就像你一样，我并不打算做任何事。我只想让你躺在这儿，直到你在自己的污秽中腐烂。你得不到食物，没有饮水，没有药物。我不折磨你，你折磨你自己吧。你会感觉到饥渴，体会到自己的愧疚，感觉到自己一种又一种需求。我不满足你这些需要。你只对自己负责，是不是？这就是你的看法，对吧？”

起初，英格丽实在太惶惑了，听不懂这个女人在说些什么，现在，几个钟头过去了，她有充分的时间思索，也有足够的时间倾听。人饿死前要捱多长时间？这也许没关系，饥饿感会渐渐消失，最后只会感到极度难熬的口渴。人不喝水能熬多久？一个星期？两个星期？她仍然感觉不到饥饿，但是她的嘴会变得极度干燥，干得无法说话。但现在，她感受最深的是手腕的疼痛和脉搏让手指感到的胀痛。她感觉双手要胀裂了，心里真希望自己的手赶紧变得麻木。

起初，她并不明白这个不愉快的女人到底是谁，不知道她想要什么，但卡塔莉娜滔滔不绝地说啊说，一说就是一个钟头，最后，她终于明白了。三十七年前，她跟遇害的汉斯·范纳伯格在同一个学前班上学。她坚持说，自己受到其他孩子的虐待，说在整个事情中，英格丽自己犯下的罪过是不作为，没采取任何行动阻止所谓的欺凌。

这个女人显然完全发了疯，在她疯狂的过程中，英格丽不禁觉得受到了不公正对待。她在工作中从来做到了最好，对孩子们友好和蔼，她觉得孩子们都喜欢她。她在那所学前学校工作了许多年，教孩子们缝纫、做手工、唱歌、做游戏。当然，孩子们有时候会有点惹人恼火，他们相互争吵，但是，当着英格丽的面，从来没有打过架，也没有出现过卡塔莉娜描述的那种类型的虐待。

当然啦，孩子们离开学校后，她就无法控制了。人的责任必须有一条界线，在这种情况下，这条界线的时间，就是孩子们从学前学校放学的中午，这条界线的地点，就是孩子们离开学校的大门。

“你清楚当时发生的事情，你本来可以跟孩子们谈谈的。”卡塔莉娜说。英格丽根本不记得发生过虐待的事，但还是做出了回答：“我是个学前班教师，不是医生。在这个问题上，也不是儿童心理学家。”但她这个转变并没有产生效果。卡塔莉娜意外变得疯狂后，把她按倒在沙发上，把她的手脚都捆起来。

她大声吼叫着说，你英格丽毕竟是人，目睹孩子们摧残另一个孩子，不该袖手旁观。英格丽没有反驳，她内心中清楚，这是唯一正确的生活方式。英格丽还是个小孩子的时候，就渐渐懂得，不该干涉别人的事。她父亲诉诸拳头对付她母亲时，她意识到自己只有躲开才对争执双方都好。他们生活的地方是一个邪恶下流的世界，但是，如果人人只关心自己的事，生活还凑合能忍受。她心想，我是自己幸福生活的创造者，你呢，卡塔莉娜，你的幸福要由你自己去创造。当然，她并没有说出这个想法，但她知道，生活就是这样运作的。

她双手的疼痛越来越厉害，现在开始变得难以忍受了。

“求求你，卡塔莉娜，你能把绳子松开一点吗？”她可怜巴巴地乞求道。“我疼得厉害。”

“活着就是痛苦。”卡塔莉娜微笑着回答道。“你是你自己幸福的创造者，那就尽情享受这处境吧。”

这个疯女人能看透她的心思，显然无意做任何事缓解她的痛苦。英格丽隐隐感觉到饥饿袭来。她很久以来就对食物失去了兴趣，食物根本索然无味。尽管如此，她仍然像其他人一样，能感觉到饥饿的折磨，需要吃点东西，免得感到头昏眼花，也可以避免恶心的感觉。现在她完全无可奈何地躺在这里，又饿又渴，疼痛难忍，而且情况变得越来越严重。卡塔莉娜说，她打算住在她家，直到时间到来，直到英格丽的时间沙漏中的沙子流尽。

她根本不能指望有人来拜访，甚至不指望有人想念她。她在整个世界上完全是个孤独的人，想到这一点，她感觉到自己的泪水流淌下来。她不记得以前最后一次哭泣是什么时候，准是很多年以前了，也许是在她姐姐去世的时候。如今她孤独一人，没有丈夫，没有子女，没有父母，也没有在世的兄弟姐妹。她仅有的几位朋友也渐渐年迈或因种种原因辞世。当然她迁到斯德哥尔摩来之后，已经失去了与很多朋友的联系。年迈和孤独真的很难过。没有相互交谈的人，没有一道做事的伙伴，遇到眼下这种状况，也没人来营救。

卡塔莉娜在厨房检查英格丽·奥尔森的冰箱。里面装的大半是面包，不过也有几只苹果、在糖水中煮成半熟的梅子和甜浆果。另外还有几袋自制的肉丸子和预先做好的炖菜。冰箱里还有很多土豆，在食品储藏间，她发现了大米和几罐腌菜。这里的食物足够她维持几个星期的，她不会挨饿。

她想到这事可能会维持较长的时间，心里不禁觉得不安。一方面，她本能地想要尽快结束这桩麻烦，但是，另一方面，她知道，维持的时间越久，英格丽小姐忍受的折磨就越强烈。这件事最重要的因素是延长痛苦，让这老妇人越来越确信最后的结局是死亡，但让她无法确定死前要遭受多长时间的折磨。目的就是拖延，拖延，再拖延，而她自己并不采取任何强制行动。

“树立个榜样吧。”她自言自语道。

挑选这么个字眼真够滑稽的，因为对一个很快就要死去的人，不值得树立什么榜样，尽管如此，她还是要这样做。她强忍住冲动，什么也不做，免得事后后悔。

她削了几只土豆，放进火炉上的炖锅里。接着她四处搜寻，找到一只铸铁炒菜锅，在里面放了一团人造黄油。她看着黄油在锅里渐渐融化，轻轻摇晃一下炒菜锅，油开始发出嘶嘶的声音。那一袋肉丸冻得像石头一样硬，她用一把切面包刀砍下几颗，丢进热油中。她听到起居室传来压抑的呜咽声，尽管那种自怜单调的声音听着恼火，但她心中却感到高兴。锅里发出哔哔剥剥的声音，冰冻的肉丸在融化，一滴滚烫的人造黄油溅起来，飞进她眼睛里。

她心头一阵恼怒，不由自主冲进起居室，骑跨在老妇人身上，握紧拳头打她的脸，打了一拳又一拳，然后双手抓着她一头花白头发，使劲在沙发扶手上撞她的脑袋。单薄的身体发出一个崩裂的声音，英格丽疼得惊叫起来。

“住嘴，你这个老巫婆！”卡塔莉娜喊道。

英格丽抽搐着沉默下来。

“这可太费时间了，实在太费时间了！我不知道还能不能继续忍受你这张丑陋的面孔。赶快死！死了咱们好完事！”

老妇人好像要昏死过去。也许让她感到疼痛的是断裂的髋骨。

“回答我！”卡塔莉娜咆哮起来，接着摇晃她。“我对你说话你要回答！”

“是你要我闭嘴的。”英格丽呜咽道，可她的声音低得几乎听不见。

“我现在要你回答我。是不是你的腿又折了，你这个老巫婆？”

英格丽点了点头，卡塔莉娜见她的嘴唇在说“髋骨”这个字眼，但话没说出，她便沉沉陷入黑暗。卡塔莉娜继续摇晃她，不过她注意到这位老教师现在已经失去知觉，便放弃了。

她从沙发上走下来站在地板上，抓起桌子上的遥控器打开电视机。她换了一阵频道后，发现这老妇人还订了音乐电视频道，不禁感到喜悦。她感觉需要有人做伴时，就观看音乐电视频道。这时，她坐在电视机前，观看美国歌手克里斯蒂娜·阿奎莱拉演唱，一群身材姣好的伴舞者随着音乐节奏翩翩起舞。她心中的愤怒像来的时候一样忽然消失了。她关掉电视，返回厨房继续做饭。

英格丽再次睁开眼睛时，卡塔莉娜正坐在扶手椅上吃饭。

“睡过一会，现在感觉好点了？”她的声音平静冷酷。

很难相信这是同一个人。几分钟前，这个怒气冲冲的女人跳在她身上，冲着她又打又嚷。她头一次感觉到了实实在在的恐惧。对她的囚禁折磨控制在缓慢的节奏下，她刚才感觉到的惊讶胜过了害怕。可现在她发现，眼前是个歇斯底里的疯子，冷冰冰的谨慎面孔后面没有任何理性。也许这个人连自己接下来要做什么都不清楚。

“你说过不会伤害我的。”英格丽平静地说，尽量避免唤醒她休眠的疯狂。

“我撒谎了。”卡塔莉娜冷笑道。“难道人不能偶然放纵一下自己？生活中充满了惊喜，我猜这是桩好事。想象一下吧，如果生活中一切都能预测到，如果你已经知道一切要如何结束，那该多没意思。你曾经承诺说，人人都能乘坐那辆绿色玩具汽车，结果却并非如此。我就从来没坐过。我努力推啊推，推了整整一年，希望至少能坐一回车，却始终未能如愿。你说谎了，那特别适合你，所以，也许我们不需要对我的话太较真。”

“什么时间了？”英格丽问。

她每说一个字，舌头就跟上颚粘在一起。她真的需要喝点水。

“啊，我不知道。我没有手表，也不在乎时间。这事需要多久就用多久，其他事情其实也是一样。”

“你没有工作吗？”英格丽问。

她们可以在交谈中消磨时间。交谈时可以想着谈话内容，疼痛就不那么强烈了。

“没有。”卡塔莉娜回答。“这就是我的工作——做疯狂的事情。以前，我在医院工作过，搞工作疗法，后来医院关闭了，现在我基本上是随心所欲，想做什么就做什么。”

“你在哪儿住？”

“我在这儿跟你住，英格丽小姐。”

“在这之前呢？你肯定在某个地方住吧？”

“我愿意就住在妈妈家。在哈龙伯根。有时候我愿意住那儿，有时候不愿意。有时候我住在利丁厄的一个庇护所。我想做什么就做什么。”

英格丽长时间看着她，但卡塔莉娜没留意她的注视。她这时似乎陷入了沉思，迷茫的目光投向起居室窗外，望着 11 月的暮色。她是个漂亮的女人，身材比较高挑，脊背挺直，姿态骄傲，一头长长的金发。她善于言辞，她使用的语言让人产生一种印象，觉得她受过适当的教育。英格丽心中忽然闪过一丝怜悯，难道她真的会变成这样？但是她回到眼下的现实中。只要她躺着一动不动，髋骨的疼痛就几乎不再感觉到了，但是她的脸在疼，肚子咕咕叫嚷，想吃点东西，她的嘴巴和喉咙想要喝水，她双手的疼痛挥之不去。她又觉得需要小便。上次弄湿还没有全干，这次又要再湿。在所有痛苦中，最痛苦的是屈辱感，被剥夺了全部自尊，变成个悲惨的小动物，无可奈何躺在这里，把自己尿个透湿。

卡塔莉娜默默吃着肉丸子和炖土豆，并没有品味饭菜的味道。她心里想到了自己的母亲。自从这事开了个头，她就没见过母亲。她母亲年事已高，甚至比英格丽小姐年纪都大，而且从来都老迈。在照片上，卡塔莉娜还没出世的时候，她母亲看上去就显得像个老妇人了。她头戴一顶样式古怪的帽子，一头花白头发拘谨地梳成个发髻扎在脖子后面。即使是在夏天拍的照片中，她也穿着厚外套，披着围巾，脚上穿一双冬天穿的鞋子。

卡塔莉娜是怎么出生的？这仍然是个深深掩盖的迷，谁也没提到过她的父亲。她母亲独自养育着女儿，对女儿穿着干净整洁特别在意，要求她举止要像个小淑女，要礼貌，要谦恭。她向来是这么做的，不过她母亲似乎永远对她感到不满。卡塔莉娜从学前班或学校放学回来，如果挨过打，让孩子们把衣服撕破，回家遇到的只有责骂。她母亲爱她有自己的方式。她对卡塔莉娜的关心耗费了自己的大部分时间，但是缺乏母爱的表示。

她的时间都花费在自己所谓的教养女儿和学校工作上。卡塔莉娜的母亲就像人们在图书馆的故事书中读到的很多女人一样，也像卡塔莉娜在居住的院子里见到的其他母亲一样。她母亲就在图书馆工作。在家里，她更像个家庭女教师，只是坐在一旁研究卡塔莉娜的作为，为的是判断她，评价她。到了睡觉时间，妈妈会跟她拥抱，但拥抱实在太牵强了，而且总是伴随着第二天要好好表现的告诫。卡塔莉娜入睡时总是伴随着一种挫败感，总是感觉自己做错了某种事情，需要改正。不过她仍然爱自己的母亲，胜过对任何人的爱。

这些日子，她与母亲的关系不同了。这种转变几乎是在无法察觉的情况下发生的，卡塔莉娜不知道是什么颠覆了家里的权力平衡。也许仅仅是因为上了年纪，妈妈的脾气才变得平和。不管是什么缘故，卡塔莉娜感觉自己回到家受到妈妈欢迎，甚至受到娇惯，这可是先前妈妈害怕的情况哪。她家从卡特琳纳霍尔姆迁到哈龙伯根后，她定期在妈妈家住几天，后来，卡塔莉娜计划上斯德哥尔摩大学，攻读法律。她的学习几乎还没开始，就中断了，因为她抑郁症发作了，接下来，抑郁症一次又一次发作。最后，她只好住院治疗，在精神病院住了好几年，后来每隔一段时间就得入院治疗。

她想知道，如果母亲得知她干的事会怎么想。卡塔莉娜总是小心翼翼避免让妈妈知道在学前班或学校发生的事情。部分原因是关心妈妈，部分原因是她相信告诉妈妈只会适得其反。如果孩子们攻击卡塔莉娜，她母亲便会认为，是她自讨苦吃，是她在某一方面没按妈妈的指示行事，后果会变得更加糟糕，她会受到妈妈责骂。相比之下，卡塔莉娜觉得已经有的麻烦反倒是次要的，无非是衣服被扯破，膝盖擦伤，身体挫伤。要是妈妈得知自己可爱的小女儿居然是个杀人犯，不知会作何反应。一想到这事，卡塔莉娜不由打了个冷战。那绝对能要了妈妈的命。妈妈的心脏本来就不好，这一消息会把她直接送进坟墓的。

可她还是一意孤行。尽管她清楚，唯一关心她的人会作何反应，她还是动手杀了人。她的唯我主义和自我中心占了上风，这可是她母亲最害怕发生的情况。现在，她在忙着做最不齿于人的事，目的只是在自己的生活中找回一点点尊严，体会到一点点激动，也许还为了得到一点点乐趣。

她轻轻笑了一声，把心中的想法撇开，朝沙发上那个女人扫视一眼。她又撒尿了？也许该让她上厕所才对，继续这么下去，这儿的恶臭味会呛得人受不了。但决定因素是让她受到羞辱，一个成人在裤子里拉屎撒尿，对她是一种羞辱。如果这个老妇人在遭受痛苦，那就该让她保持下去，哪怕让自己感到不便也没关系。

她决定查看这房子里是不是有酒，她发现厨房里没有，便打开地下室的门，开了灯，走下陡峭狭窄的楼梯，来到下面一个小走廊里。走廊里有三扇门。第一扇门里面是个储藏间，里面放着一辆旧自行车和一个衣架，上面挂着老男人和老妇人的衣服。第二扇门里面是个小洗衣房，里面有洗衣机、烘干机，还摆着一块熨衣板。第三扇门里是个食品窖，里面的东西主要是些果酱和果冻罐子。看来英格丽小姐充分利用了园子里秋天的收获。她在这儿找到一瓶波特葡萄酒，她打开享用。

卡塔莉娜返回地面，从柜子里找到一只高脚杯。她走进起居室时，立刻注意到从沙发那边冒出的一股尿臭味。她轻蔑地喷了一下鼻子，连忙转身，小心翼翼推开通往室外的门，然后才穿好靴子和外套，走出去，小心翼翼地把门关上，走下台阶，绕到房子后面。房子外面的灯光阴影中，她发现一把白色的铁凳，在上面坐下来。

11 月的浓浓夜色笼罩在她周围，一阵冰冷的清风扫过她的面庞。她周围一片死寂，唯一能听到的声音是汽车在远处尼奈斯港的轰鸣声。

她把酒瓶的铝箔撕开，拔出软木塞，为自己斟了一大杯酒，把酒杯靠向嘴唇，豪饮一口甜甜的葡萄酒。这种度数很高的酒温暖了她的身体，呼气时喷出一团团气雾。

“为我们干杯，英格丽小姐！”卡塔莉娜说。“汉斯，安一克莉丝汀，丽丝洛特，卡丽娜，也为你们大家干杯。”

她把目光转向没有星星的夜空，举起手中的酒杯。

星期一晚上

律师终于抵达后，西奥伯格板着面孔带他沿过道走向受拘押的人。这时，托马斯已经被从拘留所带回审讯室，他两只眼睛被打成黑青色，鼻子也肿了。西奥伯格知道发生过什么事，但没有就此做评论。

西奥伯格为新雇来的律师介绍了情况后，审讯恢复了。这一次，山登和西奥伯格对嫌疑人表现出更加咄咄逼人的态度。

"我们知道是你干的。"西奥伯格一开始便说，他的两只黑眼睛露出深信不疑的神色，但威胁的腔调更像是虚张声势，他为指纹检验结果深感忧虑，减轻了对被告的厌恶感。

"我们找到了你在花园里的脚印，在庭审中，这很可能足够判你有罪了。"山登说了个谎，但律师立刻警惕起来。

"指纹呢？"他问。"对指纹的分析有结果了吗？"

"指纹看来是别人的。"西奥伯格承认。"但我们有证人的证词，在汉斯·范纳伯格遇害时，看到被告在英格丽·奥尔森的房子外面，另外还有一个人。我们假定你有个同谋。"西奥伯格接着说，这次是对托马斯说的。"我知道你憎恨汉斯·范纳伯格，而且是打心底憎恨他，你最大的愿望就是看到他死去。你能否认这一点吗？"

托马斯与律师匆匆交换个眼色，律师点头示意他回答警方的问题。他正眼看着西奥伯格，西奥伯格觉得他作回答时看上去绝对真诚，不由吃了一惊。

"我不知道自己是不是有能力产生那么强烈的感情。汉斯·范纳伯格迫害过我，不过我不想让任何人死去。我想让人们看到我，不过与此同时我又竭力避免让别人看到。自从小时候起，谁也看不见我，人们看我是因为我丑陋，因为我是个另类。我不愿让人看成那样，所以我不让别人看到我。我看见了汉斯·范纳伯格，不过我不愿让他看到我。我跟踪他，为的是看看真正幸福的人是什么样子。我不想杀死汉斯·范纳伯格。我的愿望是成为汉斯·范纳伯格那样的人。”

这番滔滔不绝的话语让西奥伯格惊讶不已，但山登并不想显出吃惊的模样。

“但你还是把他杀死了！”他喊道。

“我没有杀他，我只是跟踪了他。也许别人像我一样受过他的虐待，也许采取了与我不同的方法。”

“什么方法，比方说？”山登继续用咄咄逼人的口吻问。

托马斯静静坐了一会儿，若有所思地做出回答。

“我认为，假如别人的性情比我更有攻击性，而且受过与我一样的虐待，长大成人后，也许原来受的屈辱会以不同的方式表现出来。”

“你说的到底是什么类型的虐待和屈辱？”山登问。

“汉斯·范纳伯格小时候是个小霸王。”托马斯的口吻平静。“他曾经是个卑鄙的孩子，是个真正虐待狂。在学前学校上学的时候，他欺负我的情况纯粹属于折磨。他对我的虐待大多数情况是身体伤害。他差不多每天都要动手打我，还怂恿别的孩子仿效他打我。他身体结实强壮，长相又漂亮，很容易就能号召别的孩子做他想要的任何事。他们把我捆在电线杆上，用石块投打我，朝我吐口水，抓住我的脑袋撞电线杆。他们撕破我的衣服，往我脸上抹狗屎，藏起我的鞋，我只好大冬天光着脚走回家，他们把我反锁进垃圾间，嘲弄我，取笑我，他们偷了其他孩子的东西，塞进我的口袋，他们推搡我，绊倒我，打我。老师见了却不闻不问，假装没看见。假如你性格坚强，你可以装作没事，以后的生活中自信心并不受影响。假如你懦弱，就会变得孤独胆怯。我觉得也许还有第三种途径。你可以超越正常方式，超越健康的方式，自己创造一种不同的世界观，那是一种你不与别人分享的世界观。”

西奥伯格不禁被这个人的奇怪故事打动了。他想象着自己六岁的孩子萨拉让别人捆在电线杆上，让一群孩子围攻。假如是他自己，他准会采取行动反击，但是假如谁也没看见，谁也不知道，萨拉该怎么办呢？山登默不作声了，西奥伯格猜想，他脑子里也在转着跟自己一样的念头。

“那么你采取什么方式呢，托马斯？”西奥伯格最后问。

“不幸的是，我是个弱者。”托马斯回答。

“可你对我们讲述这些时，我们对你并没有产生弱者的印象。”

“这些我以前从来没对别人讲过。也许我很久以前就该说出来，但是根本没人听我说。这是我的往事，我在心中藏了一辈子。能对人讲出来，感觉很好。”

托马斯看着两位警察和那位律师，意识到将自己的内心表白给陌生人，忽然表现出窘迫模样。他们当然像所有别人一样，是用同样的情感看待他的：鄙视。他感觉到自己的脸渐渐涨红了，不由羞愧得垂下脑袋，想避免被他们看到。

但是西奥伯格看到了。他看到一个弱小、惊恐、孤独的人，这个人一时敞开了自己的心扉，他不想让它再次关上。他内心中同时产生温暖和彻底的冰冷两种感觉，忽然回想起，他们其实是在追踪一个连环杀手。坐在他们面前的这个人红着脸，露出深受伤害的神色，他耸着肩膀好像要当成盾牌抵挡周围邪恶的目光和刻薄的恶语。他说的没准是真话。没准另一个人有过与他相同的恐怖经历，遭受过同样的磨难，但采取了不同的反应。尽管时隔多年，但两个不同的人在学前班的相同生活记忆会不会苏醒？同样的记忆会不会产生不同的情感？难道不可能是这种情况吗？

西奥伯格本能地感觉到，这个人说的是实话。与此同时，在英格丽·奥尔森花园中的经历和足迹却很有意义。难道这仅仅是个奇怪的巧合？指纹无疑不是托马斯·卡尔森的，他深深感到，这是有实际意义的。

忽然间，托马斯·卡尔森几个小时前说的话从他的记忆中跳出来了：“我担心她会发生不测。”英格丽·奥尔森的邻居雷纳德·约瑟夫松是怎么说的？好像说过一个陌生女人走进那位老妇人的大门。

西奥伯格忽然离开椅子跳起身，椅子向后倒下，砸在地板上。三个男人吃惊地望着他，但现在没时间解释了。

“把他送回拘留所，然后来我办公室，要快！”

西奥伯格对山登的这道命令是他跑出审讯室时喊出来的。山登没时间思索眼下的情况，连忙打电话给接待处，要卢腾立刻派一名警察来审讯室。没出一分钟，一名女警察就来了，山登命令她把托马斯·卡尔森送回拘留所，然后他也奔上楼梯跑进通往自己办公室的那条走廊。西奥伯格正向埃里克松和哈马德下达指示，命令他们携带执勤用的手枪。

没出五分钟，四名警官便坐在警车里，鸣着警笛上路，穿过斯堪斯图尔大桥。西奥伯格还要求派增援，几辆警车也朝同一个方向驶来。哈马德驾驶着一辆没有警察标志的汽车，西奥伯格坐在前排，埃里克松和山登坐在后排。

“审讯过程中发生什么事了？”哈马德问。

“他一开始就说，他为英格丽·奥尔森担心。”西奥伯格的态度坚决。“可我们不相信他的话。后来他矢口否认对他的指控。雷纳德·约瑟夫松打电话报告说，看到一个陌生女人走进英格丽·奥尔森的房子，我们却没有采取行动。我们可能要为此付出沉重代价的。”

“但凶手一定是他！”哈马德说。“当然是他！”

“可能是，但我有一种直觉，认为托马斯·卡尔森说的是实话。我们反正不能冒险，其实早该想到这一点的。现在也许已经太晚了。”

“但那人为什么要找英格丽·奥尔森呢？”哈马德继续问，他对眼下的形势仍然没有真正明白。

“要找英格丽·奥尔森的是个女人。”西奥伯格说。“我认为是个女人。原因是英格丽·奥尔森犯过一个致命的罪过。”

哈达·罗森的办公室虽然在哈玛比运河对岸，但距离警察局不远，步行就能走过去。彼特拉·韦斯特曼还是开着车去了，打算见面后接着开车回家。

她基本上非常尊重罗森。他是个有头脑的人，虽然为许多调查负最终责任，但从不飞扬跋扈。在他们开会时，他大多数情况下只是倾听，让西奥伯格掌控局面。在极其偶然的情况下，他可能会持不同观点，但最终总能达成一致意见。不过，他是个有权势的人，在大多数其他情况下，这并不让她感到害怕。但是，哈达·罗森身材高大，从来板着一副庄重面孔，让她觉得自己就像个小学生。并不是很多人都能让彼特拉·韦斯特曼产生这种情绪状态，她可不喜欢这种心情。现在尤其不喜欢，因为她的未来掌控在他手心里。她敲响这位检察官的门，心里感到强烈的不安。

“谁！”他在里面哼了一声，彼特拉不知道这是让她先说出自己的身份，还是该直接进去。

迟疑片刻后，她选择了直接进门。他在计算机键盘上敲打着，并不抬头看。彼特拉相信，在这种情况下，自然该坐在来客椅子上耐心等候，让检察官先完成手头的事。

他最后抬起头看了她一眼，脸上的表情一点儿也没有反映出内心的活动。他站起身，绕过办公桌，一声不吭俯视她片刻。她一辈子从来没感觉到这么渺小过。最后，他开口了。

“昨天下午，佩德尔·弗莱克以理由充分的指控被逮捕，罪名是涉嫌1997年在马尔摩强奸一位二十三岁的女子，2002年在哥德堡强奸一位三十八岁的女子。”

彼特拉的心脏好像一时停止了跳动。

“拘留听证会在星期三举行，届时，嫌疑程度会提高到更高的级别。弗莱克的DNA样品已经与那两次强奸案中得到的DNA样品做了对比，结果符合。”

彼特拉松了一口气。检察官继续用就事论事的口吻讲下去。

“搜查弗莱克家过程中，警察找到大量强奸的录像，确认那些强奸是在他自己家发生的。”

彼特拉张口结舌，喘不上气来。

“出于对你的关心，我坚持由我个人先从头到尾审查证据，然后再交给警察。你并没有出现在这些录像中。你可以自己决定是否参与案件审理。”

她还没来得及开口，她裤兜里的手机响了。

“请原谅。”她说着离开椅子站起身。

她把手机掏出来，见显示的内容是：“来电号码无显示。”

“我得接这个电话，有可能是西奥伯格。”

检察官点了点头。她接电话时，检察官仔细注意着她的表情。结果不是西奥伯格来电，是那位法医技师哈坎·卡尔伯格。

“我有个想法。保险起见我对另一个避孕套中的DNA也做了检测。”他的口吻奇怪，出乎她的预料。“抱歉，彼特拉，但不是佩德尔·弗莱克的。这次检测结果与以前所有犯罪记录中的DNA都不相符。”

彼特拉接完电话，再次望着罗森的眼睛，不知道他是否听到了电话交谈，但她觉得，他皱起的眉宇间闪过一丝忧虑。她心中闪过很多想法，觉得彻底迷惑了。

两人都没来得及说话，电话又响了。这次是西奥伯格，他命令彼特拉·韦斯特曼立刻前往安斯基德区阿克巴斯瓦根街31号。

她忽然警觉起来。这阵警笛声是远处传来的？声音非常微弱，但的确是警笛声。她知道，做出反应既没有必要，也显得愚蠢，但再谨慎也不过分。谁也不知道她在这儿，谁也不知道英格丽·奥尔森被关押在自己家。电话一整天都没响过，她曾在这所房子外面潜伏观察过好多天，研究这个老妇人和她的行为，发现英格丽小姐似乎没有亲朋好友。有了这个发现，她才鼓起勇气按响了她家门铃，才有勇气问英格丽小姐是否想和她做朋友。但当时已经太迟了。这位老教师忽然消失，一切计划都泡汤了。

那所房子一连几个星期没人，后来她才敢于引诱汉斯去那儿。按照她原先的构想，本该按照他们应受惩罚的程度排序，她认为英格丽小姐最坏，这是不容置疑的。她当时已经是个成人，应该对其他孩子的行为负责，可她站在人行道上袖手旁观，眼睁睁看着那帮孩子蹂躏她，夺走她的童年，夺走她的生活，夺走她的一切。再说，她现在还置卡塔莉娜求助的请求于不顾。所以，英格丽小姐应该被加进受惩罚的名单。她成了最后一个，按照卡塔莉娜的新看法，这倒是最完美的。现在，她可以利用她在旅行过程中学到的全部技巧，从整个事情中脱身。

警笛声难道在向她靠近？现在，那声音消失了。没准只是她自己的想象而已。为了查个明白，她把软木塞重新塞回酒瓶，把酒杯放在凳子上，悄悄溜到园子边缘高高的树篱旁，外面是街上邻家的院子。树篱非常茂密，但靠近地面的树枝之间有个空隙，如果需要，她可以从那儿钻出去。

她在树篱旁藏了很长时间，最后放松了警惕。她正准备返回凳子那儿，接着喝葡萄酒，忽然觉得听到一个动静。她屏住呼吸，高度警觉起来，想要听出那个声音是打哪儿来的。不是汽车发动机的声音，也不是人说话的声音，但没准就是人在说话？难道是有人在低语？声音越来越近，最后她明确听到有人在压低声音说话，还有沥青路面上鬼鬼祟祟的脚步声。他们在朝她这个方向靠过来。她脑袋里各种思绪乱作一团。他们这么做的目的是什么？难道警察知道这所房子里正在发生的事情？假如是这样，他们是怎么发现的？

不管是哪种情况，他们都能从英格丽·奥尔森嘴里得知她是谁，但他们永远也逮不着她。她只好撇下英格丽小姐，让她接受命运的摆布吧，好在这个学前班老教师已经得到一些真正的教训了，这已经足够好了。卡塔莉娜明白，自己已经开了个相当不错的头，便从僵硬的树篱下钻出去，到了相邻园子的草坪上，消失在夜色中。

哈马德开的车跑在一组警车最前头，朝安斯基德区英格丽·奥尔森家房子驶去。汽车开出尼奈斯港街后，开上人行道停下，但发动机和闪烁的蓝色警灯并没有关闭。几分钟后，其他警车赶上来，车队驶进居民区，在阿克巴斯瓦根街南面贯穿居民区的主要道路上，警车一字排开停在路边。警察纷纷下车，这时韦斯特曼开着自己的车抵达了。他们站成一个大圈，听西奥伯格下达命令。然后大家奔向 31 号院。

靠近相邻的房子时，大家降低速度，最后静悄悄地包围住大门。英格丽·奥尔森家园子里寂静无声，没有人影。有几扇窗户里亮着灯，但是从街上看去，房子里没有人活动的迹象。警察们一个个敏捷地翻越高高的大门，跳落在卵石路旁的草坪上。警察分成几个组后，西奥伯格压低声音向他们发布命令，每个人便分别悄悄靠近房子的两侧，先摸清房子里面的情况。

房子的基础高出地面不少，难以透过窗户看到里面。哈马德托起韦斯特曼，让她窥视起居室。她没看到屋里有人在活动，但忽然看到另一头的棕色长沙发上有两只脚。她无法判断那是谁的脚，她对一名正从房子后面走回来的警察嘘了一声，让他把自己的发现报告给西奥伯格。与此同时，哈马德发现了小凳上放的那半瓶酒。

除了沙发上的两只脚，房子里没什么值得关注的情况。西奥伯格登上台阶，谨慎地敲了门。与此同时，韦斯特曼从她所在的起居室窗外注意到，敲门时，那两只脚抽搐了一下。她在一瞬间仿佛看到，两只脚是绑在一起的，很快又消失在沙发靠背后面了。现在那个静静的人形彻底看不到了。哈马德放开手，韦斯特曼轻轻一跳，落在湿漉漉的草地上，从房子后面绕过来，跑向正面台阶。

“我看她被捆住了。”她声音激动，对西奥伯格说。“你敲门时，她双脚抽搐了一下，后来又不动了。”

“咱们进去。”西奥伯格压低声音对聚集在台阶下面的警察部队说。“你们俩去左边，你去右边，你上来，你去地下室。你守住外面。拔出武器。明白了吗？”

警察们点头，都拔出枪。西奥伯格走向正门，其他警察走向房子侧面。他站在正门一旁，深吸一口气，按下门把手。门猛然打开，警察涌进屋里。西奥伯格跑向起居室，英格丽·奥尔森手脚分别捆在一起，望着他们，露出惊恐神色。

“这儿发生什么事了？”西奥伯格跪在沙发旁边问。老妇人在沙发上浑身瑟瑟发抖。

“她出去了。”英格丽·奥尔森的声音虚弱。“走后不超过十五分钟。”

“她什么模样？”

“金色长发，海军蓝色外套。”

“照顾好奥尔森夫人。”西奥伯格向一位年轻警察下命令。

说完他匆匆走到门厅，招呼其他警察。

“那女人在外面某个地方。”他说。“我们到达时，她刚好待在室外，这非常不巧，不过我们要抓住她。她留着金色长发，穿海军蓝色外套。放狗去追。”

“等一下。”哈马德说。“外面屋角有个小凳，我发现上面放着一瓶酒和一只酒杯。让狗先闻闻这个。”

“好主意，贾马尔，交给警犬员。”西奥伯格说着，向警察们做手势出去。

一条大型德国牧羊犬对着酒瓶认真闻了几秒钟，然后迫不及待使劲拉紧牵狗绳。警犬员没有放手，紧紧追随着它，其他警察要想跟上也不是件容易的事。最后，所有警察都从树篱下面钻过去，这时，狗和警犬员早已远远跑在前面了。

后面的事情就变得容易了。猎捕过程中，他们穿过了十几个院子，又返回到大路上，接着穿过大路，翻过一道篱笆，进入一小片树林。警犬绕了几个圈子，最后确定了方向。

离开树林进入另一片居民区后，大家觉得瞥见了她的身影，结果是另一个金发女人推着婴儿车散步，看着一队警察气喘吁吁从身旁跑过，她显得有点惊讶。跑出独门独户住房区后，他们跑进一片维护不善的公寓楼群中，匆匆穿过几座楼房和一片游戏场。西奥伯格感觉到自己上了年纪，正在考虑是否自己放弃追踪，让年轻警官接着追，正在这时，他看到，身体健壮的山登身穿厚外套和便鞋，在他前面五十码的地方奔跑，他改变了主意。

不久，他们跑到与尼奈斯港街平行的一条小街上。乍一看，这条街好像一条匝道，通往交通繁忙的大街。西奥伯格在这条小街上跑了一百码左右，警犬员和几位警察已经消失在前面很远的地方了。他忽然意识到，这不是一条普通的匝道，应该是通往尼奈斯港大桥的路。远处的大桥铁架上，借着闪烁的橘黄色灯光，他看到一个身影正爬向大桥的铁架，位置靠近河对岸。虽然夜色昏暗，灯光也黯淡，但他没有看错。桥架上是个女人的身影，她披着一头长长的金发，身上穿着深色外套。

警犬员正迅速靠近那个孤独的身影，这时把狗放开了。狗儿狂奔几步，吠叫着扑上去，接连跳起来扑了几次，最后咬住了她的衣角。

“卡塔莉娜，停下！别爬了！”哈马德喊道。他紧紧跟随在警犬员身后。

受到狗的扑咬，卡塔莉娜几乎失手落向桥面，但是，在关键时刻，她设法把一条胳膊从衣服里挣脱出来，再次向桥架上爬去，用挣脱出来的一只手抓紧铁架，把衣服从另 一条胳膊上脱出去。

西奥伯格看到爬在桥上的卡塔莉娜后，自己停下脚步，从下面可以看到整个戏剧性的场面。他望着她的外套滑到路面上落在桥栏旁成了一小堆。卡塔莉娜胳膊肌肉结实，爬上狭窄的桥栏后，敏捷地翻身站起来。

她这时站立在桥架上，两眼扫视着下面的车流。他敢说，她跟他的目光曾一时相遇。后来，她的目光顺着一排正在奔跑的警察扫视过去，最后落在哈马德身上。在整个过程中，她嘴角上都挂着胜利的微笑，后来西奥伯格回忆起来，觉得她的模样非常漂亮。她举起一只手，好像在跟人打招呼。

“不！”哈马德喊道。“不！不！不要！”

仿佛时间停滞了，周围的一切变得寂静无声，尼奈斯港街的车流变成了慢动作。她扬起的双臂好像化作一对翅膀，她双脚离开了桥架，把警察、生命都抛在身后，飞进冰冷的夜空。

沥青路面上发出一个可怕的碰撞声，魔咒打破了。卡塔莉娜·哈林纽斯的最后演出后，尖利的刹车声、玻璃碎裂声、金属碰撞声划破夜空。

斯德哥尔摩
2006 年 12 月

托马斯再次坐在自家的厨房餐桌旁，又一次目光呆滞地望着窗外。但是一切都不再是原来的模样了。发生了一些可怕的变故——他以前认识的四个人遭到杀害。四个人都有过自己的生活，有的幸福，有的也许不幸福。这很难说。

不过有一件事他是肯定的：他们谁也不想死，谁也不该遭到杀害，不该在中年时遭到无法想象的残忍杀害。他们以前有过可怕的行为，但他们当时还是孩子，而且是很幼小的孩子，也许根本不知道自己在造成多么严重的损害。没有成人的监管，他们曾自由行动，为的是保证自己的小地盘和社会地位。

然而，卡塔莉娜做出了反击。她那么做是出于自己的原因，但托马斯也感到，她那么做也是为了他。出于这个缘故，听了对整个悲剧所做结论的报道，他心情复杂。卡塔莉娜无疑是个非常病态的人，但她也是个人。尽管他们俩都不知道，但他们过着平行的生活。要是他们俩以前能见个面该多好！假如他们能坐在一起，谈论他们的童年和生活，相互陪伴一段时间，那该多好。也许他们本来可以做朋友，两人都有的破碎童年和孤独的生活能让他们结合在一起。假如是那样，一切都会不同，两个人的生活会有所不同。

不过，托马斯感到，卡塔莉娜让他得到了赔偿。她不可饶恕的行为令人发指，却释放出禁锢在他内心中的某种东西。他鄙视她的行为，却不能鄙视她这个人。他理解她，不过不是完全理解。在他们两人中，她是强者，她挺起腰杆走出屈辱的禁锢。她从来都显得愉快而骄傲，显然很容易就能承受住那骚扰，而他却深深沉沦下去，变得抑郁。但是，她在人生的道路上走向了错误的方向，她的选择对很多人来说都是一场毁灭性的灾难。

他自己也并非毫无罪过。他在前两宗谋杀案中提供的证词对警方极有价值。说出自己了解的情况后，他本来可以防止进一步发生流血事件，但他直到看了丽丝洛特·尼尔森遇害的消息，才想到这一点，后来，他还因为几乎参与整个悲剧被拘留。

然而，事情终于了结，他好像放下了肩头的重负。是卡塔莉娜解放了他，让他肩头那块石头落了地，但她自己却陨灭了。现在他该重新开始，重新尝试，承担起责任，为自己的生活，也为卡塔莉娜。

他忽然产生一个冲动，想要走出家门，走上街道。时间是五点一刻，街道上挤满了人，有些人在下班回家的路上，有些人在开始为圣诞节购物。星期日是圣诞节的开始，这天再次开始降雪。大片大片的雪花落下来，在路灯下旋转飞舞，漂亮极了。他想去那儿，他想融入街上的人群中，他不愿再害怕他们了。

他穿上鞋子和外套，轻快地跑下台阶，走到外面的人行道上，穿过马路。接着，他回头望着自己那座公寓楼的楼面，目光扫过一扇又一扇窗户，最后停在自家的窗户上。厨房里射出温馨的光芒，在有内衬的窗帘遮挡下，光线变得十分柔和。窗帘布料温暖的黄底色上有蓝色格子，正适合挂在厨房窗户上。窗户里，两盆茂盛的一品红中间，圣诞节蜡烛散发出愉快的光芒。他抬起头，闭上双眼，感受着雪花在他温暖的皮肤上融化。